AF304520

**Mika Karhu** debütierte im April 2016 mit seinem Roman *Brathering Interruptus*, welchen er zuerst im Selbstverlag und später bei dp DIGITAL PUBLISHERS veröffentlichte. Zur Überraschung aller schaffte er es mit dieser komisch-chaotischen Erzählung bis in die Top-10 der Kindle-Kategorien Humor, Urlaub und Urlaubsromane. Im Dezember 2018 erschien Teil 1 seiner Reihe *Lucie, ich und das Ende der Welt*, welche im Gegensatz zur humorvollen *Brathering*-Reihe im surreal/fiktiven Genre zu verorten ist. Der zweite Teil der *Brathering*-Trilogie *Brathering Reloaded* folgte im Janunar 2019 und wurde, ebenso wie Teil 1, später überarbeitet und im Februar 2020 bei dp DIGITAL PUBLISHERS neu veröffentlicht. Aktuell arbeitet er am Finale der *Brathering*-Reihe, das vorraussichtlich im Sommer 2021 erscheinen soll. Wenn es die knappe Zeit erlaubt nach Finnland zu entfliehen, dann findet man ihn nahe Mieslahti bei Paltamo. Je nach Jahreszeit entweder angelnd auf einem Boot im Oulujärvi, in der Savusauna oder mit dem Schneemobil durch die Gegend flitzend.

# MIKA KARHU

# BRATHERING RELOADED

Überarbeitete Neuausgabe März 2020

© 2020 dp DIGITAL PUBLISHERS GmbH

Made in Stuttgart with ♥
Alle Rechte vorbehalten

# Brathering Reloaded

ISBN 978-3-96087-063-3
E-Book-ISBN 978-3-96087-077-0



Covergestaltung: ARTC.ore
Umschlaggestaltung: ARTC.ore
Unter Verwendung von Abbildungen von
shutterstock.com: © Peter Versnel, © Good luck images,
© Alexiuz, © yukihipo

Lektorat: Janina Klinck
Satz: dp DIGITAL PUBLISHERS
Druck und Bindung: Books on Demand GmbH, Norderstedt

*Das hat sie doch sonst nicht gemacht,*
*sagte der Zigeuner, als ihm die Frau starb.*

Finnisches Sprichwort

# Sicherheitshinweis

Dieses Buch ist nicht geeignet für Menschen mit schwachen Nerven oder Personen, die eine lustige Geschichte nicht von der Realität unterscheiden können.

Der Protagonist und andere Personen in dieser Erzählung frönen mitunter dem Laster des zügellosen Alkoholkonsums, es werden außerdem Zigarillos und andere Tabakwaren konsumiert. In diesem Buch geht es weder moralisch noch politisch korrekt zu.

Es wird sehr oft mehrsprachig geflucht, der Vorwurf der Tierquälerei ist gegenüber dem Protagonisten berechtigterweise möglich. Der Humor kann im Laufe des Buches abflachen oder auch unter die Gürtellinie fallen.

Alle beteiligten Personen waren zum Zeitpunkt der Erstellung des Buches achtzehn Jahre alt oder älter – abgesehen vom Rentier und dem Chihuahua. Personen, die ein Fahrzeug geführt haben, waren im Besitz einer gültigen Fahrerlaubnis.

Gegendert wurde nicht, auch eine Freigabe der Kirche ist nicht erfolgt. Leider.

Das benutzte Toilettenpapier war FCKW-frei, chlorfrei gebleicht und wurde vorher noch nicht benutzt. Während des Schreibens standen für die Mitwirkenden rund um die Uhr Psychologen, Rettungssanitäter, Pfarrer und Mitarbeiter von „Alkoholiker ohne Grenzen" zur Verfügung.

Gefährliche Szenen wurden von professionellen „Standleuten" ausgeführt. Bei der Besetzung der Rollen wurde fair und schonend gerösteter Kaffee getrunken. Die Protagonisten wurden stets darauf hingewiesen, dass statt des alkoholischen auch alkoholfreies Bier gereicht werden kann.

Die Verwendung von Markennamen im Buch war mitunter Zufall, mitunter gewollt. Der im Buch verzehrte Brathering wurde vom Autor selbst gefangen und unter Beachtung der in Finnland geltenden Tierschutzgesetze getötet und für den Verzehr vor- und zubereitet.

Zum Zeitpunkt der Erstellung des Buches wurde der Haushalt des Autors mit einem Strommix aus Kernenergie und Windkraft versorgt.

Keiner der Mitwirkenden gehörte zum Zeitpunkt der Erstellung des Buches irgendeiner Partei oder politischen Organisation an. Außer Frau Kamenz, die war und ist in der Tierschutzpartei.

Für die Sinnhaftigkeit der Übersetzungen kann keine Garantie übernommen werden. Die Geschichte ist teilweise frei erfunden, teilweise wirklich passiert.

Ähnlichkeiten mit noch lebenden oder bereits verstorbenen Personen sind möglich. Verklagt mich doch!

Sämtliche Charaktere wurden nach Tarif bezahlt und haben zu jeder Zeit freiwillig und ohne Zwang gehandelt. Abgesehen vom Rentier und dem Chihuahua. Die haben echt gelitten. Sorry dafür. Nein wirklich. Es tut mir leid.

Ich habe den Sicherheitshinweis gelesen und verstanden. Ich werde den Autor nicht verklagen und nur

positiv über das Buch sprechen. Dafür stehe ich mit
meinem Namen.


____________________________

*Datum*


____________________________

*Längen- und Breitengrad*


____________________________

*Unterschrift*

Dies ist Teil zwei der Brathering-Trilogie.
Natürlich könnt ihr auch mit diesem Buch anfangen,
aber dann fehlen euch möglicherweise ein paar Hinter-
grundinformationen.
Also besser zum Buchshop eures Vertrauens, Teil eins
kaufen, lesen und dann mit diesem Buch weiterma-
chen.

*Euer Mika*

# Mein Dank gilt:

Tommy Jaud.
Esko und Maija-Liisa.
Meiner Lektorin Janina Klinck.
Meiner Autorenkollegin Kerstin Thimm.
Meinem Freund Bernd und meiner Frau Sandra.
Meinen Testlesern Carsten, Claudia, Kathleen, Kerstin,
Nicole und Stefan.

*In Erinnerung an mein literarisches Vorbild
Arto Paasilinna (1942-2018)*

# Frühlingserwachen



Ich saß auf der Terrasse und trank bei angenehmen fünfzehn Grad Celsius mein erstes „Draußenbier" des noch jungen Jahres.

Interessiert euch nicht? Ihr wollt wissen, was im Schlafzimmer passiert ist, als Anna und ich in einer ausweglosen Situation waren, weil Christina vor der Tür stand? Verstehe ich voll und ganz, aber lasst mich vorher noch ein wenig ausholen.

Ich saß also auf der Terrasse, und von drinnen hörte ich eine vertraute Stimme.

„Ich putze jetzt die Fenster!"

„Tu dir keinen Zwang an!", sagte ich lachend und zündete mir einen Zigarillo an.

Wie ein Windhund auf Koks putzte *sie* – mit verschiedenen Mittelchen, in mehreren Schritten und exakt definierter Reihenfolge – die Verglasung des Hauses.

„Soll ich dir was zum Mittagessen machen?", vernahm ich, als sie bei den Terrassenfenstern angekommen war.

„Nein danke! Ich bin noch satt vom Frühstück."

Doch sie gab nicht auf. „Bist du ganz sicher, dass du keinen Hunger hast?"

„Ja, Mutter, ich bin mir sicher!"

Meine werte Frau Mama war zu Besuch. Egal, welche Gründe ich mir im Vorfeld zurechtgelegt hatte, um dies zu verhindern, sie hatte es sich nicht ausreden lassen, uns zu besuchen und ihrem Fetisch zu frönen. Sie hatte diesen unbändigen Trieb, diesen beinahe krankhaften Wahn: Fenster putzen!

Da die Fenster in unserem Haus ausnahmslos bodentief waren, schien das ihrer Sucht mehr als nur entgegenzukommen. Selbst wenn ich die Fenster erst vor zehn Minuten geputzt hätte, in ihren Augen wären sie keimig, dreckig und bräuchten dringend eine Reinigung. Wenigstens einmal im Jahr stand sie bei uns auf der Matte und hechelte danach, ans Werk gehen zu dürfen.

Ich hatte mich nach dem schicksalhaften Morgen im Schlafzimmer aufgerafft und damit begonnen, ein Buch zu schreiben.

So viel war im vergangenen halben Jahr geschehen, dass ich wirklich der Ansicht war, es könnte jemanden interessieren. Bisher hatte ich außer Anna noch niemandem von dieser Idee erzählt, wollte erst einmal schauen, ob ich überhaupt in der Lage war, die Dinge zusammenzufassen und halbwegs interessant zu Papier zu bringen.

Dafür hatte ich mir eine Woche Urlaub genommen und im Zusammenspiel mit der Tatsache, dass meine Mutter da war, hatte ich auch keinerlei häusliche Pflichten, sondern konnte mich voll und ganz meiner angehenden Karriere als Autor widmen.

Während ich ewig über der perfekten Schriftart und dem Titel des Buches saß – Dinge, die zu diesem Zeitpunkt eigentlich absolut unwichtig waren, mir aber den Eindruck vermittelten, produktiv zu sein –, ertönte aus meinem Telefon die finnische Nationalhymne. Bernd rief an.

„Terve, Barnie!", grüßte ich, vernahm aber eine viel angenehmere Stimme.

„Hei, Rakastaja!", trällerte Lilja ins Telefon.

„Hallo, mein finnischer Sonnenschein! Warum hast du Bernds Telefon?"

„Ich habe mein Handy zu Hause vergessen und bin bei den beiden toten Tauben", gluckste sie.

„Tote Tauben?" Ich versuchte zu ergründen, was sie meinte.

„Na, das sagt ihr doch so, wenn zwei Verliebte … …"

Darum bemüht, nicht zu lachen, fiel ich ihr ins Wort. „Lilja, das heißt Turteltauben!"

„Ah, okay. Das erklärt … ach, egal."

Während ich mit Lilja telefonierte, arbeitete ich weiterhin fieberhaft an der Schriftart und dem Titel des Buches. So erfolgreich, wie Männer zwei Sachen eben gleichzeitig machen konnten.

Lilja fieberte ebenso wie alle anderen der Hochzeit von Bernd und Jaanika entgegen, und – sie machte keinen Hehl daraus – ebenso sehnsüchtig freute sie sich darauf, mich wiederzusehen.

„Du bist so abwesend", vernahm ich aus dem Hörer.

„Sorry, ich schreib gerade an einem Buch."

„Ein Buch?"

„Ja, ein Buch über die Dinge, die ich im letzten halben Jahr erlebt habe."

„Komme ich auch darin vor?", fragte sie freudig, und ich bejahte dies.

„Aber hoffentlich nichts Schmutziges!"

„Ich werde mich zusammenreißen“, versprach ich ihr.

Wir unterhielten uns noch eine Weile, bis Lilja sich verabschiedete – sie müsse zu einem Termin.

Ich hatte das Telefon noch nicht weggelegt, als es wieder klingelte. Eine mir unbekannte Telefonnummer aus Frankfurt wurde auf dem Display angezeigt.

„Berger. Hallo?“, sagte ich freundlich und vernahm eine angenehme Frauenstimme.

„Hallo, Herr Berger. Karin Wingert hier, vom Fischer Verlag.“

Ich überlegte kurz, hatte ich doch mein Buch noch gar keinem Verlag angeboten.

Ehe ich weitergrübeln konnte, sagte sie: „Es geht um Ihre Anfrage betreffend Herrn Jaud.“

Da fiel mir ein, dass ich die geniale Idee hatte, meine Begegnung mit ihm in meinem Buch zu verarbeiten, und fragte neugierig: „Ach so! Und? Was sagt er?“

Kurze Stille in der Leitung, dann: „Wir müssen Ihr Ansinnen leider ablehnen. Herr Jaud wünscht nicht, in Ihrem Buch genannt zu werden.“

Ich schluckte einen dicken Kloß herunter, war das doch ein von mir als Highlight geplantes Kapitel. „Warum möchte er nicht?“, fragte ich, um den Grund zu erfahren.

„Das kann ich Ihnen nicht sagen. Tut mir leid.“

„Okay, danke“, sagte ich reserviert und legte auf.

„Das kann ich Ihnen nicht sagen. Tut mir leid“, äffte ich die Dame laut nach, trank einen Schluck Bier und rief laut: „Scheiße!“

Umgehend tadelte meine Mutter mich, dass ich solche Wörter nicht von ihr gelernt hätte, sie ein wenig enttäuscht sei und was überhaupt los wäre.

„Nichts! Alles gut, Mama!" Ich musste nachdenken.

Jaud hatte doch in *Überman* auch Jamie Oliver durch den Kakao gezogen. Ich bezweifelte, dass er ihn um Erlaubnis gefragt hatte.

Ein weiterer Schluck Bier brachte in zweierlei Hinsicht Klarheit. Die Flasche war alle und ich würde Tommy Jaud in meinem Buch einfach in Tony Jauch oder so umbenennen. Da konnte er toben, wie er wollte. Ich würde in meinem Buch über unsere Begegnung schreiben.

### 14:02 Uhr.

Sollte ich ein Gläschen Whisky riskieren?

Teufelchen auf meiner rechten Schulter nickte gierig, doch Engelchen auf meiner linken Schulter schüttelte mit dem Kopf.

*Könnt ihr nicht einmal einer Meinung sein?*, sagte ich im Stillen und holte mir ein neues Bier.

Immer noch unschlüssig über einen Titel für das Buch – ich hatte noch nicht eine Zeile geschrieben – fand ich auf einer Internetseite noch viel interessantere Fonts, als ich bisher gesehen hatte, und war unschlüssiger als je zuvor. Jaud ging mir nicht aus dem Kopf.

„Dieser Arsch!", sagte ich laut, und meine Mutter tadelte mich erneut.

Plötzlich hatte ich, woher auch immer, einen Geistesblitz und beschloss, mein Buch *Goldfisch in der Urne* zu nennen. Keine Ahnung, warum und wieso, und was das, was ich schreiben wollte, mit einem Goldfisch oder einer Urne zu tun hatte, aber der Titel stand fest.

Es galt jetzt also erst einmal, ein zum Namen passendes Cover zu gestalten. Bücher schreiben war doch anstrengender, als ich gedacht hatte.

Meine Mutter kam nach draußen und setzte sich zu mir. „Was machst du da eigentlich?", fragte sie nach einer Weile.

„Ich schreibe ein Buch."

„Du schreibst ein Buch?"

„Ja, ich schreibe ein Buch."

Sie schaute auf den Laptop, und ich wusste genau, dass sie eigentlich eine andere Frage auf dem Herzen hatte.

„Was?", fragte ich nach einem Moment der Stille.

„Wann wollt ihr eigentlich heiraten?", platzte es aus ihr heraus.

Ha! Ich wusste, dass ihr diese Frage schon seit Tagen auf den Lippen hing.

„Keine Ahnung. Vielleicht, wenn ich das Geld für die Scheidung zusammengespart habe?"

Meine Mutter schaute mich böse an.

„Ehrlich gesagt: Wir haben noch nicht darüber nachgedacht."

Ich versuchte das Thema zu umgehen, aber sie schoss weiter scharf. „Und wie sieht es mit einem Enkelchen für mich aus?"

„Mutter, bitte!", wehrte ich ab und rollte mit den Augen.

„Ihr seid jetzt schon so lange zusammen. Habt ihr noch nicht darüber nachgedacht?"

„Doch Mutter, haben wir", erklärte ich genervt.

„Sag doch bitte nicht Mutter zu mir, das hört sich an, als wenn ich schon uralt wäre!", mäkelte sie.

„Okay, Mutt–, äh ... Mama. Sobald wir eine der beiden Sachen planen, bist du die Erste, die es erfährt. Versprochen."

Vorerst hatte ich mich aus der Hochzeits-Baby-Falle gerettet.

Sie ging wieder hinein, und ich widmete mich erneut meiner Schreiberei.

Ein paar Minuten später wurden mir von hinten die Augen zugehalten. Ich sollte wahrscheinlich raten, wer da ist.

„Mutt– ... Mama, bitte! Wie alt bist du noch mal?", fragte ich und vernahm ein herzhaftes Lachen, das nicht meiner Mutter gehörte.

„Da fehlen mir, glaube ich, ein paar Jahre!", flüsterte Anna fröhlich, nahm ihre Hände weg und ihre Haare kitzelten an meinem Hals.

„Hey, meine Hübsche!"

Während sie sich in eine der Sitzgelegenheiten von QVC sinken ließ und sich mein Bier griff, fragte sie: „Genießt du deinen Urlaub?"

„Ich versuche es zumindest. Ich schreibe an meinem Buch, komme aber nicht wirklich voran."

„Wie weit bist du?" Sie beugte sich nach vorn, um auf den Monitor zu schauen, und ich schielte frech in ihre Bluse.

„Sebastian, bitte!", ermahnte sie mich und lehnte sich wieder zurück.

„Entschuldigung, aber wenn du so ..."

„Hallo, Anna!", rief meine sich aus dem Nichts materialisierende Mutter plötzlich.

„Hallo, Frau Berger", erwiderte Anna, und nachdem die beiden ein paar Worte gewechselt hatten, verschwand meine Mama wieder ins Haus.

„Also, was wolltest du sagen?", fragte sie und nahm erneut einen Schluck von meinem Bier.

„Egal. Warum bist du eigentlich nicht in der Firma?"

„Bin krank."

Ich zog die Augenbrauen hoch und musterte sie. „Macht auf mich nicht den Eindruck."

„Okay, ich wollte dich sehen. Und da ich mit der Schmidtgen grad eh auf Kriegsfuß stehe, habe ich halt eine Erkältung und liege krank zu Hause", erklärte sie.

Ich schüttelte den Kopf und versuchte mein Bier zurückzuerobern, scheiterte aber.

Es klingelte an der Haustür, meine Mutter rief: „Ich gehe schon!", und ich vernahm, wie sie sich mit jemandem unterhielt.

Die Haustür fiel kurz darauf ins Schloss und sie kam auf die Terrasse. „Ein Paket für dich. Ziemlich groß. Steht im Flur."

„Danke!", sagte ich artig.

„Hast du vielleicht Hunger?", versuchte meine Mutter jetzt Anna zu überreden, etwas von ihren zubereiteten Köstlichkeiten zu probieren. Diese lehnte ebenfalls ab, ging aber hinein, um sich ein Wasser zu holen.

„Bringst du mir bitte ein Bier mit?", rief ich ihr hinterher. Meine Mutter intervenierte. „Sebastian, das ist jetzt schon dein drittes!"

„Nein, das zweite, Anna hat mir das andere abgenommen!", protestierte ich.

„Trotzdem, Sebastian!“, tadelte sie.

Anna kam mit einer Flasche Wasser und zwei Gläsern hinaus und stellte mir eins hin.

„Ich will etwas trinken und mich nicht waschen!“, sagte ich trotzig und schob das Glas beiseite.

Anna versuchte, Partei zu ergreifen. „Sie meint es doch nur gut.“

Ich griff nach der Schachtel Zigarillos, steckte mir einen in den Mund und griff nach den Streichhölzern. Mit einem flinken Griff schnappte Anna sich diese und schaute mich vorwurfsvoll an.

„*Was denn?*“, zischte ich gereizt.

Sie schüttelte den Kopf, und ich sah sie verständnislos an, fragte mit resigniertem Unterton: „Darf ich hier überhaupt noch was?“

„Rauchen ist ungesund“, bemerkte sie, während sie die Streichhölzer wieder hinlegte.

„Das ist Fallschirmspringen auch, wenn der Schirm nicht aufgeht!“, blaffte ich.

Nachdem sie sich vergewissert hatte, dass meine Mutter uns nicht sah, hauchte sie mir einen Kuss auf die Stirn und verabschiedete sich.

„Du gehst jetzt aber nicht deswegen?“ Ich deutete auf die Zigarillos.

„Nein, ich muss noch zum Doktor, Krankschreibung abholen.“

Ich schaute ihr nach, bis sie um die Ecke des Hauses verschwunden war, zündete den Zigarillo an und starrte auf den Bildschirm des Laptops.

Die Erinnerung „*DRINGEND: Pool kaufen!!!*“ erschien auf dem Display.

Ich wählte *„In einer Woche wieder erinnern"* und ging hinein, um mir ein Bier zu holen. So leise wie möglich schlich ich wieder auf die Terrasse, hörte aber sofort ein „Das habe ich gesehen!" von meiner Mutter.

Das Festnetztelefon klingelte, daher drehte ich auf dem Absatz um, nahm es vom Küchentisch und hörte die Stimme meiner Oma.

„Sebastian, bist du das? Bist du zu Hause?"

*Nein Oma, ich flieg gerade mit meinem Heißluftballon über die Stadt und habe Homezone,* lag mir ein uralter Witz auf der Zunge, doch ich schluckte den Spruch herunter und antwortete brav: „Ja, Oma. Ich bin zu Hause. Was kann ich für dich tun?"

„Ist Kathrin noch bei dir? Ich erreiche sie zu Hause nicht", beschwerte sie sich aufgeregt.

„Ja, Oma. Das habe ich dir doch gestern schon gesagt. Sie ist die ganze Woche hier", erklärte ich ihr wie an den Tagen zuvor.

Zum Glück stand meine Mutter auch schon neben mir, und ich drückte ihr das Telefon in die Hand.

„Ich kann ja gar nicht zum Buchschreiben kommen, wenn ich ständig unterbrochen werde", beschwerte ich mich. Froh, diese Ausrede für alles Mögliche gefunden zu haben, knackte ich hinter dem Kopf mit den Fingerknöcheln und öffnete dann mein Bier.

*Paket,* schoss es mir dabei in den Kopf, und ich sprang wieder auf und begab mich ins Haus, um selbiges in Augenschein zu nehmen.

Der Absender des voluminösen Kartons zauberte mir ein Lächeln ins Gesicht, denn in ihm befand sich zweifelsohne mein neuer Schallplattenspieler.

Ich brachte den Karton ins Wohnzimmer, riss ihn auf, verteilte die Polsterung auf dem Fußboden, und dann, endlich, nach gefühlten fünfundzwanzig Umkartons und drei Kubikmetern Füllmaterial, hielt ich das Wunderwerk der Technik in meinen Händen. Ich stellte es neben seinen Vorgänger auf das Phono-Board.

*Herrlich!*

Die Verkabelung gestaltete sich einfach, und schon ein paar Minuten später dröhnte *Motörhead* durchs Haus, und meine Mutter schrie aus dem Flur, ob das Radio defekt sei.

„Wie? Defekt?", fragte ich konsterniert und drehte die Lautstärke herunter.

„Das ist doch keine Musik!", beschwerte sie sich.

„Ist Bernhard Brink auch nicht!", konterte ich.

Inbrünstig erwiderte sie: „Ich mag ihn und –"

„Ja und du hast ihm auch schon mal die Hand geschüttelt, woraufhin er dich mit einer ehemaligen Mitschülerin verwechselt hat. Dann gab es Küsschen links und Küsschen rechts, du bist fast in Ohnmacht gefallen, er wollte deine Telefonnummer und Papa hätte ihm daraufhin fast eine geknallt. Wir alle kennen die Geschichte, Mutter, äh ... Mama!"

Gegen 16:00 Uhr kam Christina gut gelaunt nach Hause, betrat die Küche und gab mir einen Kuss.

„So zeitig Feierabend?", fragte ich und stand auf, um ihr einen Kaffee zu machen.

„Es war ausnahmsweise wenig los. Da bin ich lieber gegangen, bevor ich noch etwas Neues auf den Tisch bekomme."

Wir tranken Kaffee, Christina bewunderte die blitzblank geputzten Fenster, bedankte sich bei meiner

Mutter, nicht ohne zu betonen, dass das nicht notwendig gewesen wäre. Diese freute sich über das Lob und sagte, dass sie es doch gern gemacht hätte.

Da die Damen folgend in Themen abglitten, die mich nicht interessierten, ging ich ins Wohnzimmer und widmete mich dem Handbuch meines neuen Spielzeuges, legte eine Platte auf und genoss den Klang, der von Christina gern als „Krach" bezeichnet wurde.

Ebendiese stand kurz darauf im Wohnzimmer und schaute verwirrt auf meine Neuanschaffung. „Ein Schallplattenspieler?!"

Ich grinste und wollte gerade anfangen, ihr die Funktionen zu erklären, als sie bemerkte: „Musste das sein?"

„Jaaa?!", antwortete ich gedehnt. Als ich erneut anfangen wollte, die vielen phänomenalen Funktionen zu beschreiben, intervenierte sie erneut.

„Den Alten verkaufst du aber, oder?"

„Nein, den behalte ich, falls der hier mal kaputtgeht."

Christina funkelte mich aus zusammengekniffenen Augen an und holte erneut aus: „Du räumst ihn aber wenigstens weg, oder?"

„Wen?"

„Den alten Schallplattenspieler natürlich!"

„Warum?"

„Ich bitte darum!"

„Ich möchte aber nicht!"

„Sebastian, hier müssen nicht zwei davon herumstehen!"

Mein flehender Hundeblick half mir nicht weiter. Christina drehte sich wortlos um und verließ das Zimmer.

Nachdem ich so ziemlich alle Funktionen meines neuen Spielzeuges getestet hatte, begab ich mich in die Küche, angelte mir eine Flasche Corona aus dem Kühlschrank, lehnte mich in den Türrahmen und versuchte mir einen guten Start für mein Buch zu überlegen.

Christina stand auf einmal neben mir und grinste mich an. „Ich habe eine Überraschung für dich … für uns."

„Okay. Und die wäre?"

„Wir machen am Wochenende Kurzurlaub im Taunus!"

„Im Taunus?"

„Ja. Ich habe ein wenig im Internet gestöbert und ein hübsches Hotel in der Nähe vom Feldberg gefunden. Wir waren doch schon so lange nicht mehr wandern."

„Wandern? Wann waren wir mal wandern?"

„Sebastian, bitte! Ich mache nächsten Freitag zeitig Feierabend und dann fahren wir los, dann sind wir zum Abendessen dort."

Ich schaute sie aus großen Augen an, erinnerte mich, dass ich am Samstag eigentlich die Garage aufräumen und am Motorrad schrauben wollte, tat ihr zuliebe aber so, als wenn ich mich freuen würde.

PERKELE!

# Was würde Jesus dazu sagen?

Also auf zu einem Kurzurlaub in den wunderschönen Taunus, in ein von Christina ausgesuchtes Hotel. Wir fuhren pünktlich um 15:30 Uhr los. Haha, nur Spaß – mir war klar, dass das mit Christina und ihren fünfzig Taschen nicht funktionieren würde. Gegen 17:00 Uhr verließen wir die Grundstückseinfahrt.

Christina hatte darauf gedrängt, mit ihrem Polo zu fahren, das wäre spritsparender.

Ich zeigte ihr imaginär einen Vogel und sagte: „Nicht, wenn ich am Steuer sitze."

Daraufhin äußerte sie mit spitzer Zunge: „Du fährst aber nicht!"

Ich zuckte mit den Schultern, schmuggelte zwei Dosen Bier ins Auto, und in dem Moment, als sie die Grundstückseinfahrt verließ, öffnete ich eine davon mit lautem Zischen.

„Sebastian! Muss das wirklich sein?", tadelte sie mich und fädelte sich in den Verkehr ein.

„Nö, aber es schmeckt!"

„Ich dachte, das finnische Bier wäre alle?" Sie beäugte die Dose *Karhu Olut* mit einem Seitenblick.

Ich nickte leicht und flötete fröhlich: „Bernd hat neues geschickt."

„Bernd hat dir Bier aus Finnland geschickt?"

„Jepp." Ich trank einen großen Schluck, drehte mich zu ihr und sagte: „Schatz. Ich freue mich auf …", doch dann folgte ein inbrünstiger Rülpser, der den Innenspiegel vibrieren ließ. Eigentlich hatte ich *das Wochenende* sagen wollen.

Christina rollte mit den Augen und schüttelte einfach nur den Kopf, sagte jedoch nichts.

Gegen 18:00 Uhr erreichten wir das verschlafene Örtchen, in dem wir unser Wochenende verbringen wollten. Einen Moment später sah ich bereits das Ortsausgangsschild an uns vorbeiziehen. Nach Ansicht des Navis waren wir aber immer noch nicht da.

Plötzlich bremste Christina entgegen ihrer normalerweise besonnenen Fahrweise schlagartig ab und bog in einen kleinen Waldweg ein.

Ich schaute sie mit hochgezogenen Augenbrauen an, hatte ich doch das Hinweisschild auf das Hotel an der Einmündung gesehen.

Eine enge Straße schlängelte sich am Berg entlang, Christina fuhr langsamer als langsam – es könnte ja Gegenverkehr kommen – und nach ein paar hundert Metern hielt sie den Wagen an, drehte sich zu mir und flüsterte freudig: „Wir sind da."

Mit weit aufgerissenen Augen und beinahe ehrfürchtig fragte ich: „Schatz? Bist du sicher, dass wir richtig sind?"

„Ja logo. Ich erkenne es wieder!"

„Du warst schon mal hier?"

„Nein, aber ich habe doch die Fotos auf der Homepage gesehen."

Ich überlegte, ob ich die zweite Dose Bier aufmachen sollte, um den Schreck zu verdauen, ließ das aber und wurde stattdessen von Christina mit ihren Taschen beladen und zur Rezeption geschickt.

„Hallo!" flötend gesellte sie sich, nur ihre Handtasche tragend, zu mir an die Rezeption, während ich kurz davor war, ein letztes Mal „Iah" zu rufen, um gleich darauf zusammenzubrechen.

„Ich hatte ein Zimmer gebucht, Lehmann mein Name", zwitscherte Christina.

Die Dame hinter dem Tresen tippte auf ihrer Tastatur herum, reichte ihr einen Zimmerschlüssel und teilte monoton mit, dass es ab 18:30 Uhr Abendessen gäbe.

Ich schleppte Christinas Wackersteinsammlung die Treppe hinauf, und als ich etwa zwei Drittel hinter mir hatte, rief die Dame von der Rezeption: „Sie hätten auch den Fahrstuhl nehmen können!"

PERKELE!

Christina schloss die Zimmertür auf, schlüpfte hinein und ließ sich auf das Bett fallen. Ich zog ihr Gepäck hinter mir her, konnte damit perfekt den Durchgang zwischen Flur und Zimmer blockieren und setzte mich ebenfalls auf das Bett.

Irgendetwas stimmte hier nicht. Etwas war anders, als es normalerweise war, wenn ich mich in einem Hotelzimmer auf das Bett setzte. Es dauerte nur eine gefühlte Nanosekunde, bis ich feststellte: Es gab keinen Fernseher!

*CHRISTIIINAAA!!! WAS FÜR EINE SCHEISSE HAST DU HIER GEBUCHT?*, hallte es durch meinen Schädel.

Langsam drehte ich den Kopf in ihre Richtung, räusperte mich und fragte langsam und betont: „Fällt dir was auf?“

„Die Betten sind schön weich!“, bekam ich als Antwort.

Ich musste wohl deutlicher werden. „Schatz, was ist viereckig, nach dem Einschalten meist bunt und hell und macht Geräusche?“ Ich versuchte, es witzig zu verpacken, aber sie verstand es nicht.

„Christiiina“, holte ich langsam, leise, aber deutlich aus und fügte nach einem Moment hinzu: „Die haben hier keinen Fernseher!“

Sie kuschelte sich in die Bettwäsche und seufzte zufrieden. „Ist mir gar nicht aufgefallen.“

„Und nebenbei … weißt du, in was für einem Hotel wir gelandet sind?“

„Ein Hotel halt, es hatte sehr gute Bewertungen“, hörte ich sie zufrieden glucksen.

„Christina, das ist ein Tagungshotel der evangelischen Kirche!“

„Und?“, raunzte sie und schaute mich verständnislos an.

Ich drehte mich kopfschüttelnd in Richtung Schreibtisch, blickte mich erneut um und ging dann hinaus.

„Wo willst du hin?“, fragte sie besorgt, doch ich antwortete nicht, sondern begab mich zügig zur Rezeption.

„Hallo, Berger … äh … Lehmann. Wir sind gerade angekommen. Fehlt der Fernseher in unserem Zimmer, weil er defekt ist?“, versuchte ich in lustigem Ton das Fehlen desselben auf dem Zimmer zu thematisieren.

Die Dame am Empfang schaute mich freundlich, aber professionell regungslos an: „Wir haben keine Fernseher auf den Zimmern. Wir sind ein christliches Tagungshotel. Unsere Gäste suchen neben den angebotenen Seminaren Ruhe und Erquickung durch Zwiesprache mit Gott."

*Scheiße!*, dachte ich und fragte flapsig: „WLAN?", und erhielt ein Kärtchen mit Zugangsdaten. „Danke."

Nachdem ich erneut zwei Drittel der Treppe hinter mir hatte, rief die Empfangsfachkraft: „Wenn sie mit zwei Geräten ins Internet wollen, brauchen sie noch eins."

Ich drehte mich brummend um und stiefelte wieder nach unten, hielt wortlos meine Hand hin und erhielt einen zweiten Zettel.

„Bis später vielleicht!", äußerte ich überfreundlich und schlurfte nach oben.

Christina, die offensichtlich den kompletten Inhalt ihrer Schränke mitgeschleppt hatte, verteilte diesen gerade im Zimmer.

„Wo warst du denn?", fragte sie mit vorwurfsvollem Unterton.

„WLAN holen", murmelte ich und legte die Voucher auf den Schreibtisch.

„Ist das nicht in der Luft?", fragte Christina vorsichtig.

„Was ist in der Luft?" Ich musterte sie mit großen Augen und hatte keinen Schimmer, was sie meinte.

„Ach nichts. Schon gut." Sie winkte ab und sortierte ihre Klamotten in den dafür viel zu kleinen Hotelschrank.

„Wenn ich jetzt losfahre und gut durchkomme, bin ich in einer Stunde wieder hier", sagte ich nach einer Weile mehr zu mir selbst.

„Wo willst du denn hin?"

„Nach Hause, den Fernseher holen", bemerkte ich bissig.

„Sebastian, du wirst doch wohl zwei Tage ohne Fernseher überleben", wies sie mich zurecht „Lass uns runtergehen und zu Abend essen."

Nachdem wir uns einen Weg durch Christinas Klamottenberge gebahnt hatten, verlangte Christina nach meiner Hand. Ich sah sie mit fragendem Blick von der Seite an, sagte aber nichts, reichte ihr mein Patschehändchen und wir gingen ins Erdgeschoss, um Essen zu fassen.

Das Buffet war übersichtlich, aber ansprechend. Ich füllte meinen Teller mit einer kleinen Auswahl der angebotenen Leckereien, begab mich zu unserem Tisch mit Namensschildchen (!) und stellte ihn ab. Dann schlich ich mich zum Getränkebereich und erblickte einen großen Kühlschrank mit Glasfront. Der Koch stand plötzlich neben mir und fragte, ob er mir helfen könne.

„Ich hätte gern ein Bier", sagte ich höflich, bekam dieses nach Nennung der Zimmernummer und erblickte die Preisliste der Getränke.

*Wie bitte?! Nicht euer Ernst*, jauchzte und frohlockte ich innerlich, lobte und pries den Herrn, dankte für diese unverschämt günstigen Preise und lächelte selig vergnügt. Auf der Getränkekarte stand:

*Flasche Bier (Weizen/Pilsener) (0,5l) je 2,00 Euro*

Ehe ich das verdaut hatte, teilte mir der Smutje mit, dass wenn ich später noch etwas trinken möchte, ich es mir einfach herausnehmen solle. Entweder sollte ich meine Zimmernummer und das Getränk in der Liste vermerken oder den Betrag in die Kasse legen.

Zwei Euro für ein Bier, Kasse des Vertrauens … Ich war schwer begeistert und begab mich selig lächelnd an den Tisch.

„Worüber freust du dich?", fragte Christina, während sie versuchte, mein breites Lachen einzuordnen.

Ich atmete tief durch und sagte: „So langsam gefällt es mir hier."

Der Speisesaal füllte sich mit verschiedenen Gruppen kirchlicher Vertreter, und ich stellte fest, dass wir die einzigen Privatgäste waren. Sei es drum. Wenigstens keine unerzogenen, lärmenden Kinder überforderter Eltern.

„Sprichst du das Tischgebet?", fragte ich Christina, die mich mit hochgezogenen Augenbrauen anschaute und dann mit dem Kopf schüttelte. „Dachte ich es mir. Gottlos bist du auch noch", flüsterte ich ihr gespielt theatralisch zu.

Nach einem köstlichen Mahl und zwei Weizenbieren meinerseits gingen wir nach oben, und ich versuchte das Tablet dazu zu bewegen, den WLAN-Schlüssel anzunehmen, um eine TV-App zu installieren.

Christina verschwand ins Badezimmer, und während ich noch immer mit dem Fernsehempfang kämpfte, drapierte sie sich in einem unverschämt durchsichtigen Negligé auf dem Bett und schmachtete mich lüstern an.

In meinem Kopf entspann sich spontan folgender
möglicher Dialog:

*Christina: „Schatziii? Kommst du zu mir?"*
*Ich: „Hier? Im Hause des Herrn? Ringsum nur Nonnen,
Priester und ... keine Ahnung, was die sonst noch so für Per-
sonal haben. Wenn du in Fahrt bist, quiekst du wie ein
Meerschwein auf Speed. Die Leute finden doch für Wochen
nachts keine Ruhe mehr. Ich weiß nicht, ob das so eine gute
Idee ist."*
*Christina: „Wir können ja auch nur kuscheln."*
*Ich: „Bäh! Geh weg."*

Ich sah Christina in die Augen und musste laut lachen. Sie bezog das auf sich, und ehe ich ihr erklären
konnte, was da gerade in meinem Kopf passiert war,
drehte sie sich um und begann zu schluchzen.

*Suuuper hast du das wieder gemacht*, lobte ich mich
selbst.

Dann legte ich mich zu ihr, kuschelte mich an sie, und
als ich sie etwa eine Stunde später soweit hatte, wieder
mit mir zu reden, hörten wir aus dem Nachbarzimmer
eindeutige Geräusche. Daraufhin vollzogen wir ebenfalls den Beischlaf.

Am nächsten Morgen standen wir nach ausgiebigem
Frühstück um 09:30 Uhr an der Rezeption, gaben unseren Schlüssel ab und machten uns auf, den Feldberg zu
erklimmen. Da fiel mir etwas ins Auge.

Neben dem eigentlichen Rezeptionstresen befand
sich eine Auslage, auf der verschiedene Dinge zum Verkauf angeboten wurden, unter anderem ein Stempel
mit dem Aufdruck:

Irgendwie vermittelte er mir den Eindruck, er müsse mit, und so kaufte ich ihn. „Man weiß ja nie, wozu man den mal gebrauchen kann“, teilte ich einer verwundert dreinblickenden Christina mit und steckte ihn in die Jackentasche.

Der Rest des Wochenendes bestand aus Wandern, Fernsehen auf dem Zehn-Zoll-Tablet, Lesen, Schlafen, miteinander Schlafen, gutem Essen und unverschämt günstigem Bier.

### Sonntagvormittag.

Die Taschen waren im Auto verstaut, Christina bezahlte die Rechnung und ich saß schon ungeduldig auf dem Beifahrersitz. Als wir gerade losfahren wollten, fiel ihr ein, dass sie noch eine Flasche des hoteleigenen Weines mitnehmen wollte.

Sie sprang wieder aus dem Auto und eilte nach drinnen, während ich ebenfalls ausstieg, mir einen Zigarillo anzündete, und interessiert einen geparkten Opel Kadett C bewunderte.

In genau diesem Moment kam Christina nach draußen, ließ den Wein fallen und schrie. Ich drehte mich zu ihr, dann in die Richtung, in die sie zeigte, und sah, wie der Polo schon mal ohne uns losfuhr.

Langsam, ganz langsam, rollte er über den Parkplatz, auf die Straße, prallte an einem kleinen Felsbrocken ab und kam in einem Gebüsch zum Stehen.

„Puh!“, schnaufte ich.

Christina eilte zu mir und hielt sich an meinem Arm fest.

„Da hast du ja noch mal Glück gehabt", bemerkte ich und wollte gerade fragen, ob sie denn die Handbremse nicht angezogen hätte, da verließen das Gebüsch die Kräfte und es entließ den Polo aus der zarten Umarmung.

Selbiger rollte – jetzt wieder auf der Straße – weiter, und da niemand im Auto saß, der lenkte, nahm er nicht die nächste Kurve, sondern den Abhang.

Es folgten Geräusche von berstenden jungen Bäumen und sich kalt verformendem Blech. Ein paar Vögel flatterten aufgeregt zwitschernd davon, dann war kurz Ruhe, bevor als Abschluss die Alarmanlage des VW Polo ertönte.

Christina stand erstarrt neben mir und schaute in die Richtung, wo der Polo ein letztes Mal zu sehen gewesen war.

Ich musste mir ein Kichern verkneifen, hatte doch die Alarmanlage an dem ollen Polo vorher nie funktioniert.

Als diese nach ein paar Augenblicken erstarb und neben mir ein Wehklagen der üblen Sorte anfing, sah ich in den Himmel und sagte mit inbrünstiger Stimme: „Amen!"

Als nach etwa einer Stunde der ADAC ankam, sah ich in die verwunderten Augen eines Mannes, der mit einem normalen Abschleppvorgang gerechnet hatte. Nachdem er zweimal versucht hatte, Christinas Auto mit einer Seilwinde den Berg hinaufzuziehen, das Seil zweimal riss und Christina beide Male einen erneuten Heulkrampf bekam – als wenn noch etwas am Auto hätte kaputt gehen können –, entließ uns der Gelbe Engel. Er wollte einen Kollegen mit einem Bergekran rufen, und Christina stellte ihm allen Ernstes die Frage, zu welcher Werkstatt er das Auto bringen würde.

Ich hielt einfach meinen Mund. Das war für mich mit Sicherheit die gesündeste Variante. Ein falsches Wort und sie hätte mich wahrscheinlich erwürgt.

Der Abschleppprofi teilte mit freundlicher Stimme mit, dass er sie diesbezüglich anrufen würde.

Nachdem ich anschließend die Ehre hatte, mehrfach den Berghang hinab und wieder hinaufzukraxeln, um das Gepäck zu holen, bahnten wir uns einen Weg durch die nun bereits stattliche Anzahl an Schaulustigen und traten mit einer bunten Mischung aus Taxi, S-Bahn und wieder Taxi den Heimweg an.

Zu Hause ließ ich die Taschen vor der Haustür fallen und hechtete zum Kühlschrank.

# Und dann kam Murat



Meinen ersten Kaffee hatte ich gerade intus, da klopfte es an der Tür.

„Ja bitte?"

Nichts passierte.

„Ja!", sagte ich lauter, woraufhin sich die Klinke bewegte und die Tür aufging.

Vor mir stand, mit einer Aktentasche unter dem Arm, ein stämmiger Mitbürger mit Migrationshintergrund und stellte sich als Murat Nachnahme-bestehend-aus-einer-Buchstabenfolge-die-ich-nicht-aussprechen-konnte vor. Er war seiner Aussage nach unser neuer IT-Leiter.

Ich blickte auf, musterte ihn eingehend und sagte kurz angebunden: „Okay!"

Er überlegte entweder, ob er noch etwas sagen sollte, oder wartete darauf, dass ich noch etwas sagen würde, doch nichts davon geschah.

„Gut, dann ... ich gehe mal an die Arbeit", verabschiedete er sich schließlich und ging hinaus.

Ich starrte eine Weile auf die Tür und rief dann Petermann an. Bevor der auch nur ein Wort sagen konnte, plärrte ich ins Telefon: „Ein Türke, wirklich?"

Petermann atmete laut, überlegte scheinbar, worauf ich hinauswollte, und sagte dann: „Ach, der neue IT-Chef!"

„Ja, der neue IT-Chef!", sagte ich aufgebracht.

„Habt ihr euch also schon kennengelernt", plapperte er fröhlich.

„Ja, kam gerade auf seinem Teppich reingeflogen", brummte ich.

„Auf einem Teppich?"

„Petermann, vergiss es!" Ich legte auf.

Ich begab ich mich zu Franz-Peters Büro, klopfte, und noch ehe er „Herein" rufen konnte, stand ich vor seinem Schreibtisch.

„Sebastian, was kann ich für dich tun?", fragte er ein wenig erschrocken ob meines forschen Eintretens.

„Ein Türke, dessen Namen ich nicht aussprechen kann, hat sich mir gerade als unser neuer IT-Leiter vorgestellt", beschwerte ich mich.

„Du meinst Herrn *Nachname-bestehend-aus-einer-Buchstabenfolge-die-ich-nicht-aussprechen-konnte?*", verlautete FPJ und schaute mich zufrieden an.

„Wie auch immer. Muss das sein?", hinterfragte ich seine Personalentscheidung.

„Die Stelle ist seit Monaten ausgeschrieben, es gab keine anderen Bewerber und er hat 1-A-Referenzen. Er kommt aus einer international agierenden Druckerei, die vor Kurzem in Insolvenz ging. Ehrlich gesagt, das hat gepasst wie die Faust aufs Auge."

„Na gut, wenn du meinst", gab ich resigniert auf.

„Brathering?", fragte er in seine Schublade greifend.

Ich winkte kopfschüttelnd ab, ging in mein Büro und wählte Bernds Nummer.

„Ist was passiert?", fragte der, da ich zu einer sehr ungewöhnlichen Zeit anrief.

„Du bist jetzt ein Türke!", artikulierte ich mich aufgebracht.

„Wie bitte?"

„Ein Türke!"

„Sebastian, ich habe keine Ahnung, wovon du sprichst."

„Deine Stelle hier, die haben die neu besetzt. Mit Murat!"

Stille in der Leitung, dann: „Super, haben sie endlich jemanden gefunden!"

„Ja aber ...?"

„Was hast du denn für ein Problem?", unterbrach mich Bernd forsch.

Stimmt. Was hatte ich eigentlich für ein Problem? Weil er Türke war? Weil er Bernds Job übernahm? War ich ein Rassist? War es, weil ich irgendwie insgeheim gehofft hatte, dass Bernd vielleicht wiederkommen würde?

Ich verabschiedete mich von Bernd, legte auf, erledigte ein paar anfallende Arbeiten und begab mich dann zur Mittagszeit in die Kantine. Anna, die in der vergangenen Woche noch krank gemacht hatte, lag nun wirklich mit Grippe flach und würde eine weitere Woche nicht arbeiten kommen.

Mein *Lieblingsküchenchef* erblickte mich, und sofort gingen seine Mundwinkel nach unten. Gehässig und überspitzt fragte er, ob ich einen Hamburger möchte.

„Nein danke. Ich nehme den Nudelauflauf." Ich versuchte freundlich zu bleiben.

„Ist aber geröstet, nicht erwärmt", knurrte er mit boshaftem Unterton in Anspielung auf unseren Burgerdisput im vergangenen Jahr und klatschte mir lieblos eine

Portion auf den Teller. Der fing schon wieder an, mir auf den Sack zu gehen!

Ich nahm mein Tablett, setzte mich an einen freien Tisch und schaufelte mir die Nudeln in den Hals, als plötzlich Murat mit seinem Tablett vor mir stand und fragte, ob an meinem Tisch noch frei wäre.

Ich brummte mit vollem Mund *„Ja"*, und er setzte sich mir gegenüber. Ehe wir ins Gespräch kommen konnten, füllte sich der Tisch weiter, auch Magdalena setzte sich zu uns.

„Hallo, Sebastian, heute Nachmittag wieder Lieferung?"

Ich nickte und zwinkerte ihr verschwörerisch zu.

Sie schaute zu Murat und lächelte. „Du neuer Mann für Computer?"

„Ja, ich bin ... sozusagen ... ja", stammelte er, schnitt ein Stück von der gekochten Rinderbrust ab und steckte es sich in den Mund.

Magdalena erklärte ihm folgend in Kurzform alles, was er über die Firma wissen musste, und auch alles, was er ihrer Ansicht nach sonst noch wissen sollte.

Als sie damit fertig war, schlackerten Murat die Ohren, er schaute mich an, und ich sagte: „Halte dich an sie, dann kann dir hier nichts passieren!"

„Werde ich berücksichtigen", dankte er für den Rat, und wir aßen weiter, während Magdalena sich ihrem Essen widmete.

Am Nachmittag desselben Tages saßen Murat und ich zwei Stunden bei mir im Büro, tranken Kaffee, besprachen sein Budget, schweiften ab, und stellten fest, dass wir zur selben Zeit an derselben Uni studiert, ja sogar gemeinsame Bekannte und Freunde hatten.

Das sollten Murat und ich auch noch werden,
Freunde.

Aber dazu später.

# Rache des Schicksals

Die Woche verging wie im Flug und am darauffolgenden Montag klopfte es kurz nach neun an meiner Bürotür. Anna betrat den Raum, schloss die Tür hinter sich, kam ein Stück näher und sah mich an, wie ich meine Mutter früher angeschaut hatte – na ja, eigentlich immer noch –, wenn ich etwas ausgefressen hatte.

„Guten Morgen, Sonnenschein!", begrüßte ich sie überschwänglich, merkte aber schnell, dass etwas nicht stimmte.

„Hallo, Sebastian. Wir müssen reden!"

„Autsch, was habe ich verbrochen?", fragte ich guter Dinge, und wir setzten uns an den Konferenztisch.

„Du nichts, ich."

Ich wurde hellhörig und blickte sie gespannt, irgendwie auch nervös und Unheil erahnend an.

„Ich weiß nicht so recht, wie ich es sagen soll, weil ... na ja ... wir zwei und ... das alles." Sie holte tief Luft, schaute mich an und machte ein ernstes Gesicht.

„Anna, was ist denn los?"

„Ich mache es kurz. Ich habe jemanden kennengelernt", teilte sie mir mit und sah mich mit festem Blick an, erwartete mit zusammengekniffenen Lippen meine Reaktion.

„Okay, schön", faselte ich, stand auf und stellte mich ans Fenster.

„Bist du sauer?", fragte sie vorsichtig.

Ich drehte mich um, schluckte mehrfach und versuchte meine Gefühle zu kontrollieren. „Nein, warum sollte ich? Das mit uns ist doch ... alles gut!"

Sie stammelte: „Es ist nur ..."

Ich unterbrach sie. „Anna, du brauchst dich nicht zu rechtfertigen."

Sie flüsterte: „Danke", stand auf, gab mir einen Kuss auf die Wange, verschwand nach draußen, drehte sich noch einmal um und lächelte mich, in meiner Erinnerung wehmütig, an.

Langsam schlich ich zu meinem Schreibtisch, setzte mich und ließ ihre Worte auf mich wirken. Ich war mir nicht sicher, ob ich traurig, wütend, erleichtert oder etwas ganz anderes sein sollte, schloss die Augen und erinnerte mich mit einem Lächeln an unsere gemeinsamen Momente.

Nach einer gefühlten Ewigkeit stand ich auf, öffnete die Tür zu meinem Bunker und dort ein Bier. Dass es Montagvormittag und gerade einmal kurz vor halb zehn war, war mir scheißegal. Ich schaute in den Spiegel, erhob die Flasche und rief laut: „Prost, ihr Säcke!"

Danach prüfte ich meine E-Mails, und das Schicksal hatte einen Lauf, denn es dauerte nicht lange, bis die nächste Katastrophe folgte.

Einer E-Mail von Bernd nach hatte der März nicht nur in Annas Leben sogenannte Frühlingsgefühle gespült, nein, wenn dann gab es das Komplettprogramm, die Rache von dreizehn Milliarden Jahren Universum nur für mich allein. Und das innerhalb nicht einmal einer Stunde!

Lilja bändelte wohl auch hier und da mit Männern an, wie mir Bernd per E-Mail geschrieben hatte. Genau genommen hatte Bernd sie und ihre Schwester zufällig belauscht.

Lilja hatte zu Jaanika gesagt, sie suche jetzt den einen, den, der sie glücklich macht, sie ergänzt und vervollständigt.

Zwar hatte sie eine ganze Weile gehofft, dass ich derjenige wäre, aber ich hatte mich ja aus der Affäre gezogen. Und jetzt, da ihr Ex, der frauenschlagende Aarne, im Knast saß, bräuchte sie auch keine Angst mehr zu haben.

Während ich die E-Mail las, erschien auf dem Display eine Erinnerung: „DRINGEND: Pool kaufen!!!" Ich klickte auf *„In einer Woche wieder erinnern"* und drückte die Meldung weg.

Das zweite Bier war offen.

„FICKT EUCH DOCH ALLE!", rief ich laut in den Bunker und meinte, eine Art Echo zu vernehmen.

Ich brauchte frische Luft, musste hier raus.

Gerade als ich überlegte, ob ich nach Hause fahren oder nur eine Runde spazieren gehen sollte, klingelte mein Handy.

„Hallo, Schatz!", flötete Christina.

Entweder hatte sie im Lotto gewonnen – wobei wir diesem Glücksspiel nicht frönten – oder sie war auf Droge.

„Ich wollte es dir eigentlich erst heute Abend erzählen, aber ich bin so aufgeregt", sagte sie, und die Wörter überschlugen sich förmlich.

„Was denn?", fragte ich, bemüht, interessiert zu klingen.

„Ich glaube, ich bin schwanger!"

Stille.

„Bist du noch da?", fragte sie nach einer gefühlten Ewigkeit.

„Ja, bin ich", sagte ich mit monotoner Stimme und schaute, die Zimmerdecke, die Etage über mir und das Dach des Gebäudes missachtend, in die Mitte unseres schönen Universums.

„Sebastian?", vernahm ich aus dem Telefon und log: „Ich kann leider nicht sprechen, bin in einem Meeting."

„Oh, sorry. Dann bis später!"

„Ich versuche, mich nachher zu melden", flüsterte ich und legte das Telefon auf den Schreibtisch.

Da war er, der Wink der kompletten Zaunpfahlindustrie unseres Planeten, der Hieb des Universums, die Rache des Schicksals.

Jetzt war es definitiv Zeit, nach Hause zu fahren!

Ich hatte das zweite Bier noch nicht angefangen, daher warf ich nur ein Pfefferminzbonbon ein und begab mich zum Parkplatz.

Erst jetzt sah ich – aber dies mit gehörigem Erstaunen – dass Petermanns Audi auf dem Parkplatz A4 stand.

„Was zur Hölle?", entfuhr es mir und ich trat gegen den Kotflügel des Audi, woraufhin dessen Alarmanlage losging.

Ich stieg in mein Auto, fuhr schnell vom Parkplatz und fünfhundert Meter weiter in eine Polizeikontrolle.

„Das wird definitiv mein Tag!", zischte ich hysterisch, während ich die Scheibe absenkte und von einem übereifrigen Polizeianwärter um meinen Führerschein und die Fahrzeugpapiere gebeten wurde.

„Haben sie innerhalb der letzten zwölf Stunden Alkohol getrunken?", wurde ich nach Sichtung meiner Papiere freundlich gefragt.

„Ja, eben im Büro ein Bier. Aber da ich mich gern hemmungslos besaufen will, weil meine Geliebte hier und meine Geliebte in Finnland Schluss gemacht haben, während meine eigentliche Freundin mir gerade eröffnet hat, dass sie schwanger ist, fahre ich jetzt nach Hause und besauf mich da. Und wissen Sie, was noch schlimmer ist? Petermann parkt jetzt auf A4!"

Der Polizist sah mich verwirrt an und ich erwiderte seinen Blick, ohne zu blinzeln. „Drogen … vielleicht?", erkundigte er sich ganz vorsichtig.

Mit weiterhin starrem Blick und zusammengekniffenen Lippen schüttelte ich kaum sichtbar den Kopf. Er gab mir meine Papiere zurück und wünschte einen schönen Tag.

„Werde ich definitiv *nicht* haben. Aber danke!"

Zu Hause angekommen, öffnete ich sofort ein Bier und trank es auf Ex, ein zweites in drei Schlucken und dann legte ich „Queen – The Greatest Hits" auf den Schallplattenspieler, warf meinen Körper auf die Couch, schloss die Augen und dachte darüber nach, womit ich das Schicksal in Rage gebracht hatte, dass es mich so bestrafte.

Wobei … eigentlich trat doch genau das ein, was zumindest bis zum vergangenen Juli der Masterplan gewesen war: keine Anna, keine Lilja, ein Baby mit Christina. Das war doch, was ich wollte. Und jetzt passierte es und es war mir auch wieder nicht recht? Was wollte ich eigentlich?

Aus unerfindlichen Gründen wurde der Klang der Musik immer schlechter, es fing an zu knacken und zu rauschen. Als ich mich in Richtung Schallplattenspieler drehte, stand mir das blanke Entsetzen im Gesicht, denn der Plattenspieler fabrizierte statt Musik grau wabernde Rauchkringel.

Ich sprang von der Couch, fegte die halbvolle Bierflasche um und auf Christinas Perserteppichimitat, rannte zum Phonoboard, schaltete alles aus und zog den Netzstecker. Nebenbei wedelte ich den Rauch beiseite und wollte gerade anfangen, laut loszuheulen, als der Rauchwarnmelder an der Decke diese Aufgabe übernahm.

Das infernalische Piepen erfüllte erst das Wohnzimmer und dank vernetzter Technologie der Geräte bald das ganze Haus.

Bei der Suche nach etwas, womit ich den Alarm abstellen konnte, fiel mir der Schürhaken des Kamins ins Auge und ich versuchte damit, den Resetknopf des Plagegeistes zu betätigen. Da das nicht klappte, und meine Ohren gefühlt schon bluteten, stieß ich einfach mit voller Wucht zu. Das Geräusch erstarb und der Schürhaken blieb im Rauchmelder stecken.

Mal sehen, was Christina dazu sagen würde.

Ich trocknete den Teppich, untersuchte den Schallplattenspieler, legte mich dann aber wieder hin, schlief ein und träumte ausnahmsweise einmal nichts.

Christina weckte mich gegen 17:00 Uhr und war verwundert über mein Schläfchen auf der Couch und die zwei Flaschen Bier auf dem Tisch vor mir.

Am allermeisten interessierte sie jedoch, warum es im Haus so komisch roch und der Schürhaken im

Rauchmelder steckte. Bissig fragte sie: „Ein Selbstmordversuch war es wohl nicht, oder?"

„*Er* hat damit angefangen!" Ich zeigte auf das Corpus Delicti und richtete mich auf. Ohne weiter darauf einzugehen, ließ sie sich in den Sessel fallen und seufzte.

„Du bist also schwanger?", frage ich neugierig.

Sie schaute mich an, schüttelte mit dem Kopf und sagte leise: „Weiß ich noch nicht genau."

„Wie, du weißt es noch nicht?"

„Mein Gefühl und die Symptome sagen ja, aber … ich hol mir in der Apotheke noch einen Test. Nur, um ganz sicherzugehen."

„Okay, dann warten wir ab", versuchte ich erwartungsvoll zu klingen, und Christina nickte.

„Hast du die Flüge nach Finnland eigentlich schon gebucht?", fragte sie auf dem Weg in die Küche, und ich verneinte, versprach aber, es am Abend zu tun.

Christina bestand übrigens darauf, neben den Tickets für die Luftgitarren-WM, die wir Bernd und Jaanika zur Hochzeit schenken wollten, noch ein Geschenk zu besorgen, welches etwas dauerhafter wäre.

Ich runzelte die Stirn. „Dauerhafter?"

„Ja, etwas Schönes für das Haus zum Beispiel", sagte sie lächelnd und setzte sich mit dem Tablet an den Küchentisch. „Ich suche mal was raus. Machst du das Abendessen fertig?"

Ich nickte und musste an Anna denken. Was sie wohl gerade tat? Ob sie mit ihrem Freund zusammen war oder allein daheim, sich vielleicht gerade für ein Date mit ihm fertigmachte und singend im Bad vor dem Spiegel stand?

Das war mal wieder einer der Momente, in dem ich eigentlich gern allein sein wollte.

„Hier, was hältst du von einem Fußabtreter mit Namensgravur?“, unterbrach mich Christina.

„What the fuck!?“, entfuhr es mir, und sie blickte erschrocken auf.

„Alles klar bei dir? Warum sprichst du Englisch?“

„Keine Ahnung.“

Gefangen in dem Leben, das ich mir eigentlich gewünscht hatte. Gefangen in der Harmonie, die ich mir ersehnt hatte. Gefangen im vermeintlichen Glück. Ich musste hier raus, aber wie?

*Schicksal, alter Gefährte, du hast mich heute so gestraft, jetzt sei mal lieb und verschaffe mir einen Ausweg*, betete ich.

Nichts geschah.

Wir aßen zu Abend, gingen dann ins Wohnzimmer und letztendlich zu Bett. Ich lief im Notprogramm, konnte Christina aber den Eindruck vermitteln, normal zu funktionieren.

Als der nächste Morgen anbrach, war mein erster Gedanke nach dem Erwachen: *Scheiße!* Und genau dieser Gedanke wollte auch den ganzen Tag über nicht verschwinden.

Murat hatte Baklava mitgebracht, eine süße türkische Spezialität, die mir sehr gut schmeckte. Wir saßen in meinem Büro, um die Besprechung des vergangenen Tages fortzusetzen.

„Bist du verheiratet?“, fragte ich aus einer Laune heraus mitten in der Budgetplanung.

Murat schaute mich grinsend an und schüttelte den Kopf. „Nö, da muss erst noch die Richtige kommen“, verkündete er breit lachend, während ich erneut zum Baklava griff.

Es klopfte an der Tür.

Ich rief: „Ja bitte!“, und kurz darauf stand Anna im Zimmer.

Sie grüßte uns mit einem lapidaren: „Hallo. Bei Zimmermann gibt's was Neues.“ Dann legte sie ohne ein weiteres Wort zwei Ordner auf den Tisch.

„Danke!“, sagte ich und legte all meine Sehnsucht nach ihr in den Blick, den ich nun an sie richtete.

Sie bemerkte es nicht, verabschiedete sich und ging wieder.

Ich teilte Murat mit, dass Zimmermann Vorrang habe, und verschob unser Gespräch auf die kommenden Tage. Dann war ich wieder allein – allerdings mit dem ganzen Blech Baklava.

Ich nahm die zwei Ordner, ging an den Schreibtisch, legte sie vor mich und grübelte darüber nach, wie ich Anna wieder in mein Büro locken konnte.

Ich wollte sie sehen, mit ihr reden, aber wie? Ich rief die Schmidtgen an und erbat die Akten zu „Frankfurt III“, um in Bezug auf Zimmermann etwas zu kontrollieren.

Kurze Zeit später klopfte es, und wie erhofft stand Anna mit den Unterlagen im Zimmer. Sie sah jetzt, dass ich litt, das war mir klar. Aber was würde sie tun?

Ehe ich mich's versah, hing sie an meinem Hals und begann zu weinen. Erschrocken und gleichzeitig dankbar ließ ich es zu.

„Es ist auch für mich nicht einfach, glaub mir!“, sagte sie mit stockender Stimme und drückte sich fester an mich. „Aber das mit uns … es geht nicht! Das funktioniert nicht." Sie ließ mich los, schaute mir tief in die Augen und flüsterte: „Du musst mit Christina glücklich werden." Eine Träne rann über ihre Wange.

„Ich will nicht mit Christina glücklich werden!", sagte ich trotzig.

Tapfer lächelnd flüsterte Anna: „Doch, willst du. Musst du!" Dann drehte sie sich um.

„Anna, bitte!", rief ich ihr hinterher, doch sie ging hinaus und die Tür fiel hinter ihr ins Schloss.

# Nur Sternenstaub

Mal wieder verließ ich die Firma weit vor Feierabend, *Mutilation Rites* dröhnte durchs Auto und ich war einfach nur im Arsch – aber das mit voller Hingabe!

Zuhause legte ich auf dem wieder aus dem Keller geholten alten Schallplattenspieler eine noch ältere LP auf und ließ mich mit einer Flasche Whisky in meinen neuen „Musikhörsessel" von QVC fallen. Ja, sorry, aber das Angebot war einfach unwiderstehlich.

Ich war so zerrissen, so kaputt, stand so circa drei Lichtsekunden neben mir und in einer Woche würde ich 33 Jahre alt werden.

*Dreiunddreißig beschissene Jahre*, schoss es mir durch den Kopf, *bin ich schon auf diesem beschissenen Planeten, der mich scheinbar abgrundtief hasst.*

Ich begann hemmungslos zu heulen und wünschte Anna zu mir, wünschte mich zurück an den Abend im vergangenen Juli, wollte sie bei mir haben, sie küssen, umarmen und festhalten.

Es würde nicht passieren, ich würde nicht in diesen Genuss kommen. Ich musste mich dem stellen, was mein Weg zu sein schien. Christina war womöglich schwanger, ich würde Papa werden und das war meine Bestimmung.

Ganz ehrlich, worüber beschwerte ich mich eigentlich?

Christina war hübsch anzusehen, verdiente gutes Geld, liebte mich (abgesehen von meinem Hang zu

Zigarillos und Alkohol) und wir würden ohne große Reibungspunkte miteinander alt und glücklich werden. Das Blöde war nur, dass ich immer das wollte, was ich *nicht* hatte!

Ich lümmelte in meinem Sessel und hatte die Kopfhörer auf, da stand plötzlich Christina im Türrahmen des Wohnzimmers und schaute mich traurig an.

„Nicht schwanger", flüsterte sie mit leiser Stimme, hielt einen Schwangerschaftstest in der Hand und schien kurz davor, zu weinen.

Ich sprang auf, nahm sie in den Arm und tröstete sie.

„Das ist so ungerecht!" Sie fing an zu schluchzen an und legte ihren Kopf an meine Schulter.

Nach einer Weile schauten wir uns an, ich holte eine Flasche Wein und wir machten es uns auf der Couch gemütlich und schauten alte Fotos an.

Ich hatte, obwohl ich Fotos anschauen hasste, das Bedürfnis, sie ein wenig abzulenken. Dann tranken wir noch eine Flasche Wein, bestellten Pizza und schauten fern.

Christina schlief irgendwann ein, ich verfolgte die von ihr ausgewählte Doku über das Leben der Nacktmulle, schweifte mit den Gedanken aber hin zu der Tatsache, dass wir unter anderen Umständen womöglich bald zu dritt gewesen wären.

Ein Kind, dann Hochzeit. So wie es sich meine Mutter gewünscht hatte. Nur irgendwie konnte ich mich nicht dafür begeistern. Irgendwie war ich noch nicht soweit.

Am nächsten Morgen im Büro überkam mich wieder diese Traurigkeit, und ich war hin- und hergerissen dazwischen, Anna sehen zu wollen und sie weit weg zu wünschen, um den Schmerz nicht mehr ertragen zu müssen.

Es war ein ruhiger Tag, ich machte pünktlich Feierabend, fuhr nach Hause und erblickte ein mir nicht bekanntes Auto in unserer Einfahrt. Ich parkte vor meiner Garage und schlich dann um den hässlichen kleinen Peugeot herum.

„Vernünftige Autos bauen konnten die Franzosen noch nie", murmelte ich, ging kopfschüttelnd ins Haus, wo ich in der Küche Christina antraf, die wie ein Honigkuchenpferd grinste.

„Haben wir Besuch?", fragte ich neugierig und blickte mich um.

Christina schaute mich verwirrt an und sagte dann gedehnt: „Achsooo!" Dann sah sie mich kurz verschwörerisch an und sagte: „Du meinst den Peugeot? Den habe ich mir heute gekauft."

„Du hast was?", brachte ich mit dünner Stimme hervor und mir entglitt das Gesicht.

„Mir ein neues Auto gekauft!" Sie freute sie ungemein.

„Das ist kein Auto, das ist ein Peugeot!" Ich schüttelte den Kopf und fügte hinzu: „Ich habe doch gesagt, dass ich dir ein neues Auto besorge."

„Ja, aber der hat mir so gefallen und … er ist so sparsam im Verbrauch."

„Christina, das Ding kommt mir vom Hof! Die Nachbarn denken noch, wir haben kein Geld oder so!"

„Ich behalte ihn. Mir egal, was du sagst", teilte sie mir bestimmt mit, drehte sich trotzig um und ging nach oben.

„Wir kaufen keine französischen Autos!", blaffte ich ihr laut hinterher.

Keine Antwort.

Ich nahm mein Telefon, folgte Christina nach oben und fragte scheinheilig: „Hast du eine Teilkaskoversicherung abgeschlossen?"

„Sogar Vollkasko."

„Okaaay!" Ich lachte hysterisch und ging wieder hinunter.

„Warum? Was hast du vor? SEBASTIAN?"

„Ich fahr das Ding auf die Straße und zünde es an!", tönte ich und schwang mich ins Erdgeschoss.

„Sag mal, spinnst du?", rief sie, und ich rannte die Treppe hinunter in die Küche. Sie hetzte hinter mir her und blockierte die Haustür. „Bist du noch bei Trost?"

„War nur Spaß!", scherzte ich, drehte um, ging in die Küche und nahm mir ein Bier aus dem Kühlschrank.

Selbstverständlich konnte ich es mir den ganzen Abend über nicht verkneifen, dämliche Kommentare über ihren Neuerwerb zu machen. Erst als sie damit drohte, dass ich die kommenden Nächte gern im Gästezimmer verbringen könnte, gab ich Ruhe.

Mein Telefon piepte und ich nahm es aus der Hosentasche.

„DRINGEND: Pool kaufen!!!"

Ich schaute auf den Fernseher und dann wieder zu ihr, dann wieder zum Fernseher und dann kam mir Anna in den Sinn.

Ich seufzte wohl etwas zu laut, denn Christina ließ ihr Buch sinken und schaute mich wortlos von der Seite an. „Ist es wirklich so schlimm?"

Mein Herz rutschte in die Hose. Sie konnte doch keine Gedanken lesen? Ich schaute sie erschrocken an und stotterte: „Was … was meinst du?"

„Na wegen dem Auto“, ließ sie verlauten, und ich seufzte erneut – diesmal vor Erleichterung – sank nach hinten und bemerkte traurig: „Es ist nur … ich musste gerade an unseren Senior denken. Ob es wohl im Himmel Brathering gibt?“

Christina schüttelte den Kopf und vertiefte sich wieder in ihr Buch. Nach ein paar Minuten blickte sie auf, räusperte sich und wartete auf eine Reaktion.

„Ja, Schatz?“ zwitschernd drehte ich mich zu ihr.

Da warf sie in den Raum: „Hast du dir eigentlich schon einen Anzug für die Hochzeit besorgt?“

„Ich habe doch noch den Fetzen von der Tommy-Jaud-Veranstaltung?“, ließ ich sie wissen und runzelte die Stirn, denn mir war klar, dass ich damit nicht durchkommen würde, sie nun Blut geleckt hatte und ich mit ihr ein Einkaufszentrum ihrer Wahl aufsuchen musste. Schon bei dem Gedanken an die Massen von Menschen wurde mir übel, und ich zermarterte mir das Hirn, um eine Ausrede für ihren gleich folgenden Satz zu finden.

„Das ist aber kein Anzug für eine Hochzeit“, antwortete Christina, und ich versuchte eine La-Ola-Welle mit meinen Augenbrauen, was nicht gelang und so dämlich ausgesehen haben muss, dass sie zu lachen anfing.

„Wo wir gerade bei Jaud sind: Könnten wir bitte dieses Bild von der Wand nehmen?“, fragte ich bettelnd.

Dabei deutete ich auf ein in Postergröße über der Couch hängendes Bild, auf dem mein nackter Oberkörper mit der Widmung von Tommy Jaud zu sehen war. Ihr erinnert euch?

„Ich finde es großartig!“ Christina schnalzte mit der Zunge und grinste.

„Ich aber nicht", protestierte ich wie so oft, wenn wir auf dieses Thema kamen.

Obwohl ich natürlich auch ein bisschen stolz an diesen Abend zurückdachte, der ohne Tommy Jauds nächtliche Krakelei auf meiner Hühnerbrust in einem Fiasko am folgenden Morgen geendet hätte.

„Also?", warf sie ein.

„Also was?", erwiderte ich.

„Anzug?", parierte sie meinen Versuch, mich dumm und unwissend zu stellen, und ich gab schließlich nach und versprach ihr, mir einen neuen zu besorgen.

„Das können wir ja auch zusammen machen", frohlockte sie, und ich kapitulierte, nickte und flüsterte: „Gern doch."

Dabei warf ich einen Blick auf das Cover ihres Buchs. „Jaud?", bemerkte ich beleidigt.

„Ja. *Überman*! Habe es bisher noch nicht geschafft, es zu lesen."

„Mal abgesehen von dem Bild an der Wand ... du kaufst Bücher von dem Mann, der meine großartige Schriftstellerkarriere bereits im Keim erstickt?"

Christina rollte mit den Augen und bemerkte spitz: „Wann kann ich dein Buch denn mal lesen ... also, wie weit bist du eigentlich?"

Ich schaute sie an, und da wurde mir Vollidioten eins ganz klar: Bevor sie dieses Buch in die Hand bekam, es war ja noch nicht einmal fertig, mussten noch die Namen geändert, die Orte verfremdet und so ziemlich alles angepasst werden. Aktuell hatte ich einfach alles so geschrieben, wie es passiert war ... mit sämtlichen Realnamen.

Wenn sie das Skript, so wie es jetzt war, in die Finger bekam, würde ich in ziemliche Erklärungsnot geraten.

Ich stand auf, goss mir Whisky nach, setzte mich wieder und beobachtete die goldene Flüssigkeit, die beim Bewegen des Tumblers in sanften Schlieren am Glas herablief. Seufzend hatte ich *sie* wieder vor meinem inneren Auge, Anna. Was sie wohl tat? Ob sie glücklich war? Ob sie mich vermisste?

*Scheiße!*

Ich zappte mich durch das Fernsehprogramm, um mich ein wenig abzulenken, Christina las weiter ihr Buch, und während ich meinen Gedanken nachhing, stand sie nach einer Weile auf und fragte, ob ich mit ins Bett käme.

Ich schüttelte kaum wahrnehmbar den Kopf und deutete auf den Fernseher. Sie warf mir einen Kussmund zu, den ich erwiderte, was bescheuert ausgesehen haben muss, dann starrte ich weiter auf das bunte Bild des Flimmerkastens.

Nicht dass mich interessierte, was da lief, nicht dass ich überhaupt wahrnahm, was gesendet wurde.

Ich brauchte Ablenkung, Zeit für mich.


Es galt, eine Entscheidung zu treffen.

# Wenn einer eine Reise tut

Am nächsten Morgen kredenzte mir mein Kaffeebutler gerade heißes schwarzes Glück, als ich auf mein Mobiltelefon schaute und las:

Sobald du in der Firma bist, komme bitte gleich zu mir. F. P.

Das konnte nichts Gutes bedeuten. Ich trank aus, zog mich an und machte mich auf den Weg.

Der Motor schnurrte, mein Unterwegs-Kaffee mit Karamellaroma im Thermobecher schmeckte und Herbert Grönemeyers „4630 Bochum" sorgte für gute Laune.

Vor der Firma begrüßte ich Magdalena, nahm den Fahrstuhl nach oben und stand kurz darauf in Rengers Büro.

„Wie kann ich dir helfen?", fragte ich frei heraus, und Franz-Peter deutete auf einen der Stühle. Ich setzte mich und versuchte seine Mimik zu ergründen.

Er blickte sich um, als wenn uns jemand belauschen könnte, und begann dann leise und geheimnisvoll zu sprechen. „Sebastian ... du musst etwas für mich tun."

„Gern doch, solange es nichts Illegales ist", witzelte ich.

Rengers öffnete die Schublade seines Schreibtisches, und sogleich verschwanden Bratheringhappen in seinem Mund. „Du musst was für mich kaufen ... also auf dem Papier."

Ich schaute ihn fragend an. „Versteh ich nicht."

„Eine Bratheringfabrik.“

„Eine Bratheringfabrik?“

„Ich möchte eine Fabrik für Bratheringkonserven kaufen, aber … sagen wir mal so … ich kann nicht.“

„Wo?“, fragte ich.

Rengers räusperte sich und sagte in perfekter Aussprache: „Prezembleszibiece.“

„*Was?*“

„Prezembleszibiece in Polen“, wiederholte er.

Mit weit aufgerissenen Augen bemerkte ich: „Ich brauch ’nen Schnaps!“

Eine Stunde später hatte ich zwei Whisky getrunken, war vollständig informiert, und begab mich zurück in mein Büro. Von hier aus rief ich Christina an und teilte ihr mit, dass ich in der kommenden Woche drei Tage nach Polen reisen würde, um etwas für F. P. zu erledigen.

Christina war ein wenig verwirrt. „Polen? Seit wann macht ihr Geschäfte in Polen?“

„Neue Geschäftsidee von Rengers, ich weiß auch nichts Genaues“, seufzte ich und legte auf.

Ich machte mir einen Kaffee, sortierte ein paar Unterlagen und bereitete mich innerlich auf meinen Trip nach Prezembleszibiece vor.

Dann setzte ich mich und schrieb weiter an meinem Buch.

Gegen 17:30 Uhr verließ ich das Büro und rannte im Flur buchstäblich in Magdalena hinein.

„Aber Herr Berger. So schnell. Haben eilig?“, tadelte sie mich, ich murmelte eine Entschuldigung und dann kam mir eine geniale Idee.

„Sag mal, hast du nächste Woche schon etwas vor?“

„Ich muss putzen wie immer und kontrollieren die Fensterreiniger."

Ich fasste sie an den Schultern und fragte mit honigsüßer Stimme: „Hättest du Lust, mit mir nach Polen zu fliegen?"

Sie musterte mich, als wenn ich ihr gerade ein unmoralisches Angebot gemacht hätte. Ich zog sie in Rengers Büro, der von der Störung ein wenig überrumpelt war, doch nach zweieinhalb Stunden war der Plan geändert. Ich würde nicht mehr allein nach *Brezelbleistift* – oder wie das hieß – reisen. Magdalena würde als Käufer für die Fabrik auftreten, ich ihr pseudorechtlicher Beistand sein und Rengers lebenslang Bratheringnachschub aus eigener Produktion haben.

### Tage später.

Der Flug war angenehm, die Gespräche mit Magdalena unterhaltsam und der Flug verging ... wie im Fluge, wollte ich fast sagen.

Egal.

Am Warschauer Flughafen feilschte Magdalena mit einem Taxifahrer um den Preis, und ich schaute, nachdem wir losgefahren waren, gedankenverloren aus dem Fenster. Magdalena schien Freude daran zu haben, mal wieder ein Gespräch in ihrer Muttersprache führen zu können, und ich beobachtete die vorbeirauschenden Dörfer, Wälder und Städte.

Nach einer Stunde waren wir in Prezembleszibiece, und es sah noch trostloser aus, als ich es mir ausgemalt hatte.

Etwa fünfzig Häuser, eine Kirche, Feuerwehr und Rathaus. Das war es dann auch schon. Als wir das Ortsausgangsschild passiert hatten, bog das Taxi rechts ab, und nach zweihundert Metern kamen wir vor dem Tor der Fabrik zum Stehen.

„Oh mein Gott", entfuhr es mir, und Magdalena drehte sich um.

„Alles gut?", fragte sie mit besorgter Miene.

„Ja, schon ... es ist nur ... ach, vergiss es", flüsterte ich, schüttelte den Kopf und stieg aus. Der Geruch von Fisch lag in der Luft und mir wurde flau im Magen. „Ich hasse Brathering", sagte ich zu Magdalena und rümpfte die Nase, während wir das Pförtnerhäuschen passierten.

„Wir machen schnell Kauf und dann gehen in gute Restaurant in Dorf. Ich habe gefragt Taxifahrer, günstig und schmeckt."

„Dein Wort in Gottes Ohr", murmelte ich, dann betraten wir den Bürotrakt der Bratheringfabrik, der gefühlt seit den Siebzigerjahren keine Änderung erfahren hatte.

Magdalena hatte im Vorfeld viel telefoniert und dafür gesorgt, dass alle amtlichen Angelegenheiten direkt hier vor Ort abgeschlossen werden konnten. Nach knapp zwei Stunden war der Papierkram erledigt, und während Magdalena, hofiert von einer Abordnung der lokalen Prominenz – sprich Bürgermeister, Pfarrer und Werksleiter –, die Fabrik besichtigte, begab ich mich nach draußen und zündete mir einen Zigarillo an.

Der Pförtner trat aus seinem Häuschen, winkte mich zu sich und ich folgte seiner Bitte. Ich setzte mich neben ihm auf die Bank an der Schranke und nahm ein Glas Wodka in Empfang.

Wir prosteten uns zu und leerten unsere Gläser auf Ex. Es schüttelte mich, ich bekam kurzzeitig keine Luft und mein Mund brannte, als hätte ich einen großen Löffel Lava gegessen. „Was zur Hölle ist das?“, krächzte ich und schaute ihn fragend an.

Er überlegte kurz und sagte dann mit starkem Akzent: „Ist Wodka. Meine Frau und ich gemacht. Stark, aber gesund. Macht Körper sauber von Krankheit.“

Ich hustete, nickte und versuchte mittels einer universellen Geste meine Dankbarkeit auszudrücken.

Schon war mein Glas wieder voll und ich trank auch dieses tapfer aus. Die Sonne bahnte sich ihren Weg durch die Wolken und ich kniff meine Augen zusammen.

Nach einiger Zeit verließ Magdalena die heiligen Hallen, kam auf mich zu und forderte mich auf, ihr zu folgen. Der Bürgermeister höchstpersönlich fuhr uns zum Gasthaus des Ortes und bestand darauf, mit uns einen Wodka zu trinken, bevor wir unsere Zimmer in Augenschein nehmen konnten. Am Ende waren es drei Wodka, und ich brauchte dringend eine Pause.

Während Magdalena und der Bürgermeister neue Runden orderten, begab ich mich auf mein Zimmer und legte mich aufs Bett.

„Schlimmer als in Finnland“, sagte ich laut zu mir selbst, schloss die Augen und schlief bald darauf ein.

Plötzlich öffnete sich die Tür, Anna betrat den Raum, lächelte mich an und stellte eine kleine braune Handtasche auf den Tisch.

„Anna? Du hier?“, flüsterte ich und richtete mich auf.

„Pssst!" Sie legte ihren Finger auf den Mund und öffnete die Tasche. Dann entledigte sie sich ihrer Hose und des Pullovers, setzte sich bekleidet mit quietschgelbem Slip und BH auf meine Bettkante und streichelte meinen Kopf.

„Oh, Anna. Wie habe ich dich vermisst", seufzte ich und genoss die Berührung.

Plötzlich bewegte sich ihre Tasche, fiel zu Boden. Erschrocken sprang Anna auf und schrie auf Polnisch die Tasche an. Ehe ich fragen konnte, warum sie das tat, erschien Magdalenas Kopf in der Tasche, sie öffnete den Mund und lauter Bratheringe kamen daraus hervor. Anna schrie laut und stürzte aus dem Zimmer.

Ich wachte auf und atmete mehrfach tief ein und aus, blickte mich um und vergewisserte mich, dass ich wach war.

„Warum träume ich immer solch bescheuerte Dinge?", fragte ich die Blumenvase auf dem Tisch.

Keine Antwort.

Ich duschte, zog frische Sachen an und ging nach unten in den Gastraum. Magdalena und der Bürgermeister saßen, nun ergänzt durch den Pfarrer und den Pförtner, am Stammtisch und becherten, was das Zeug hielt.

Ich begab mich zu der illustren Runde und bat Magdalena, mir einen Kaffee und etwas zu Essen zu ordern.

Ehe die Bestellung da war, stand schon wieder ein Glas Wodka vor mir.

„Ich will nicht", sagte ich mit jämmerlicher Stimme zu Magdalena.

„Komm, trink! Muss feiern Fabrikkauf. Jetzt wichtig, bekommen Freunde mit wichtige Menschen in Dorf." Sie prostete mir zu, lachte und hob ihr Glas.

Das Unglück nahm seinen Lauf.

Mein Polnisch wurde immer besser und mein Alkoholpegel immer bedrohlicher.

Etwa eine Stunde später klingelte mein Telefon. Christina rief an. Sollte ich rangehen? Meine Zunge war schwer und sie würde sehr schnell erkennen, dass ich – es war gerade einmal 16:30 Uhr – betrunken war.

Ich ließ es einfach läuten und grinste, beschwipst wie ich war, dümmlich in die Runde. Als das Klingeln aufgehört hatte, nahm ich das Telefon und ließ die Übersetzungs-App blechern tönen: „Moje rozmowy żona!"

Schallendes Gelächter und eine neue Runde Wodka waren die Reaktion der Anwesenden.

Widerwillig leerte ich das Glas und bat Magdalena, noch etwas „Finger Food" zu bestellen, damit ich dem Wodka irgendetwas entgegensetzen konnte.

Die Bedienung, deren Schönheit ich bis dahin irgendwie missachtet hatte, stellte ein paar Happen auf den Tisch, und natürlich war auch Brathering dabei.

Erneut klingelte mein Telefon.

„Twoja żona dzwoni?", fragte der Bürgermeister, und Magdalena übersetzte es mit: „Deine Frau ruft an."

Ich entschuldigte mich, begab mich in eine ruhige Ecke und nahm das Gespräch an, darum bemüht, mich normal zu artikulieren. „Hallo, Christina Mäuschen."

„Du bist betrunken!" Sie hatte es sofort gemerkt.

„Jepp", gab ich kichernd zu.

„Sebastian ... so geht das nicht weiter!"

„Jawohl, Chef", lallte ich.

„Ich meine das ernst“, hörte ich ihre erregte Stimme.

„Christina. Kommma wieda runta. Isch mach das nich freiwä-, freiwe-, na hier -willig. Hihi. Das ist hier nun mal so“, gluckste ich.

„Einfach mal Nein sagen?!“

„Habis ja, bringt nix. Ich glaub, die verstehen misch nisch“, versuchte ich mit schwerer Zunge zu erklären.

Christina legte ohne ein weiteres Wort auf.

„Du misch auch, Mausebärchen“, teilte ich dem Telefon trunken mit und kehrte zurück an den Tisch.

Die versammelte Gesellschaft schaute mich an, und ich ließ ein inbrünstiges „Kurwa Mać“ ertönen.

Alles grölte, und ich setzte mich wieder.


Nach und nach verabschiedeten sich der Bürgermeister, der Pförtner und auch der Pfarrer. Und auch Magdalena kam, nachdem sie eigentlich nur zur Toilette wollte, irgendwann nicht mehr zurück.

Ich saß vor einem vollen Glas Wodka, schob mir einen Brathering in den Mund und dachte über das Telefongespräch mit Christina nach, als sich die Bedienung zu mir setzte.

„Hallo. Ich bin Milena“, zwitscherte sie mit hinreißendem polnischem Akzent und schaute mich aus großen blauen Augen an.

„Hallo, Milena. Ich bin Sebastian ... und betrunken.“

„Ich weiß. Es ist gar nicht so einfach, mitzuhalten“, bemerkte sie keck.

„Sprichst du wirklich so gut Deutsch oder bin ich so betrunken?“, fragte ich interessiert und trank einen Schluck.

Milena goss Wodka nach und musterte mich. „Ich bin in Deutschland aufgewachsen. Und du so?“

„Ich? Ich ... keine Ahnung ... ich will nach Hause.“

Milena drückte mir das Wodkaglas in die Hand und nahm ihres ebenfalls. „Na zdrowie!“, flüsterte sie, leerte ihr Glas auf Ex und fuhr sich dann mit der Zunge über die Lippen.

„Prost“, gab ich zurück und nippte gedankenverloren an meinem Glas.

Milena rückte näher, legte ihre Hand auf meine und fragte, aus welcher Gegend ich stamme.

„Erzhausen, ein kleines Dorf bei Frankfurt“, sagte ich, schaute ihr in die Augen, und irgendwie erinnerte sie mich an Anna, obwohl sie blond und größer war.

Der Wodka wirkte.

*Junge, lass es. Geh auf dein Zimmer und schlaf deinen Rausch aus*, ermahnte mich mein Unterbewusstsein, doch ich hörte nicht zu. Und als Milena weiter meine Hand streichelte und mich bat, von mir zu erzählen, da tat ich das und schüttete ihr mein Herz aus.

Sie hörte geduldig zu, war teilweise sichtlich verwirrt, gerade wenn es um Anna und Lilja ging, lauschte aber weiter und lächelte mich liebevoll an. Vielleicht bildete ich mir das aber auch nur ein.

„Oh Mann. Und ich dachte, ich hätte Probleme“, entfuhr es ihr, als ich nach etwa einer Stunde mit meinem Monolog fertig war. Milena sah auf die Uhr, bat um Entschuldigung, ging zur Eingangstür und schloss diese ab. Dann begab sie sich in einen Nebenraum und kam nach fünf Minuten in Zivilkleidung wieder zu mir. „Heute kommt eh keiner mehr“, kommentierte sie ihr Tun und forderte mich auf, aufzustehen.

Ich schaute sie fragend an.

„Los. Kleiner Spaziergang. Tut dir bestimmt gut", drängte sie, zog mich in die Senkrechte, und dann gingen wir durch die Küche nach draußen.

Die Sonne verschwand gerade hinter dem Horizont, während wir ein Stück durch das Dorf liefen, vorbei an der Bratheringfabrik und dann über einen Feldweg in Richtung des nahen Waldes.

Mein Kopf wurde klarer, die frische Luft tat gut, aber die Situation war so irreal. Ich spazierte mit einem Mädchen, welches ich nicht kannte, in einem Ort, den ich nicht aussprechen konnte, in die Abenddämmerung.

Milena erzählte von sich, ihrer Kindheit in Deutschland und dem krassen Schnitt in ihrem Leben, als ihre Mutter sich von ihrem Vater getrennt hatte und mit ihr wieder nach Polen gezogen war. Eigentlich wollte sie schon längst nach Deutschland zurückgekehrt sein, um zu studieren, doch stattdessen hing sie jetzt in diesem Kaff fest und arbeitete im Wirtshaus. Plötzlich blieb sie stehen, griff meine Hand und zog mich zu sich.

„Milena ... Ich ... ich kann nicht ... also ich ..."

„Was denn?", fragte sie und brach in schallendes Gelächter aus. „Du hast doch nicht gedacht, dass ich ..., dass ich ... Ich bin nicht Anna oder Lilja, die du mit deinem Charme mal eben auf einem Feldweg beim Spazierengehen zum Erliegen bringst."

„Was dann?", fragte ich irritiert.

Sie grinste und bemerkte: „Du wärst fast in den Kuhfladen da getreten." Dabei zeigte sie auf den kleinen Haufen auf dem Weg.

Ich lachte ebenfalls. „Sorry, ich wollte nicht ..."

Wir standen uns gegenüber und sahen uns einen Moment lang stumm an. Dann küssten wir uns.

Am nächsten Morgen nahm ich gerade noch wahr, wie sie aus meinem Zimmer huschte.

*Was bringt mich eigentlich immer wieder in solche Situationen?*, tadelte ich mich selbst und stand auf.

Die folgende Dusche weckte meine Lebensgeister, und ich ging nach unten zum Frühstück.

Magdalena begrüßte mich mit einem verstohlenen Grinsen. Sie wusste scheinbar genau, dass ich heute Nacht nicht allein gewesen war, und auch, wer das Bett mit mir geteilt hatte.

„Na, Herr Berger? Gute Nacht gehabt?", erkundigte sie sich nach meinem Befinden.

„Ich denke ja. Wann geht der Flug?", erwiderte ich und setzte mich an den Tisch.

„Herr Berger fliegen um 14:35 Uhr, ich bleiben noch hier, hat Herr Rengers gesagt. Muss kümmern um Fabrik."

Ich nickte und trank einen Schluck Kaffee. „Weißt du, wo Milena ist?"

„Milena sagt lieben Gruß, aber kommt heute nicht. Hat frei. Soll ich sagen, du bist netter Kerl. Bleiben wie du bist", ließ mich Magdalena mit einem Augenzwinkern wissen.

*Bleiben wie du bist*, wiederholte ich stumm und hätte mich am liebsten dafür geohrfeigt, dass Milena mich für nett hielt, obwohl ich mit ihr aus einer Laune heraus in die Kiste gestiegen war, wohl wissend, dass wir uns wahrscheinlich nie wiedersehen würden.

Was war ich eigentlich? Ein nach Harmonie suchender, hilfsbereiter, *netter* Kerl, der moralisch gesehen jedoch eine einzige Katastrophe darstellte. Wollte ich zu viel? Suchte ich nach dem Heiligen Gral?

# Nackte & Tatsachen

Im Hausflur ließ ich meine Tasche fallen und ging in die Küche. Christina schien nicht da zu sein, was mir durchaus recht war. Die Kaffeemaschine hatte mich sehnsüchtig erwartet und produzierte freudig zischend das schwarze Glück.

Nach einer Tasse Kaffee und der Lektüre verschiedener Werbebroschüren ging ich nach oben, um meine Klamotten auszupacken und mich frisch zu machen. Als ich gerade an der Badezimmertür vorbeiging, öffnete sich diese, und nur mit einem Slip bekleidet stand plötzlich Anna vor mir.

Durchaus überrascht guckten wir einander an, hatte doch der eine den anderen nicht erwartet. Es dauerte einen Moment, bis der Groschen fiel.

„Sebastian?"

„Anna?"

Schnell verdeckte sie mit ihrem linken Arm ihre Brüste.

Ich rollte mit den Augen. „Habe ich schon gesehen. Find sie immer noch großartig."

Anna drehte sich wortlos um, ging wieder ins Bad und schloss die Tür hinter sich. Nach wenigen Augenblicken kam sie mit einem T-Shirt und einer Hose bekleidet wieder nach draußen. „Christina hat gesagt, dass du erst morgen zurückkommst. Sorry, falls ich dich erschreckt habe", teilte sie monoton mit und ging nach unten.

Ich schaute ihr hinterher, schüttelte den Kopf, ging ins Bad, um mich kurz zu erfrischen, und begab mich dann auch nach unten.

Anna saß in der Küche am Tisch und kämmte ihre Haare.

„Ich würde ja eigentlich fragen, warum du halb nackt durch mein Haus läufst, aber ... egal", stichelte ich und setzte mich zu ihr.

„Ich habe nachher ein Date und wollte mich kurz frisch machen. Christina meinte, es wäre okay, wenn ich es hier mache. Geht schneller, als nach Hause zu fahren."

Ich versuchte, meine Gefühle für sie zu verdrängen, musterte sie, erfreute mich an ihrer wundervollen, makellosen Erscheinung, doch ihre Worte fühlten sich an, als wenn sie mit einem Messer auf mich einstach. Ich stand seufzend auf, nahm meinen Kaffee und ging wortlos aus der Küche.

„Sebastian?", rief sie mir nach, doch ich missachtete sie und ging nach oben.

*Warum hat sie nicht einfach gelogen, mir irgendwas erzählt ... egal was. Nein, sie muss mir gerade heraus, ehrlich mitteilen, was sie vorhat,* krochen die Gedanken durch mein Hirn. Nach einer Weile des Grübelns wurde mir jedoch klar, dass sie eigentlich genau das Richtige getan hatte ... es mir so gesagt, dass ich es auch begreife. Es war wohl der beste Weg. Ich versuchte mir nun genau das einzurichtern, ließ mich in meinen Sessel fallen, schob mir die Kopfhörer auf die Ohren, schloss die Augen und ließ mich von Janis Joplin berieseln.

Nach einer Weile tippte mich jemand an.

Ich öffnete die Augen und schob die Kopfhörer nach unten. Anna stand vor mir. „Was denn?", fragte ich ungehalten.

„Happy Birthday!" Sie reichte mir ein hübsch verpacktes kleines Geschenk.

„Danke", stotterte ich und wollte noch etwas sagen, aber sie drehte sich bereits wieder um und ging hinaus.

Ich legte das Präsent auf den Tisch und schaute ihr sehnsüchtig nach. „Vorbei, der Mai!", sagte ich zu mir selbst, stand auf, griff eine Flasche Whisky und goss mir ein Glas voll. „Happy Birthday, Arschloch!", gratulierte ich mir laut selbst und leerte das Glas auf Ex.

Christina ließ auf sich warten. Da sie sich noch nicht gemeldet hatte, war sie definitiv immer noch sauer. Ich konnte es nicht ändern und es war mir irgendwie auch egal. Und genau das, dass es mir egal war, machte mir ein wenig Angst.

Das Telefon klingelte und riss mich aus meinen Gedanken.

Ich eilte nach unten, nahm ab und meine werte Frau Mama gratulierte mir zu meinem Ehrentag. Sie erzählte davon, was für ein süßes Baby ich doch gewesen sei, ihr ganzer Stolz und so weiter.

Nach einer halben Stunde verabschiedete sie sich und ich war wieder allein mit mir, meinem Geburtstag, meinen Gedanken und Annas halb nacktem Körper vor meinem inneren Auge.


PERKELE!


Irgendwann stand Christina in der Wohnzimmertür. „Doch schon da?", begrüßte sie mich kühl.

„Sieht so aus", entgegnete ich mit dem Whiskyglas in der Hand.

„Schmeckt auch schon wieder?", fuhr sie fort, und ich bekam Lust auf Konfrontation.

„Ja, wie immer!", konterte ich patzig.

Christina verschwand, ich goss mir nach, wechselte zu *Pink Floyd* und schob mir die Kopfhörer wieder auf die Ohren. „Welcome to the Machine" durchflutete mein Hirn, und ich gab mich den Klängen hin, versank in Trance, sang leise mit, bis plötzlich etwas meinen Kopf streifte.

Ich öffnete erschrocken die Augen und vor mir stand eine wutentbrannte Christina, die mit Schaum vor dem Mund geiferte: „WER IST SIE?"

„Wer ist wer?", fragte ich und schob den Kopfhörer nach unten.

„Sie!"

„Sie was?"

„Der Slip?!"

„Welcher Slip?"

„Auf deiner Schulter!"

Ich drehte meinen Kopf und erblickte tatsächlich einen weißen Slip, der am Körper einer Frau mehr gezeigt hätte, als er verdeckte, auf meiner Schulter.

„Wem gehört der?", fragte ich unaufgeregt.

„Das will ich von *dir* wissen!", empörte sich Christina.

Der angeschlagene Ton gefiel mir nicht, mein Hals schwoll an, mein gutes Benehmen krabbelte unter den Tisch, um sich zu verstecken, und es platzte aus mir heraus: „Keine Ahnung! Vielleicht Milena!? Wen interessiert's?!"

Christina schaute mich erschrocken an. „Milena?"

„Ja, Milena! Die Bedienung aus dem Gasthof in Pritschelpitschepotsche, oder wie das hieß!"

Christinas Schnappatmung war durchaus interessant anzusehen, und ich musste grinsen.

„Sebastian, das ist nicht witzig!", kommentiere sie scharf.

„Doch, ist es!", ließ ich mutig verlauten.

Christina war kurz vorm Platzen, und ich genoss das aus irgendeinem Grund, wartete auf den Ausbruch, der folgen sollte, doch es passierte nichts dergleichen.

Christina drehte sich wortlos um und ging nach draußen.

Die Haustür krachte mit Schwung ins Schloss, sodass die Whiskygläser im Regal klirrten, dann war Ruhe.

Ich holte den Laptop und schrieb weiter an meinem Buch, schrieb und schrieb und schrieb.

Erschrocken blickte ich auf die Uhr. Es war mittlerweile 4:00 Uhr morgens.

Ich schickte FPJ eine E Mail, dass ich mit akutem Brechdurchfall auf dem Klo säße und nicht zur Arbeit kommen könnte. Dann legte ich mich auf die Couch, ließ die Gedanken schweifen, schlief ein und träumte merkwürdige Dinge, über die ich diesmal nicht berichten werde.

Gegen 11:00 Uhr wurde ich wach, Christina war nicht da und ich schrieb weiter. Die Poolerinnerung ploppte auf, ich drückte sie weg.

Mein Buch nahm langsam Form an.

Je nach Schriftformatierung war ich auf Seite vierzig oder fünfzig oder sechzig. Ein stolzes Lächeln huschte über mein Gesicht und ich machte mir einen Kaffee.

Um 14:00 Uhr, von Kaffee und Zigarillos am Leben erhalten, tippte ich immer noch wie ein Wilder auf der Tastatur herum, als sich plötzlich ein Schlüssel in der Haustür drehte und etwa eine Minute später ein kleines behaartes Etwas vor mir im Wohnzimmer stand und freudig hechelnd auf das Laminat pisste.

„Tipsi, bei Fuß!", rief Christina nach dem hässlichen Fellknäuel, welches sich als Chihuahua entpuppte.

„Was zur Hölle!", entfuhr es mir mit dröhnender Stimme, und der kleine Drecksköter kniff den Schwanz zwischen die Beine und verschwand nach draußen.

Christina kam auf mich zugestürmt und entschuldigte sich für den vergangenen Abend und ihre Vorwürfe. Sie hatte mit Anna telefoniert. Selbige stellte sich dabei als Besitzerin der Unterwäsche heraus. Sie hatte den Slip wohl im Bad vergessen. Abermals bat Christina um Verzeihung und warf sich mir an den Hals.

„Und warum der Hund?", würgte ich ihre Versöhnungsversuche ab.

„Ich dachte ... wenn es schon nicht mit einem Baby funktioniert. Er ist doch so niedlich. Oder?"

Das kleine Etwas wedelte zwischen Christinas Beinen mit seinem Schwanz und schaute mich grimmig an. Ich schüttelte mit dem Kopf.

„Das ist kein Hund. Das ist ein ... was auch immer."

„Es ist eine Sie", teilte Christina stolz mit.

Ich atmete tief ein und wieder aus und bestimmte: „Abgelehnt!"

„Warum?"

„Darum!"

„Das kannst du nicht einfach so bestimmen!"

„Mein Haus!"

„Wir teilen uns die Kosten."

„Argh!"

Tipsi schaute uns abwechselnd an und wartete wohl auf ein Leckerli. Christina ging nach unten, und das Fellknäuel folgte ihr auf den Fuß.

Na super!

Die Tage vergingen und die Fellwurst fühlte sich wohler und wohler im Haus, pisste überall hin, jaulte mitten in der Nacht herum und sorgte auch sonst dafür, dass ich keinerlei wohlwollende Gefühle für *es* entwickeln konnte. Tipsi hier, Tipsi da, Tipsi dort. Am besten war noch Christinas Bemerkung: „Guck mal. Tipsi kann so süß lächeln!"

„What the fuck? Hunde lächeln nicht, Christina!"

„Aber guck doch mal. Es sieht beinahe so aus als ob."

Augenrollen meinerseits und ein Knurren des Hundes beendeten die Konversation.

Ich überlegte, wie ich ihr diese grottendämliche Töle wieder ausreden konnte, sann auch danach, entweder einen Papagei oder einen Leguan anzuschaffen, um einen Ausgleich herzustellen.

Zu meinem Glück endete das Kapitel Hund im Haus bereits zwei Wochen später.

Nachdem Tipsi unter anderem mehrere von Christinas Schuhen zerkaut, auf ihr Kopfkissen gepinkelt, einige meiner Schallplatten angefressen und mehrfach auf Christinas Perserteppichimitat gekackt hatte, gab sie den Hund entnervt zu ihrer Mutter, wo er sich merkwürdigerweise keinerlei solche Verfehlungen leistete.

Dass ich die entsprechenden Schuhe und die Schallplatten (welche aus einem Konvolut vom Flohmarkt
stammten und ich eh nicht mochte) mit Speck eingerie-
ben hatte, den Kopfkissenbezug neben meinem Haus
an einen Baum gebunden hatte, damit der Nachbars-
hund ihn markiert, und Tipsi Abführmittel verabreicht
und ihn dann zusammen mit dem Teppich in die Wä-
schekammer gesperrt hatte, bleibt bitte unter uns.

# Finnland für Fort-<br>geschrittene

Pünktlich um 11:35 Uhr hob der Airbus A 319 in Frank-furt ab. Ich gierte nach meinem ersten *Karhu* seit Wochen und beobachtete, nach dem Erlöschen des Anschnallzeichens, sehnsüchtig die Stewardessen, wie sie den Wagen für das Bordbistro fertig machten. Wir saßen relativ weit hinten, sodass der Wagen bis ganz nach vorn fahren würde und es mindestens eine halbe Stunde dauerte, bis ich mir ein *Karhu* in den Hals schütten konnte.

Dies war selbstredend inakzeptabel, und so wartete ich gespannt wie eine Gazelle darauf, die Stewardess in dem Moment abzupassen, in dem sie den Wagen an mir vorbeischob, um freundlich nach einem Bier zu fragen.

Während Christina den Start genoss und kurz davor war, die Kotztüte zu benutzen, ließ ich die Stewardess nicht aus den Augen. Hoffentlich verstand Christina das nicht falsch. Es ging mir ja nicht um die gutaussehende, stets lächelnde junge Dame im kurzen Rock. Ich wollte einfach nur ein Bier. Und zwar nicht irgendein Bier, sondern *Karhu*-Bier. Wenn ich ganz großes Glück hatte, gab es sogar das gute *Karhu A* und nicht nur das 4,6 prozentige *Karhu III*.

Während die Stewardess, nachdem wir die Reiseflughöhe erreicht hatten, damit begann, den Wagen durch den Gang zu schieben, bereitete ich mich darauf vor, ihr sanft und mit einem netten Lächeln an den Arm zu tippen. Doch als sie den Wagen an mir vorbeischob, verfehlte ich ihren Arm und drückte meinen Finger in ihre Pobacke.

PERKELE!

Ihr eiskalter Blick sagte mehr als tausend Worte, und ich traute mich nicht mehr, nach dem Bier zu fragen, auch wenn ich aufgrund meines Fauxpas plötzlich noch mehr Durst hatte.

Fünfunddreißig Minuten später hatte mir die junge Dame entweder verziehen oder tat einfach nur ihren Job. Und auch wenn es nur Karhu III war, es schmeckte wunderbar. Die Tatsache, dass ich gleich zwei Dosen geordert hatte, brachte Christina natürlich geringfügig in Diskussionsfreude, jedoch ließen die folgenden Turbulenzen sie zu meinem Glück wieder verstummen.

In Helsinki stiegen wir in die Propellermaschine um, was Christina zu einem entrüsteten: „Wir fliegen nicht wirklich mit so was?!", animierte.

Schadenfroh zog ich sie aus dem Bus, wir liefen die hundert Meter über das Vorfeld und kletterten über die Hühnerleiter in das Heck der ATR.

Ich hatte uns vorausschauend Plätze in der letzten Reihe reserviert, was Christina aber auch wieder nicht recht war, da sich die Sitze nicht nach hinten klappen ließen.

*Wie man es macht*, dachte ich und fragte eine Flugbegleiterin auf Finnisch, ob denn auf diesem Flug *Karhu A* zu haben sei.

Christina beäugte mich argwöhnisch von der Seite und bemerkte: „Hast du nach Bier gefragt? Du hattest doch schon zwei?"

„*Karhu* bedeutet auf Finnisch auch Bär und ich habe gefragt, ob sie wisse, ob Bären in Finnland auch Rentiere fressen", log ich.

„Ich glaub dir kein Wort", teilte mir Christina spitz mit und versuchte, es sich bequem zu machen.

Die Motoren starteten und Christina beschwerte sich über die Lautstärke.

„Rate mal, warum ich die Plätze hier hinten gebucht habe. Vorn ist es noch lauter. Aber ich habe an dich gedacht", merkte ich an und reichte ihr Ohrstöpsel.

Sie schob sich den Schaumstoff in die Ohren, und als die Maschine losrollte, ergriff sie meine Hand. Ich verdrehte die Augen und schaute nach draußen, beobachtete andere ankommende Flugzeuge, dann hob der Flieger ab und zehn Minuten später war Christina dank eines überdosierten Beruhigungsmittels eingeschlafen.

Mit einem beinahe akzentfreien „Anteksi iksi olut" orderte ich ein Bier, und diesmal war es tatsächlich ein *Karhu A* mit seinen geschmeidigen 5,9 Prozent.

Nebenbei ein Fun-Fact aus unserer beliebten Kategorie „Dinge, die man über Finnland unbedingt wissen sollte":

Alkoholische Getränke unter 4,7 Prozent Alkohol sind in Finnland frei verkäuflich, alles darüber gibt es nur in speziellen Geschäften, die „ALKO" heißen. Witziger Name, oder? Und natürlich ist der Biergenuss in Finnland auch eine Preisfrage. Kostet eine 0,33 Liter Dose *Karhu III* mit 4,6 Prozent im Supermarkt etwa 1,00 Euro, so schlägt die *Karhu A* Variante mit 5,9 Prozent gleich mal mit circa 2,50 Euro zu Buche.

Bekomme ich also im Flieger für immerhin 5,00 Euro pro Dose *Karhu A*, dann lacht das Herz.

Zurück zum Thema.

Während ich genüsslich mein Bier trank, schnarchte Christina leise vor sich hin und konnte mir das wenigstens nicht vorhalten. Die Maschine setzte in Kajaani auf, hob aber aufgrund von Windböen wieder ab und drehte eine Ehrenrunde. Christina wurde davon wach und fragte, was los sei.

Ich teilte ihr mit gespielt besorgter Miene mit, der Pilot habe den falschen Flughafen erwischt, was Christina ganz und gar nicht lustig fand. Kurze Zeit später gelang die Landung, und ich flüsterte ihr zu: „Immerhin. Zwei Landungen zum Preis von einer!"

Wir standen an der Gepäckausgabe, warteten auf unsere Koffer, und kurze Zeit später stürmte Bernd auf uns zu, der sich wie ein kleines Kind zu Weihnachten über unsere Ankunft freute.

Vor dem Flughafengebäude ließ ich meinen Blick schweifen, sog die Luft in mich ein und fühlte mich, als wäre ich zu Hause angekommen.

Erinnerungen kamen in mir hoch, Erinnerungen an Esko, Lilja und daran, wie ich hier mit einem riesigen Pflaster auf der Wange nach meiner Flucht aus Deutschland gelandet war.

Dieser kleine Provinzflughafen hatte sowieso seinen ganz eigenen Charme. Vom Vorfeld bis zum Parkplatz waren es keine fünfzehn Meter, das Personal war entspannt und freundlich und der Flughafen hatte den Titel „Finnischer Flughafen des Jahres 2007" ergattern können.

Gut, das Bier im Bistro war teuer, aber was soll's. Jetzt galt es, noch eine dreiviertel Stunde mit dem Auto zu fahren, und dann waren wir endlich da.

Im Auto, Christina saß hinten und versuchte ihre Mutter anzurufen, um zu fragen, wie es dem Hund ginge, zeigte Bernd auf das Handschuhfach, welches ich daraufhin öffnete und zwei Dosen Golden Slot entdeckte.

„Was ist das denn?", fragte ich irritiert.

„Importiert. Aus Lettland", teilte Bernd grinsend mit und bestimmte mit großzügiger Geste, dass ich mir eins nehmen möge.

Die goldfarbene Dose war komplett in Deutsch beschriftet, ich hatte die Sorte aber noch nie zuvor gesehen. „Egal. Hauptsache, es schmeckt", sagte ich leise und öffnete die Dose mit einem lauten Zischen.

„The sound of nature", kommentierte Bernd.

Christina hatte das Mahnen mittlerweile aufgegeben und schüttelte nur mit dem Kopf.

Das Bier schmeckte eigenartig. Ich las die Zutatenliste und sagte erstaunt zu Bernd: „Glukosesirup. Echt jetzt?"

„Hab es mir nicht durchgelesen. Schmeckt aber, oder?"

Ich runzelte die Stirn. „Na, wenn du meinst."

Vierzig Minuten später waren wir da. Jaanika nahm Gott sei Dank sofort Christina in Beschlag, und ich begleitete Bernd zur Sauna.

Die Reste des Huussi lagen noch immer so da, wie sie sich nach der von mir verursachten Explosion auf der Wiese verteilt hatten. Mit gemischten Gefühlen musste ich an den Moment zurückdenken, als das von mir nach dem Zigarillo anzünden weggeschnippte Streichholz genau das ausgeschnittene Herz in der Tür getroffen und mit einem lauten Knall das ganze Plumpsklo in seine Einzelteile zerlegt hatte. Bernd wartete scheinbar drauf, dass ich es wieder aufbaute.

Wir heizten die Sauna an, tranken ein Bier und gingen dann wieder zum Haus zurück. Jaanika hatte extra für mich Elchgulasch gemacht, und wir saßen gerade alle am Tisch, als Bernd zwischen zwei Happen verlauten ließ: „Lilja wird auch bald eintreffen."

Mein Herz blieb stehen, alles um mich herum schien wie erstarrt und ich versuchte, einen klaren Gedanken zu fassen.

„Deine Schwester?", fragte Christina auf Englisch an Jaanika gewandt und die nickte.

Bernd bemerkte meine Blicke und kniff, wohlwissend, dass mir das überhaupt nicht gefiel, die Lippen zusammen.

Nach dem Essen gingen Christina und ich auf unser Zimmer, und sie fragte unsicher: „Muss ich wirklich mit in die Sauna?"

„Ja, musst du. Das ist hier Gesetz."

„Aber nicht nackt, oder?"

„Doch!? Wie geht man denn sonst in die Sauna?"

„Also in Deutschland ..."

„Nee. Wir reden hier von Sauna und nicht davon, was 98 Prozent der Deutschen dafür halten", unterbrach ich sie. „Ihr Mädels geht zuerst, dann Bernd und ich", bestimmte ich, wohl wissend, wie die kommenden zwei Stunden ablaufen würden.

„Damit ihr noch mehr Bier trinken könnt?", entgegnete sie.

„Ja. Vielleicht trinken wir auch Bier. Entspann dich bitte.“

„Aber nicht, wenn du hier die ganze Woche nur trinkst.“

„Werde ich nicht tun“, versuchte ich zu beschwichtigen.

„Schon klar. Wieso glaube ich dir nur nicht?“

Bernd rief von unten, dass die Sauna bereit wäre, und Christina zog sich aus, warf sich den Bademantel über und griff ein Handtuch.

Lüstern schielte ich auf ihre, sich durch den Stoff abzeichnenden, Brustwarzen und bemerkte: „Wird schon schiefgehen.“

„Sebastian, bitte. Manchmal benimmst du dich wie ein pubertierender Junge“, tadelte sie und ging an mir vorbei nach unten.

Ich folgte schulterzuckend und gab ihr einen Klaps auf den Po.

In genau dem Moment, als wir unten im Flur ankamen, hörte ich draußen ein Auto, und kurze Zeit später stand Lilja vor mir.

„Moi“, grüßte ich kurz angebunden auf Finnisch, was sie etwas zu irritieren schien. Dann begrüßte sie Christina.

Ebenso erschrocken wie ich damals, schaute sie Lilja an und meinte: „Du hattest recht. Sie sieht Anna extrem ähnlich.“

Dann begann sie mit ihr ein Gespräch auf Englisch, wurde von Lilja aber auf Deutsch abgewürgt, indem sie sagte: „Wir können gleich in der Sauna reden, ich will mich schnell umziehen.“

„Magst du sie nicht?", fragte Christina mich leise, während sie auf Lilja deutete.

„Warum?"

„Deine Begrüßung klang sehr kühl."

„Ist hier oben so", log ich.

Jaanika kam aus dem Schlafzimmer, hakte sich bei Christina ein, sagte, dass Lilja gleich nachkommen würde, und dann gingen die beiden in Richtung Sauna.

Ich sah ihnen nach, begab mich dann zu Bernd ins Wohnzimmer und öffnete die Dose Bier, die schon für mich auf dem Tisch stand.

„Perkeleen Perkele!", ließ ich verlauten, und Bernd lachte dreckig, ob meiner fortschreitenden Finnischkenntnisse. Lilja öffnete die Wohnzimmertür, kam wortlos auf mich zu, nahm mir das Bier ab, trank einen Schluck, rülpste, und während ich unbewusst in den Ausschnitt ihres Bademantels guckte, drückte sie mir einen Kuss auf die Wange und sagte: „Hab dich auch lieb." Dann drehte sie sich um und verließ das Haus.

„Auch das noch!", zischte ich und ließ mich auf die Couch fallen.

„Reiß dich zusammen. Ich kann ja wohl schlecht Jaanikas Schwester ausladen, nur weil du … also ihr … Na, du weißt schon", steuerte Bernd leicht genervt bei.

„Du hast ja recht. Es ist nur … Ich dachte, dass ich sie überwunden habe, dass ich –" Ging es mir überhaupt um Lilja? Sie war doch irgendwie eh nur ein Ersatz für Anna gewesen? Wenn auch ein definitiv reiferer Ersatz. All die Erinnerungen, die dämlichen Gefühle kamen in diesem Moment in mir hoch. Warum war ich so komisch? Warum war ich nicht normal, wie all die anderen um mich herum. Warum konnte ich nicht mit einer Frau glücklich sein, so wie Bernd? Gerne hätte ich meine Gedanken mit ihm geteilt, doch ich scheiterte an meinem Unvermögen, sie in Worte zu fassen, sodass nichts weiter meinen Mund verließ als: „Vergiss es."

„Sisu?", fragte dieser daraufhin.

„Dachte schon, du fragst gar nicht mehr", brummte ich und nahm einen Augenblick später ein Glas in Empfang.

Während wir uns über alte Zeiten unterhielten, schweiften meine Gedanken ab zu jenem Besuch vor einem Jahr hier, als ich eigentlich einen klaren Kopf bekommen wollte, aber meine kleine Welt nur noch verrückter wurde.

Bernd bemerkte meine geistige Abwesenheit. „Anna?", fragte er.

„Ja, ein bisschen."

„Christina?", schob er nach, und ich zuckte mit den Schultern.

„Jetzt gibt's erst mal eure Hochzeit", wiegelte ich ab, erhob mein Glas und prostete ihm zu.

„Kippis", erwiderte er, und bald darauf hörten wir das Gegacker der Frauen, die aus der Sauna zurückkamen.

Ich ging nach oben, zog den Bademantel an und seufzte. „Eigentlich machst du dir dein Leben ja selbst zur Qual", teilte ich meinem Spiegelbild an der Wand mit und begab mich dann wieder nach unten.

Bernd fing mich im Flur ab und wir begaben uns zur Sauna, genossen die knappe Stunde urfinnischen Lebensgefühls.

Während er nach dem dritten Saunagang aufhörte – er war nach eigener Aussage müde –, beschloss ich, noch ein, zwei Runden dranzuhängen. Bernd verschwand in Richtung Haus, ich gab mich ganz der wohligen Wärme hin, schlürfte an meinem Bier und ließ die Gedanken kreisen. Das dämmrige Licht war angenehm, und ich fühlte mich tiefenentspannt und frei von allen Sorgen.

Ein Geräusch riss mich aus meinen Gedanken. Ich lauschte, aber da war nichts.

Kopfschüttelnd schloss ich die Augen wieder.

Plötzlich öffnete sich die Tür und vor mir stand Lilja.

„Bist du wahnsinnig?", blaffte ich sie an.

Sie hatte jedoch nichts Besseres zu tun, als wortlos ihren Bademantel abzulegen und sich zu mir zu setzen. Demonstrativ rückte ich ein Stück ab und beäugte kritisch ihr Tun.

„Was hast du denn?", fragte sie kichernd und legte ihre Hand auf meinen Oberschenkel.

„Lilja, ich bin mit Christina hier, und du hast, soweit mir bekannt ist, einen Freund ... und überhaupt."

„Bleib mal locker. Christina ist ins Bett gegangen, von meinem Freund habe ich mich getrennt und außerdem sitze ich einfach nur neben dir in der Sauna."

„Aber du bist nackt!", zischte ich.

Lilja griff sich die Schöpfkelle und ließ warmes Wasser über ihren Körper rinnen, legte den Kopf in den Nacken und seufzte: „Ah. Tut das gut."

Ich war mir nicht sicher, ob ich aufstehen und die Sauna verlassen sollte oder hierbleiben und einfach so tun, als wenn sie nicht da wäre. Dies war jedoch in Anbetracht ihres nackten, sehr ansprechenden Körpers gar nicht so einfach.

„Noch zwei Tage bis zur Hochzeit“, sagte sie, als hätte sie meine Einwände gar nicht gehört. „Bist du aufgeregt?“

„Warum? Es ist nur eine Hochzeit, die beiden sind alt genug, kein Grund zur Panik ... also für mich zumindest.“ Ich lachte.

„Weißt du noch ... Das letzte Mal hier in der Sauna ... wir zwei“, flüsterte sie und schaute mir tief in die Augen.

„Ja, ich erinnere mich sehr gut. Worauf willst du hinaus?“, erwiderte ich kühl.

Kichernd antwortete sie: „Ach ... Nur so.“ Dann benetzte sie ihren Körper erneut mit warmem Wasser.

„Ich denke, ich werde dann mal gehen“, teilte ich mit fester Stimme mit und stand auf.

Sie drückte mich wieder nach unten und bestimmte: „Warte!“

Ihr sonst so überlegener und fester Blick, ihre starke Ausstrahlung verschwanden auf einmal, und sie schaute mich erst ernst an, dann begann sie zu schluchzen.

Mal davon abgesehen, dass das überhaupt nicht zu ihr passte, verwirrte es mich dermaßen, dass ich ihr die Frage stellte, die Frauen normalerweise mit Nein beantworteten. „Ist was?“

Sie nahm meine Hände und legte sie auf ihre Wangen, streichelte mit den Fingern darüber.

Gänsehaut durchfuhr mich.

„Christina hat so ein Glück!“, schluchzte sie.

„Glaubst du? Ich bin ein egoistisches Arschloch, und das weißt du ganz genau.“

„Aber sie sieht das nicht, sie sieht einen Sebastian, der
für sie da ist und sie liebt ... Der trotz all seiner Fehler
ein guter Kerl ist."

„Hat sie dir das erzählt? Wie viel Sekt hattet ihr?",
steuerte ich gegen.

Lilja begann zu heulen.

„Bitte nicht. Tu das nicht. Du bist stark und selbstbe-
wusst", versuchte ich mit Engelsstimme zu intervenie-
ren, doch es half nicht.

Sie drückte sich an mich und flennte bitterlich. „Ich
habe immer nur Pech mit den Kerlen. Und dann ... letztes Jahr ... da ... da läufst du mir über den Weg und ...
und ich kann dich nicht von mir überzeugen."

*Oh doch. Du hast mich von dir überzeugt. Nur meine
Feigheit hat mich aufgehalten*, stellte ich in Gedanken
fest.

Natürlich genoss ich ihren nackten Körper an meiner
Haut, aber im Gegensatz zum letzten Besuch hier war
Christina statt zweitausend Kilometer nur zweihundert Meter entfernt, und die Tatsache, dass ich mit der
Schwester der Braut zwei Tage vor der Hochzeit irgend-
welche Dummheiten machen würde, war irgendwie
suboptimal.

Bestimmt, aber sanft drückte ich Lilja von mir und
stand auf. „Jetzt bringen wir erst einmal deine Schwester unter die Haube und dann sehen wir weiter."

„Unter die Haube?", fragte sie.

„Ist so eine Redensart. Sie wird heiraten", erklärte ich
und ging nach draußen.

Lilja folgte mir quasi auf dem Fuß und drückte sich
erneut an mich. „Danke", schniefte sie, löste sich gleich
wieder und zog sich den Bademantel an.

Zusammen gingen wir zum Haus, fanden aber niemanden mehr im Wohnzimmer vor. Scheinbar waren alle schon im Bett. Ich holte uns zwei *Karhu* aus dem Kühlschrank, und wir saßen bis kurz nach vier Uhr beisammen und redeten, redeten, redeten.

Natürlich hatte sich der Gürtel ihres Bademantels mit der Zeit gelöst und der Stoff ließ mehr von ihrem Körper unbedeckt als er verhüllte. Und selbstredend waren meine Augen mitunter auch ganz woanders, als sie bei einem Gespräch sein sollten. Alles in allem haben wir uns aber doch nur unterhalten.

# Unverhofft kommt oft

Der nächste Tag begann viel zu zeitig.

Christina kannte keine Gnade und weckte mich um kurz nach acht Uhr. Sie hatte nicht mitbekommen, dass ich erst spät im Bett war, und wollte noch vor dem Frühstück spazieren gehen.

„Spazieren? Jetzt? Ernsthaft?", protestierte ich und drehte mich wieder um.

„Es ist so schön da draußen." Sie versuchte mich mit lieblicher Stimme aus dem Bett zu locken.

„Hier auch", kommentierte ich und hoffte auf Einsicht, aber Pustekuchen.

Wir gingen hinunter zum Fluss in Richtung See, vorbei am Wohnwagen des verrückten Arztes bis zu einer kleinen Landzunge mit einem Steg. Dann weiter durch den Wald, und den Bahnschienen folgend wieder zurück zu Bernds Haus. Währenddessen erzählte ich die mir bekannten Anekdoten zu den Anrainern des Sees, und Christina hörte mir zu und redete ungewöhnlicherweise recht wenig.

„Jetzt habe ich aber Hunger!", jammerte ich auf den letzten Metern zum Haus und saß am Tisch, ehe ich den Anwesenden einen guten Morgen gewünscht hatte.

Jaanika warf sich nach dem Frühstück eine Jacke über und verabschiedete sich.

„Wo will sie hin?", fragte ich Bernd.

„Zum Flughafen, ihre Eltern abholen“, teilte der an seinem letzten Bissen Brot kauend mit.

Zwei Stunden später hörten wir ein Auto in der Einfahrt. Ich half Bernd gerade dabei, das Dach seiner Garage zu reparieren, und schaute zu, wie Jaanika auf den Hof fuhr und vor dem Haus parkte.

Bernd und ich kletterten vom Dach und wollten Esko und Hilja begrüßen, da öffnete sich die hintere Tür des Volvos und plötzlich stieg neben Jaanikas Eltern auch Anna aus.

Ich drehte mich zu Bernd. „Das ist jetzt nicht wahr?“

Der schaute genauso bedröppelt wie ich, und damit war klar, dass er diesmal ausnahmsweise nicht eingeweiht war.

Ich saß auf der Leiter und faltete die Hände, schickte ein Stoßgebet gen Himmel und fragte den Herrn, ob es dort oben zum Frühstück vielleicht einen Kasper gegeben hatte.

Anna winkte uns auf eine Art und Weise zu, als wenn ihre Anwesenheit hier das Normalste der Welt sei.

„Ich brauche einen Schnaps!“, teilte ich Bernd mit, der nichts sagte, sondern einfach nur nickte.

Christinas Reaktion auf Anna zeigte mir, dass sie ebenfalls von nichts gewusst hatte.

Wir krabbelten vom Dach, und während die Frauen auf dem Hof standen und scheinbar auflösten, was uns noch verborgen blieb, begab ich mich mit Bernd in die Küche, und wir füllten zwei Gläser mit Sisu.

„Kippis!“, brummte ich, erhob meinen Becher, und Bernd antwortete: „Dito“.

Die Zimmertür öffnete sich und Anna kam herein. „Hey, ihr zwei!“

„Was willst du hier?“, zischte ich und drehte mich von ihr weg.

„Lilja hat mich als ihre Begleitung zur Hochzeit eingeladen“, bemerkte sie lachend und ließ sich ihre gute Laune von mir nicht vermiesen.

„Noch einer!“, befahl ich, und Bernd goss ein.

„Ich wollte eigentlich aufs Klo“, zwitscherte Anna, und Bernd zeigte in die Richtung der Toilette.

Lilja kam nun ebenfalls herein und ließ verlauten: „Überraschung gelungen?“

„Lilja, ernsthaft? Das war deine Idee?“

Sie grinste breit, sah dann, dass ich davon scheinbar nicht begeistert war, und fragte: „Was denn?“

„Was denn?“, wiederholte ich.

Lilja sah mich mit hochgezogenen Augenbrauen an.

„Warum Anna?“, fragte ich mit vorwurfsvollem Unterton.

„Weil ich es kann!“, warf sie mir entgegen, drehte sich um und ging.

„Frauen!“, seufzte ich, setzte mein Glas an, bemerkte, dass es leer war, und stellte es auf den Tisch.

In Ermangelung einer besseren Idee begab ich mich zum gesprengten Huussi und inspizierte das herumliegende Holz, stapelte es ordentlich und schmiedete einen Plan, wie ich es wieder aufbauen würde. Bernd folgte mir nach ein paar Minuten mit zwei Bier, stellte sich dazu und beobachtete mich skeptisch.

„Ich weiß, was ich tue“, zischte ich und begann damit, das Plumpsklo wieder zusammenzusetzen. Damit verbrachte ich dann auch den Rest des Nachmittages, unterbrochen nur von einem *Besuch* von Christina, der ich erklären musste, wie und wann ich dieses Bauwerk zerstört hatte.

Die Sonne ging unter, es wurde schnell kalt, und während ich die Arbeiten am Huussi beendete – bis auf das Dach war ich fertig –, heizte Bernd die Sauna ein und rief mich zum Abendessen.

Hilja, Anna und Lilja saßen mit einer Flasche Wein am Esstisch, während Christina und Jaanika mit einer solchen in der Küche standen. An Themen mangelte es nicht, es waren ja Frauen.

Irgendwann stieg dann Esko noch mit ein und erzählte ausschweifend, wie er mich kennengelernt hatte.

Er versuchte nachzumachen, wie ich im Wohnzimmer stand und ihn als „den verrückten Piloten" bezeichnete, wegen dem mir beim Flug so schlecht geworden war.

Anna und Lilja kicherten über Eskos sehr ausschweifende Art zu erzählen, und ich wurde wohl ein wenig rot.

Dann aßen wir, und die Damen begaben sich im Anschluss zur Sauna. Ungewollt blickte ich der mit einem knappen Bademantel bekleideten Anna hinterher, was Bernd und Esko natürlich nicht verborgen blieb. Nachdem die Damen aus dem Haus verschwunden waren, goss Esko Wodka ein und prostete uns zu.

Stumm nickend tranken wir aus und Esko füllte nach. „I don't get it. What is about you and this girl?", fragte er nach einem Moment der Stille.

„Zu kompliziert", antwortete ich auf Deutsch, was er natürlich nicht verstand.

Bernd erklärte es kurz auf Finnisch, und Esko nickte verständnisvoll, lachte und klopfte mir auf die Schulter.

Ziemlich genau eine Stunde später kamen die Damen zurück und Esko, Bernd und ich stiefelten zur Sauna.

Das Bier schmeckte, die Temperatur der Sauna war perfekt und die Stimmung gut.

„Morgen ist dein großer Tag", neckte ich Bernd.

Der antwortete grinsend: „Ja, irgendwie bin ich viel zu unaufgeregt dafür." Er nippte an seinem *Karhu* und teilte uns dann mit: „Esko ... Ich danke dir dafür, dass ich deine Tochter heiraten darf. Sebastian, ich danke dir für deine Freundschaft und dass du hier bist." Er erhob sein Bier und prostete uns zu.

„Bernd? Hör auf zu saufen. Du wirst sentimental", erwiderte ich, und wir lachten alle drei.

Natürlich kam mir dabei auch mein eigenes Leben wieder in den Sinn. Was hatte ich erreicht? Wo stand ich? Die Stimme meiner Mutter schwirrte durch meinen Kopf. Heirat? Enkelkind? Bernd war so ein gradliniger Mensch. Plante voraus, machte was aus seinem Leben und wurde von eben jenem dafür belohnt. Und ich? Ich tapste von einem Fettnapf in den nächsten. Ich musste zugeben, ich war schon ein wenig neidisch auf ihn.

Ich schüttelte die Gedanken in dem Moment ab, als Esko einen Aufguss machte, wodurch der wallende Dampf nach oben stieg und mich die Luft anhalten ließ. Dann genossen wir ohne viele Worte die Sauna.

Wieder im Haus kam mir im Flur Anna entgegen. Sie stoppte direkt vor mir, kam mir ganz nahe, legte ihre Hände auf meine Schultern und zog mich ein Stück zu sich. Der Duft ihres frisch gewaschenen Haares stieg mir in die Nase, und ich genoss die folgende Umarmung.

„Versuch morgen, ein guter Freund für Bernd zu sein", flüsterte sie mir ins Ohr, entwand sich wieder und ging ins Wohnzimmer.

*Danke auch*, dachte ich und blieb einen Moment stehen, um wieder einen klaren Kopf zu bekommen.

Christina, Hilja und Jaanika standen in der Küche und genossen einen Grapefruit-Wodka-was-auch-immer-Cocktail aus der Dose und kicherten um die Wette.

Christina, die beim Thema Alkohol eigentlich immer sehr zurückhaltend war, schien sich den Gastgebern anzupassen, versuchte aber hoffentlich nicht, mit Jaanika mitzuhalten.

Lilja und Anna saßen im Wohnzimmer und unterhielten sich über irgendeinen Film, der vor Kurzem in den Kinos gelaufen war, Bernd und Esko saßen in Bernds Büronische und warteten auf mich. Grinsend füllte Esko drei Gläser mit Sisu, und wir stießen an.

Wir tauschten dreisprachig lustige Geschichten aus, und nebenbei füllte immer wieder einer die Gläser nach.

Sehnsüchtig fiel mein Blick gelegentlich durch die offene Tür auf Anna, die mit einem ausgewaschenen Snoopy-T-Shirt und einer grauen Jogginghose auf der Couch saß und Lilja lauschte.

Warum war sie hier? Was hatte sich Lilja dabei nur gedacht?

Ich lehnte das nächste Glas Wodka ab, weil ich merkte, dass ich langsam genug hatte. Bernd und Esko ließen sich jedoch nicht von mir beeinflussen und tranken fröhlich weiter.

Ich entschuldigte mich, ging nach draußen und setzte mich auf die Bank, zündete mir einen Zigarillo an und blies den Rauch in die kalte Abendluft.

Die plötzliche Sauerstoffzufuhr ließ mich kurz Karussell fahren, und während ich versuchte auszusteigen, kam Anna nach draußen.

„Kann ich auch eine haben?", fragte sie.

„Dachte, du hast aufgehört?", gab ich zurück und musterte sie.

„Ja, ich weiß. Ich wollte nur ..." Sie setzte sich neben mich, legte ihren Kopf auf meine Schulter und seufzte.

„Was ist los?", fragte ich, nachdem sie eine Weile so verharrt hatte, ohne ein Wort zu sagen. Ich schnippte meinen Zigarillo weg und legte meinen Arm um ihre Schulter. Sie zitterte, und ich drückte sie fester an mich. Was tat ich hier nur?

„Schau mal da!" Sie zeigte plötzlich in den Himmel. Langsam begann dieser zu tanzen. Die Nordlichter gaben sich die Ehre und vollführten ihren phänomenalen Reigen.

Stumm und ehrfurchtsvoll starrten wir in den Himmel, und Anna kam mir immer näher. Da war es wieder, dieses Gefühl, dieses Verlangen nach ihrer Nähe. Ich musste es beenden, sollte lieber hineingehen ... Aber ich wollte nicht, konnte nicht.

Eine Sternschnuppe erleuchtete kurz den Himmel, und es hätte nicht kitschiger sein können.

„Du darfst dir etwas wünschen", flüsterte sie.

„Bringt nichts", wiegelte ich ab. „Bringt nichts", wiederholte ich leise und schaute sie an.

Sie knuffte mich in den Arm. „Komm schon, sei kein Spielverderber!"

„Weißt du … damals, als du deinen Unfall hattest … Ich war hier und konnte nichts für dich tun. War wie angewurzelt und gelähmt. Und als ich dann wieder zu Hause war … da hast du dich nicht an mich erinnert. Das war eine grausame Erfahrung."

Anna streichelte mir über die Wange und sagte leise: „Ich muss oft daran danken. An alles … Den Abend im Juli auf der Couch oder dann das andere Mal mit der Explosion."

Wir fingen beide an zu lachen.

„Ja, das kann man eigentlich keinem erzählen. Mir ist immer noch schleierhaft, wie das passieren konnte", gab ich zu.

Anna lachte noch einmal laut auf und sagte: „Aber irgendwle war es ja logisch, du hast einfach …"

„Hey, ihr zwei", unterbrach uns Bernd, der plötzlich neben uns stand. „Man hört euer Lachen bis nach drinnen. Wollt ihr nicht reinkommen? Es ist ziemlich kalt hier draußen."

Nachdem ich mit Bernd noch ein Bier getrunken hatte, Anna nuckelte an einem Glas Wasser und die anderen waren schon schlafen gegangen, begaben Anna und ich uns ins Bett.

Im Obergeschoß blieben Anna und ich noch einen Moment vor unseren Zimmern stehen. Christinas Schnarchen war deutlich zu hören.

Anna drückte mir einen Kuss auf die Wange und flüsterte mir ins Ohr: „Wenn du nicht schlafen kannst, zwischen Lilja und mir ist noch Platz."

Augenzwinkernd antwortete ich leise: „Danke. Vielleicht komme ich darauf zurück."

Der nächste Morgen begann pünktlich um 06:00 Uhr. Christina hatte die Nacht mit einem infernalischen Schnarchen untermalt, und ich fühlte mich wie gerädert.

Nach einer ausgedehnten Dusche mit intensiver Körperpflege und einem reichhaltigen Frühstück – ausnahmsweise, weil Hochzeit war – hatte ich das erste Bier bereits um 08:13 Uhr in der Hand.

Die Damen rotierten wie Hubschrauber um die im Wohnzimmer drapierte Jaanika. Im Minutentakt kamen weitere Verwandte, Freunde und Bekannte an. Die Damen wurden ins Wohnzimmer geschickt und die Männer vor der Haustür abgefangen und an einem imposanten Lagerfeuer mit Bier und Wodka versorgt.

Ich hatte zwar auch eine Dose *Karhu* in der Hand, aber für den Normalsterblichen war das keine Uhrzeit zum Trinken.

Ich ging es langsam an.

Während Christina drinnen recht schnell das Kommando übernahm und in bellendem Englisch Anweisungen erteilte, versuchte ich den auf Finnisch geführten Unterhaltungen draußen zu folgen. Das Wetter war gnädig, wir hatten etwa fünf Grad Celsius, aber zum Glück keinen Regen.

Es waren noch knapp zwei Stunden bis zur Trauung und ich fühlte mich *hier oben in Finnland*, inmitten dieser großartigen Menschen, pudelwohl.

Etwas später kam Lilja nach draußen, und als kurz darauf Anna folgte, waren die beiden aufgrund ihrer

Ähnlichkeit – gerade bei der Verwandtschaft – für eine Weile Thema Nummer eins. Die beiden „Fastzwillinge" heimsten von den Herren Komplimente ein, und es wurde immer wieder versucht, sie zum Mittrinken zu animieren.

Langsam wurde mir trotz des Feuers kühl. Gut gelaunt ging ich nach drinnen, versicherte Jaanika, dass es Bernd blendend ginge und er nicht viel getrunken habe, und wurde sogleich von Christina mit Aufgaben überhäuft. Wehren war zwecklos, und ich brauchte gut eine halbe Stunde, um mich ihr und ihren Anweisungen zu entziehen. Ich ging in unser Zimmer, um mich umzuziehen und lief – wieder einmal – einer nackten Anna in die Arme.

Sie stand barbusig in schwarzem Slip vor mir und wollte sich gerade eine Nylonstrumpfhose anziehen.

„Sorry, mein Zimmer ist gerade belegt." Sie kicherte, ließ sich aber ansonsten nicht von mir stören.

Wie versteinert blieb ich stehen und musterte sie ungeniert.

„Sebastian?!", unterbrach sie mich nach ein paar Augenblicken und ich drehte mich zwinkernd weg. Ich wollte gerade das Zimmer verlassen, als ich in die oben herum ebenfalls nackte und auch nur mit einem Slip bekleidete Lilja lief, die gerade hereinkam.

„Herrgott, Sakrament!", stöhnte ich, denn egal, in welche Richtung ich jetzt schaute, überall standen nackte Frauen.

„Willst du Brüste gucken?", fragte Lilja lachend und drückte sich mit einer Flasche Sekt in der Hand an mir vorbei, tat dies jedoch betont langsam und mit möglichst viel Körperkontakt.

„Wie bitte?", fragte ich.

„Ob du ... vergiss es", feixte sie und stellte die Flasche auf den Tisch.

Ich verließ kopfschüttelnd das Zimmer, ging wieder nach unten, wo ich erneut von Christina eingefangen und mit Arbeiten vollgeladen wurde.

Zwei Stunden später folgte die stinknormale Trauung, auf die ich definitiv nicht näher eingehe. Ja ich weiß, der schönste Tag des Lebens und so. Aber mal ehrlich, das ist doch wie bei Beerdigungen. Ein Riesentamtam, alle liegen sich in den Armen und dann wird gegessen. Eine übliche Trauung halt. Tränen, Taschentücher, zweimal Ja sagen, Ringe auf den Finger und Zunge in den Hals. Dann vor der Kirche Sekt, Bier, Wodka und alberne Spiele.

Die eigentliche Festivität fand in Bernds Haus statt. Einige der älteren Finnen waren bereits gut dabei, und der Alkohol floss in Strömen. Regt euch nicht auf! So ist Finnland nun mal.

Das erste Bier des Tages wollte nicht so recht schmecken und ich nippte nur hin und wieder an meiner Dose *Karhu*, bis sie warm und schal war und wie Rentierpipi schmeckte. Woher ich weiß, wie Rentierpipi schmeckt? Das wollt ihr nicht wirklich wissen. Okay, vielleicht komme ich später noch einmal darauf zurück.

Ab dem zweiten Bier lief es wie gewohnt und der Tag verlief ohne nennenswerte Vorkommnisse oder Katastrophen. Gegen drei Uhr war ich im Bett und schlief schnell ein.

Christina ließ mich am kommenden Morgen gnädigerweise sogar bis um 09:00 Uhr schlafen. Als ich ins

Wohnzimmer kam, saßen alle bereits am Tisch und frühstückten. Selbst Bernd, der mit Sicherheit weit nach mir im Bett gelandet war und reichlich getankt hatte, wirkte im Gegensatz zu mir fit wie ein Turnschuh. Mich wunderte, dass er nicht schon vier Festmeter Holz gehackt hatte, einen Halbmarathon gelaufen war und das Frühstück um 06:00 Uhr fertig auf dem Tisch gestanden hatte. Natürlich mit frisch gefangenem und geräuchertem Fisch.

Müde setzte ich mich neben Christina, vertilgte gähnend das kalorienreiche Frühstück, und in meinem Körper fand ein epischer Kampf zwischen Restalkoholpegel und Cholesterinspiegel statt.

Nach dem Essen räumten wir zusammen die Reste der Feier auf, Bernd und ich vollendeten die Reparatur des Huussi und dann hatte ich – ich weiß auch nicht, wie – schon wieder ein Bier in der Hand.

Das Plumpsklo sah nicht mehr so schön aus wie früher, ein wenig schief und mit ein paar Brettern, die nicht zueinander passten, aber es stand wieder und war auf jeden Fall funktionstüchtig.

Bernd freute sich. „Sobald es wärmer ist, gibt's noch etwas frische Farbe, und dann ist es wieder wie neu."

Nickend trank ich einen Schluck und dachte zum ersten Mal seit vielen, vielen Jahren daran, wie wohltuend ein Mittagsschlaf wohl sein könnte. Ich beschloss, mir selbigen heute zu gönnen, schaute auf die Uhr, und da es kurz nach zwölf war, verfestigte sich die Idee.

Die restlichen Gäste, die hier übernachtet hatten, verabschiedeten sich. Esko und Hilja mussten leider auch bereits los.

Wir begaben uns nach der tränenreichen Verabschiedungsorgie nach drinnen, Bernd übernahm die Küche und zauberte aus den Resten des Vorabends ein leckeres Mittagessen.

Ich half ihm, deckte den Tisch und wir aßen. Gähnend kündigte ich danach an, mich zurückziehen zu wollen. Christina zog die Augenbrauen nach oben und Anna lachte laut und fragte, ob es am Alkoholgenuss des Vorabends lag.

„Wer den Unfall hat, braucht für das Gelächter nicht zu kümmern", kommentierte Lilja.

Bernd und Anna lachten über dieses falsch vorgetragene Sprichwort, ich ging nach oben, legte mich hin und schlief gefühlt sofort ein.

Als ich die Augen wieder öffnete, sah ich auf die Uhr, dann aus dem Fenster und ... FUCK: Es schneite wie wahnsinnig.

In Deutschland war der Frühling wild am Rumblühen, Bienen und Blumen waren schon am Rummachen und hier gab es mal eben fünfzehn Zentimeter Neuschnee.

Der Mittagsschlaf war nebenbei nicht die beste Idee gewesen. Ich fühlte mich wie gerädert, noch müder und schlaffer als zuvor und überlegte, ob ich einfach liegen bleiben und weiterschlafen sollte.

Dennoch raffte ich mich auf und ging nach unten. Lilja und Anna saßen im Wohnzimmer und lackierten sich gegenseitig die Zehennägel, sonst war keiner da.

„Moin!", grüßte ich in die Runde, doch die beiden nahmen nur am Rand Notiz von mir.

Lilja trank einen Schluck Sekt und Anna lachte. „Das kitzelt."

„Wo ist der Rest der Truppe?“, fragte ich verschlafen.

„Die sind nach Kajaani gefahren, wollten die Schüsseln und das Zeug vom Caterer zurückbringen.

Draußen ließ das Schneetreiben keine drei Meter mehr blicken, und ich machte mir ein wenig Sorgen. „Wann sind die losgefahren?“

„Kurz nach zwei. Sie wollten gleich noch einkaufen und gegen fünf wieder da sein.“

„Hm“, brummte ich, überlegte, mich einem Bier zu widmen, und wägte ab, ob das eine gute Idee sei.

Ach, was konnte schon schiefgehen. Es war 16:00 Uhr und man sagte ja schließlich: Das erste Bier um vier. Oder so ähnlich. Ich öffnete den Kühlschrank und nahm mir eine Dose *Karhu*.

Anna und Lilja beendeten ihre Kriegsbemalung, und jetzt war es Lilja, die, während sie das Wetter beobachtete, ein paar Sorgenfalten bekam.

„Es wird mehr Schnee!“, teilte sie uns gedankenverloren mit, und es sah beinahe so aus, als ob sie eine telepathische Verbindung zu selbigem aufzubauen versuchte.

„Ich werde mal die Sauna vorbereiten. Falls ich nicht wiederkomme, bin ich der Schneemann im Hof“, witzelte ich und begab mich begleitet von einem Lachen der beiden mit meinem *Karhu* nach draußen und stapfte durch den frisch gefallenen Schnee. Ich machte einen Zwischenstopp im restaurierten Huussi, welches im Schein einer kleinen Kerze und bei einer finnischen Oldtimerzeitung den Zweck meines Besuches erfüllte.

Dann ging ich zur Sauna und heizte ein.

Als es bereits halb sechs war und Bernd, Christina und Jaanika immer noch nicht da waren, begann ich, mir Sorgen zu machen.

Ich wählte Bernds Nummer, und im gleichen Moment klingelte mein Telefon.

Es war Christina.

„Hallo, Schatz, wo seid ihr?"

„Immer noch in Kajaani. Der Schnee wird immer schlimmer und das Räumen wurde eingestellt. Man sieht die Hand vor Augen kaum, und wenn du dich umdrehst, sind deine Spuren im Schnee schon wieder weg. So etwas habe ich noch nie erlebt. Aber warte, ich gebe dir Bernd. Der will dir noch was sagen."

„Terve Veli (Hallo, Bruder)", begrüßte dieser mich und schnaufte dann. „Wir werden hierbleiben und uns ein Hotelzimmer nehmen. So ein paska ilma (Scheißwetter) habe ich hier noch nie erlebt. Und glaube mir, Schnee hatten wir schon viel ..."

„Oh Mann. Dabei wäre die Sauna fertig", teilte ich mit.

„Kümmere dich um Lilja und Anna. Ich melde mich nachher noch einmal. Ich such jetzt was zum Übernachten. Und trink nicht mein ganzes ..."

Dann war die Leitung tot.

Ich versuchte ihn zurückzurufen, bekam aber nur ein Besetztzeichen. Der Weg von der Sauna bis ins Haus reichte aus, um mich beinahe wirklich in einen Schneemann zu verwandeln. Ich klopfte mich ab, schüttelte mich und ging nach drinnen.

Während draußen die Temperatur auf minus vier Grad Celsius gefallen war, sorgte der Ofen hier drin für gemütliche fünfundzwanzig Grad. Lilja und Anna saßen auf der Couch und schauten die finnische Version von „Wer wird Millionär".

„Die kommen heute nicht mehr zurück", informierte ich sie und zog meine Jacke aus.

„Doch so schlimm?", fragte Anna, und ich nickte.

„Sie werden im Hotel übernachten, Bernd meldet sich nachher noch einmal", fügte ich hinzu, und in genau diesem Moment fiel der Strom aus.

Lilja reagierte als Erste, stand auf und tapste im Dunkeln zum Wohnzimmerschrank, um ein paar Kerzen zu holen. Sie zündete sie an, verteilte sie im Raum, und wir hatte wieder etwas Licht.

Ich missachtete den Stromausfall und fragte: „Sauna?! Wer zuerst?"

„Geh du", sagte Lilja und drückte Anna ein paar Kerzen in die Hand, mit der Bitte, sie im Haus zu verteilen.

Ich schnappte mir zwei *Karhu*, holte meinen Bademantel, und stiefelte blindlings durch das Schneegestöber zur Sauna.

Die wohlige Wärme hier drinnen tat gut, und ich musste an den Arbeitskollegen denken, der vor Kurzem stolz berichtet hatte: *„Ich habe mir eine Sauna gegönnt. Habe die extra aus Schweden kommen lassen, samt Handwerkern. Die hat jeden Luxus, heizt fast bis hundert Grad Celsius hoch. Die Aufgüsse werden automatisch gemacht. Und sie hat davor zwei Umkleiden, für Damen und Herren, von wo aus man jeweils direkt hineingehen kann."*

*Während die anderen um ihn herum ihn ehrfürchtig ansahen, blaffte ich: „Das hat nichts mit Sauna zu tun! Das ist ausgemachter Blödsinn!"*

Eingeschnappt suchte er nach Worten der Verteidigung, fand keine, und die umstehenden Zuhörer fragten mich, wie es denn *richtig* gemacht würde.

Mit leuchtenden Augen erzählte ich von Finnland, von Bernd und wie entspannt eine Sauna, gerade die Savu-Sauna, wirklich sein konnte.

Von draußen vernahm ich Stimmen und war wieder im Hier und Jetzt. Ich lauschte angestrengt. Die Stimmen waren definitiv weiblich ... und ... na klar. Es waren Anna und Lilja.

Die Saunatür wurde aufgestoßen, und Anna fragte mit schneebedecktem Haar, ob noch Platz wäre.

„Nein. Tut mir leid. Ich erwarte Besuch, Urho Kekkonen!“, gab ich zurück.

Anna warf ihren Bademantel in Richtung Garderobenhaken, schüttelte sich den Schnee aus den Haaren, schlüpfte herein und fragte: „Wer?“

Das schummrige Licht der Lampe ließ ihren nackten Körper mehr als reizvoll erscheinen.

Lilja folgte einen Augenblick später, lachte laut über meine Bemerkung und erklärte Anna den Zusammenhang zwischen Urho Kekkonen und der Sauna.

Natürlich setzten sie sich links und rechts von mir auf die Bank.

„Bin sowieso fertig“, bemerkte ich augenzwinkernd und schickte mich an, aufzustehen.

Lilja drückte mich sanft wieder nach unten. „Sitzen bleiben!“

Ich gehorchte und versuchte meinen Blick geradeaus auf eine alte, an der Wand hängende Karaffe, die mir bisher gar nicht aufgefallen war, zu richten.

Rechts und links von mir wurde nackte Damenhaut mit Wasser benetzt und kichernd das in der Mitte sitzende Männlein belächelt.

„Euch ist schon klar, dass das ziemlich unfair ist, oder?", versuchte ich den Sprung nach vorn.

„Warum?", fragte Anna mit gespielt ernster Stimme, und Lilja fügte hinzu: „Bist du etwa prüde?"

Die Damen lachten laut und ich versuchte krampfhaft, nicht an ihre Körper zu denken, geschweige denn sie anzuschauen.

Zu gefährlich.

Ich glitt in einem Moment der Unaufmerksamkeit auf die untere Bank und konnte mich so wenigstens den gierigen Blicken ihrer Brüste entziehen. Ein weiteres Verharren zwischen den beiden war mir aufgrund der männlichen Physiologie nicht mehr möglich, ohne Aufmerksamkeit zu erregen. Außerdem, wer wusste, wozu sie in ihrem angeheiterten Zustand fähig waren.

Etwa zehn Minuten später verließ ich aus selbst auferlegten Sicherheitsgründen die Sauna, vorgeblich für eine kurze Pause, zog mir draußen den Bademantel über und ging ins Haus.

Der Strom war noch immer nicht da. Keine Ahnung, ob das hier oben normal war. Ich nahm mir ein Bier aus dem Kühlschrank, der langsam seine Kraft verlor, und machte es mir in Bernds Fernsehsessel gemütlich.

Ein Blick aufs Handy verriet: nichts Neues aus Kajaani. Ob das gut oder schlecht war?

Die Kerzen im Wohnzimmer flackerten unaufgeregt, aber stetig, ich trank einen großen Schluck, stellte die Dose ab, schloss die Augen und schlief ein.

Das Knallen der Tür weckte mich, und Anna und Lilja stürmten – nun schon recht angetrunken – ins Zimmer.

Anna wirbelte um mich herum, löste den Knoten ihres Bademantels und präsentierte mir ihren nackten Körper. Während ich diesen gebannt mit den Augen abtastete, zog Lilja meine Hände nach hinten, und ich spürte – obwohl ich solcherlei noch nie an den Händen hatte –, wie mir Handschellen angelegt wurden.

„Was zur Hölle? Hört auf damit!", rief ich.

Die beide lachten nur. Lilja kam nun herum, entledigte sich ebenfalls ihres Bademantels, öffnete meinen und setzte sich auf meinen Schoß.

„Lilja, lass das! Das ist nicht komisch. Anna, mach die Handschellen los!"

Beide lachten schrill, und obwohl ich mich offenkundig wehrte, begann es mir zu gefallen.

Natürlich gefiel es mir.

Während die beiden mich malträtierten, hörte ich die Tür schlagen, der Sessel drehte sich wie von Geisterhand, und Christina stand vor mir, schaute mich fassungslos an. Dann begann auch sie zu lachen. Lauter, immer lauter.


Ich wachte auf.


Draußen hörte ich Lilja und Anna, atmete tief durch, trank einen Schluck und schüttelte den Kopf.

„Hey, warum bist du einfach verschwunden?", fragte Anna verärgert.

„Das war besser so. Glaub mir", antwortete ich und zwinkerte ihr zu.

Das Licht der Kerzen, die hinter mir standen, beleuchtete den Raum vor mir. So konnte ich sie besser sehen als sie mich. Lilja schien schon etwas mehr getrunken zu haben als Anna. Ihr Bademantel hing *auf halb acht*, ihre Brüste waren kaum mehr verdeckt und auch ihre Oberschenkel waren nicht wirklich verhüllt. Sie ließ sich auf die Couch fallen und erbat von Anna etwas zu trinken.

„Vielleicht ist es Zeit für dich, ins Bett zu gehen", stichelte ich.

„Jetzt noch nicht. Ich will noch einen Cocktail", gluckste sie freudig.

Anna kam mit zwei Dosen eines proseccoähnlichen Getränkes aus der Küche und drückte Lilja eine in die Hand, öffnete die andere, trank einen Schluck und rülpste dann laut.

„Hoppla", sagte sie daraufhin amusiert, lachte und prostete Lilja zu.

Lilja nahm ebenfalls einen großen Schluck, versuchte Anna nachzuahmen, kotzte aber stattdessen nach einem abgebrochenen Rülpser in hohem Bogen auf die Dielen.

„Wenigstens wird diesmal kein Teppich in Mitleidenschaft gezogen", versuchte ich lachend auf meine Eskapade damals im Wohnzimmer anzuspielen, wurde von Anna dafür aber mit einem bösen Blick bedacht.

Ich holte ein paar Tücher aus der Küche, und während Anna Lilja befahl, sich hinzulegen und ihr ein Wasser holte, reinigte ich, selbstlos wie ich bin, den Fußboden.

„Jaja. Saufen wie die Großen", sagte ich dabei leise.
Mein Telefon piepte. Eine Nachricht von Bernd.

Sie waren in einem Hotel, und während Christina und Jaanika gerade in der hoteleigenen Sauna waren, saß Bernd an der Bar und trank ein Bier.

Ich überlegte, ob ich vom bisherigen Abend berichten sollte, ließ es dann aber und antwortete nur, dass hier alles okay sei und ich gleich ins Bett gehen würde.

Anna brachte Lilja gegen deren Protest in ihr Zimmer, und ich trank mein Bier aus, löschte die Kerzen und begab mich ebenfalls ins Bett.

Immer wieder blitzte Annas nackter Körper vor meinem inneren Auge auf, ich konnte nichts dagegen tun, *wollte* nichts dagegen tun. Zu schön waren diese Bilder. Die von der Sauna noch immer nachwirkende wohlige Wärme in meinem Körper tat ihr Übriges.

Ich schlief zufrieden ein, wurde jedoch irgendwann dadurch wach, dass mir eine Hand durchs Gesicht streifte. Erschrocken öffnete ich die Augen, konnte aber nichts sehen, es war zu dunkel. Die Hand lag jetzt reglos auf meinem Oberkörper.

Fuck! Wer war das? Weiblich, klar, aber es gab immer noch zwei Möglichkeiten. Die kleine Nachttischlampe funktionierte nicht, es gab immer noch keinen Strom. Sollte ich vielleicht ertasten, ob es Anna oder Lilja war? Oder einfach flüstern: „Hey, Mäuschen? Schläfst du?", um die Stimme zu erkennen? Das war doch bescheuert.

Ich versuchte den Duft der Haare, die Art und Weise des Atmens zuzuordnen.

Keine Chance.

Vorsichtig streichelte ich über den Arm. Ein Seufzen entrang sich meiner Bettgenossin. Auch nicht eindeutig. Die Brüste, schoss es mir durch den Kopf. Liljas waren größer.

*Du kannst ja jetzt wohl schlecht nach ihren Brüsten grapschen*, ermahnte ich mich selbst.

Ich strengte mich an, das wenige Licht zu nutzen.

Erfolglos.

Vorsichtig streichelte ich ihren Arm entlang, dann über ihr Haar, versuchte so, etwas herauszubekommen.

Schon mal versucht, im Dunkeln eine Frau anhand ihrer Haare zu erkennen? Klappt nicht, glaubt mir.

*Ohrringe*, schoss es mir in den Kopf. Ich könnte ihre Ohren ertasten. Aber was trugen Anna und Lilja für Ohrringe? Trugen sie überhaupt welche? Nichts, worauf ich geachtet hatte.

*Oh Mann.*

Ich lag wach und wartete angespannt darauf, dass der Morgen aufziehen würde, um zu erkennen, mit wem ich mein Bett teilte, und schlief dabei wieder ein.

Als ich die Augen öffnete, war es hell. Vorsichtig drehte ich mich um, erschrak und rief lauter als gewollt: „Christina?"

Schlaftrunken sah diese mich an und entgegnete: „Hast du jemand anderen erwartet?"

„Ich ... nein ... natürlich nicht. Aber wie und wann?"

Sie streichelte mir über die Wange und flüsterte: „Es hat irgendwann weniger geschneit und dann sind wir losgefahren. Wir haben zwei Stunden für die Strecke gebraucht. Ich bin hundemüde. Lass uns noch ein wenig schlafen."

Sie drehte sich wieder um, und ich lag da, ohrfeigte mich in Gedanken selbst für meine nächtlichen Fantasien, und an Einschlafen war nicht mehr zu denken.

Ich stand auf, ging nach unten, machte mir einen Kaffee und setzte mich ins Wohnzimmer. Es war kurz nach sechs Uhr, als die Schlafzimmertür sich öffnete und Bernd herauskam.

„Barnie … Alter … fuck. Hol dir 'nen Kaffee. Ich muss dir was erzählen", überschlug sich meine Stimme.

„Ruhig, Brauner. First things first", unterbrach er mich und schlurfte in die Küche, um sich auch einen Kaffee zu holen.

Er ließ sich aufs Sofa plumpsen, trank einen Schluck und forderte: „Schieß los."

Ich erzählte vom Vorabend, den angetrunkenen Mädels, der Sauna und meiner nächtlichen Begegnung.

„Ich habe dir doch geschrieben, dass wir doch losfahren", kommentierte er trocken.

„Habe ich nicht mehr gelesen. Der Akku war alle."

Nach dem Kaffee marschierten wir eine große Runde am See entlang, um munter zu werden und unsere müden Lebensgeister zu wecken.

Zurück am Haus war immer noch keiner wach, also deckten wir den Frühstückstisch, und dann stand plötzlich Anna vor mir. Ihre Haare waren zerzaust, das Nachthemd sehr knapp und ihr Äußeres strahlte diese wunderbare Schönheit aus, die Frauen direkt nach dem Aufstehen besaßen, selbst aber hassten.

„Hallo, schöne Frau", sagte ich übermütig und bekam ein: „Nicht gucken, ich sehe grausam aus", zurück. Dann verschwand sie ins Bad.

Ich holte mir einen zweiten Kaffee und setzte mich an den Tisch. Bernd gesellte sich zu mir und erzählte von der anstrengenden Fahrt letzte Nacht.

„Warum seid ihr nicht im Hotel geblieben?"

„Die haben uns mit einer Familie verwechselt, die die Zimmer gebucht hatten. Da die aber aufgrund des Schneesturms erst spät im Hotel ankamen, klärte sich das erst dann auf. Und sonst gab es keine freien Zimmer mehr. Da das Wetter wieder besser wurde und die Schneepflüge wieder fuhren, war es eine schnelle Entscheidung."

Anna kam aus dem Bad, sah, nebenbei bemerkt, immer noch hinreißend aus und setzte sich neben mich. Ich überlegte, ob ich ihr von meinem nächtlichen Erlebnis erzählen sollte, ließ es dann aber doch.

Nach und nach erschienen auch Jaanika, Lilja und Christina, wir frühstückten zusammen, und zu erzählen gab es auch viel. Ich ertappte mich dabei, wie ich immer wieder Anna anstarrte.

Nicht gut.

Nach dem Frühstück ging ich mit Bernd nach draußen, wo wir das Dach fertig reparieren wollten.

Der Tag plätscherte dahin, und nachdem ich gegen 17:00 Uhr aus der Dusche trat, kam mir eine selten dämliche Idee, die ich vorsichtig Bernd gegenüber äußerte.

„Wollen wir heute Abend in eine Bar fahren? Einen Männerabend verbringen?"

Bernd guckte mich prüfend an. „Bar? Männerabend?"

„Jepp!", antwortete ich überzeugt.

„Muss ich mal Jaanika fragen."

„Echt jetzt? Du musst Jaanika fragen?"

„Spaß. Ich werde es ihr mitteilen", sagte er in dem Versuch, seine Ehre zu retten.

„Haha. Du wirst sie fragen und hoffen, dass sie nicht ausrastet."

„Und du? Wird Christina freundlich nicken, wenn du ihr davon erzählst?"

„Schauen wir mal", entgegnete ich, und wir gingen in die Küche.

Die vier Damen saßen am Tisch, und ein bunter Mix aus Sprachen ertönte.

Ich schluckte kurz, räusperte mich und alles schaute zu mir. „Bernd und ich wollen heute Abend nach Kajaani fahren. Männerabend. Ein Bier trinken."

Totenstille, dann Christina: „Ein Bier trinken?"

„Vielleicht auch zwei." Ich versuchte lustig zu klingen.

„Schon klar!", bemerkte sie bissig.

Jaanika war dank Babelfisch Lilja mittlerweile auch informiert und blinzelte Bernd komisch an.

Lilja und Anna warteten ab, was passieren würde, und nippten an ihrem Prosecco-Grapefruit-Dosen-Cocktail-Dingens.

„Rückzug. Frontbegradigung", flüsterte ich Bernd zu, der immer noch versuchte, Jaanikas Blicken standzuhalten.

Er würde einknicken, das war klar. In mir jedoch reifte die Idee immer mehr. Was kostete die Welt? Wie oft war ich schon hier oben? Und noch nie war ich hier einfach ziellos durch die Bars gezogen. Mein Entschluss stand fest.

Und dann erfuhr ich Hilfe aus einer völlig ungeahnten Ecke des Ringes, denn Lilja sprang mir zur Seite. „Wenn ich mich einmischen darf: Ich hatte heute Nachmittag ein Telefonat mit einem Freund aus Kajaani. Wir wollten uns schon lange mal wieder treffen. Christina, wenn du erlaubst, fahre ich mit Sebastian. Ich pass auch auf ihn auf. Setz ihn an einer Bar ab und hole ihn dann dort auch wieder ab und bringe ihn heim.“

Bernd war damit aus der Nummer raus, und sowohl ihm als auch Jaanika fiel sichtbar ein Stein vom Herzen, nicht diskutieren zu müssen.

Anna gähnte müde und Christina wägte ab, stimmte dann aber zu. Als wenn es ihrer Erlaubnis bedurft hätte.

Na ja, gut. Ohne ihre Zustimmung hätte es vielleicht im Nachgang etwas Zoff gegeben.

Kurz nach 20:00 Uhr stand das Taxi auf dem Hof und der Abend konnte beginnen. Dass diese Nacht mein komplettes Leben auf den Kopf stellen würde, hätte ich nicht gedacht.

# Fremde Gefilde

Eine dreiviertel Stunde später und vierundfünfzig Euro ärmer kamen wir in Kajaani an.

Der Taxifahrer ließ uns an der Lönnrotinkatu (so hieß die Straße) aussteigen, und wir liefen ein Stück, betraten dann ein gemütliches kleines Pub. Ich setzte mich an die Bar, bestellte mir für acht Euro einen halben Liter Schwarzbier und beobachtete die Leute um mich herum, während Lilja telefonierte.

Ich unterhielt mich mit dem Barkeeper über den Schneesturm des vergangenen Abends, bis ein Pärchen neben mir mitbekam, dass ich Deutscher bin. Schnell wurde ich von den beiden auf ein weiteres Bier eingeladen und musste von Saksa (Deutschland) erzählen.

Der weibliche Part der beiden bestand außerdem darauf, dass ich Deutsch sprach, denn sie habe in Stuttgart studiert und würde gern einmal wieder die deutsche Sprache hören. Ich kam dem nach und fütterte die beiden mit Infos über das Land der Germanen.

Später, ich hatte nicht auf die Uhr geschaut, betätigte der Barkeeper den Lichtschalter, ließ die Lampen im Raum zweimal aus und wieder an gehen, und begab sich zurück hinter seinen Tresen. Verwirrt schaute ich Lilja an.

„Letzte Bestellung", flüsterte sie.

„Der Laden ist voll. Warum machen die zu?", fragte ich erstaunt.

„Das ist hier nun mal so. Ich erkläre es dir später“, teilte sie mir mit und, wir orderten die letzte Runde.

Eine halbe Stunde später folgten wir auf Empfehlung des Pärchens ins *Rockhouse Kulma*, welches nur ein paar Gehminuten entfernt lag.

Der Laden war gut besucht, obwohl es unter der Woche war. Wir setzten uns an den Tresen und ich bestellte für Lilja und mich Bier. Die Bedienung reichte uns unsere Getränke und einen Kassenzettel, um direkt abzukassieren.

Komische Sitten.

Das Pärchen, das mit uns gekommen war, setzte sich nach einer Weile an einen Nebentisch und begann kurze Zeit später, einen nicht zu überhörenden Streit in Landessprache zu führen. Ich beobachte die beiden eine Weile und konnte mich nicht entscheiden, wer mein Mitgefühl hatte.

Liljas Telefon klingelte. Sie legte nach einem kurzen Gespräch auf und teilte mir mit: „Ich bin in einer Stunde wieder da. Du scheinst allein klarzukommen.“

Verwundert sah ich sie an. „Ich dachte, das mit dem Bekannten hast du nur gesagt, um mir diesen Abend zu ermöglichen?“

„Nicht ganz, mein Lieber. Ich muss wirklich etwas klären. Bis später.“ Sie drückte mir einen Kuss auf die Wange und verließ das Lokal.

Halten wir kurz fest: Zweitausend Kilometer entfernt von der Heimat, in einer Bar in Kajaani, mit einem miserablen Finnisch trank ich Bier mit wildfremden Menschen und fühlte mich dabei pudelwohl.

Hinter der Bar stand übrigens Eeva, Anfang zwanzig, schlanke Gestalt, hübsches Gesicht, dunkelblonde

Haare und – keine Ahnung warum – es hörte sich betörend an, wenn sie Finnisch sprach.

Lag es am Bier?

Sie gefiel mir mit der Zeit immer besser.

Ich bestellte mir ein neues Olut, erhielt selbiges und den Kassenzettel. „Brauch ich nicht, danke!", bemerkte ich. Im weiteren Verlauf des Abends ergab sich aus Gesprächen, dass ihr Kassenzettelfetisch Pflicht in finnischen Bars war. Aber weiter im Text.

Beim nächsten Bier zeigte sie mir den Kassenzettel nur noch und ich verneinte grinsend, woraufhin sie ihn wegwarf.

Ein paar neue Gäste kamen, wunderten sich, dass Eeva mit mir Englisch sprach, und setzten sich neugierig an die Bar. Schnell kam ich mit den Menschen ins Gespräch, glänzte bisweilen mit meinem unterirdischen Finnisch, erheiterte damit die Barbesucher um mich herum, führte dann wieder auf Englisch nette Gespräche mit wildfremden Leuten.

Ich erinnere dabei noch einmal an den Finnland-Guide aus Teil eins des Bratherings.

Punkt 1: Reservierte Begrüßung nach norddeutscher Art mit eventueller Verbeugung.

Vielleicht lag es an meiner unwiderstehlichen Art, aber nicht einer hat mich dort oben so distanziert begrüßt.

Punkt 2: In Finnland erwartet man, dass Gäste sich vor Mitternacht verabschieden.

Als ich dies einmal tat, waren die Gastgeber beleidigt und haben gefragt, ob mit ihnen etwas nicht stimmte.

Punkt 3: Finnen sind ein wortkarges Volk und mögen keinen Small Talk.

Vielleicht wollte nur kein Finne mit dem Ersteller des Knigge reden. Vielleicht weil er gestunken hat. Ich weiß es nicht. Ich habe mich zu jeder Zeit und immer wieder köstlich mit jedem Finnen unterhalten, auch in einer Form, die man als Small Talk bezeichnen kann.

Ich könnte hier noch viele Beispiel bringen, aber ich glaube, das reicht zu Erklärung. Zusammengefasst, war diese Sammlung von Benimmregeln nicht würdig, sich damit den Hintern abzuwischen.

Langsam machte ich mir aber Sorgen um Lilja. Sie war schon eine halbe Stunde überfällig und hatte sich nicht mehr gemeldet. Irgendwann würde auch diese Bar schließen, und was sollte ich dann tun?

Ich bestellte ein weiteres Bier, und während Eeva mich ansah und ihre Hand mit dem Kassenzettel bereits in Richtung Mülleimer zeigte, grinste ich sie an. „Den nehme ich!"

Eeva rollte mit den Augen und lachte fröhlich.

So ein hübsches Ding, schoss es mir plötzlich durch den Kopf.

Der Mittfünfziger neben mir stupste mich an und prostete mir zu. Er fragte, ob ich noch etwas auf Finnisch sagen könne, es klänge witzig.

„Ich kann die Maamme (finnische Nationalhymne) singen", warf ich ein, und plötzlich wurde es ruhig an der Bar.

Eeva stoppte das Bierzapfen, ein Pärchen sein Gespräch und alle schauten mich mit großen Augen an.

„Nicht möglich. Das kannst du nicht", wandte sich mein Trinkkumpan in brauchbarem Englisch an mich.

„Ich bin mir nicht sicher, ob ich es tun sollte ... Ich meine, was, wenn ich sie falsch singe?", versuchte ich mich zu retten, doch es war zu spät.

Eeva drehte die Musik leiser, kündigte an, was ich vorhatte, und gefühlte tausend Augen waren auf mich gerichtet.

Mein Trinkbuddy lallte mit finnisch-alkoholischem Akzent: „Sing it with your heart, then you'll sing it right."

Also stand ich auf und stimmte die „Maamme" an.

*„Oi maamme, Suomi, synnyinmaa,*
*soi, sana kultainen ..."*

Zuerst schauten mich die Leute um mich herum erstarrt an, sangen dann, zuerst jeder für sich, dann alle zusammen und immer lauter mit. Ich bekam Gänsehaut und musste aufpassen, mich nicht im Text zu verhaspeln.

*„Ei laaksoa, ei kukkulaa,*
*ei vettä, rantaa rakkaampaa,*
*kuin kotimaa tää pohjoinen,*
*maa kallis isien!"*

Als wir fertig waren, herrschte für einen Moment absolute Stille, dann ertönte Applaus und mir wurden von Eeva fünf Biere und drei Schnäpse hingestellt, die mir spendiert worden waren.

Ich trank einen großen Schluck, setzte mich wieder und blickte stolz, aber auch ehrfurchtsvoll in die erstaunten Gesichter um mich herum.

Eevas Augen leuchteten.

„Wie kommt es bitteschön, dass du unsere National-hymne singen kannst?“

„Habe ich auswendig gelernt. Es war mir ein Bedürf-nis, die Hymne dieses tollen Landes singen zu können“, teilte ich mit stolz geschwellter Brust mit.

„Das glaubt mir keiner“, bemerkte sie bewundernd und kümmerte sich dann wieder um die anderen Gäste.

Plötzlich stand Lilja neben mir. Grinsend warf sie sich mir an den Hals, schnappte sich mein Glas und trank einen Schluck. „Habe ich was verpasst?“, fragte sie neu-gierig.

„Eigentlich nicht“, antwortete ich, und mein Sitz-nachbar fragte sie auf Englisch, ob sie auch aus Deutschland wäre.

Lilja lachte kurz und wechselte dann ein paar Worte mit ihm auf Finnisch. Sie bekam plötzlich große Augen und drehte sich zu mir. „Du hast die Maamme gesun-gen?“

„Jepp“, antwortete ich, und Eeva bemerkte: „Und das fast ohne Fehler.“

„Dich kann man aber auch nirgends allein lassen“, sagte Lilja, schüttelte augenzwinkernd den Kopf und setzte sich auf den freien Platz rechts von mir.

Eeva und sie unterhielten sich jetzt, und Lilja steckte mir auf Deutsch, dass Eeva, wie sie fand, erleichtert re-agiert hatte, als Lilja ihr mitteilte, dass sie und ich kein Paar waren.

Die Zeit verging, und es kam der Punkt, an dem auch das *Rockhouse* schließen musste. Eeva ging zur Tür und betätigte den Lichtschalter zweimal. Auf ihrem Weg zurück stoppte ich sie und teilte ihr mit: „Ich glaube, die Beleuchtung ist kaputt."

Lilja lachte amüsiert und Eeva zog eine spaßige Grimasse.

Wir tranken unser letztes Bier, ich verabschiedete mich von Eeva, versprach, irgendwann einmal wiederzukommen und sie zu besuchen.

Sie gab mir einen Kuss auf die Wange, bedankte sich für meine Anwesenheit und dafür, dass ich dem *Rockhouse* einen der Abende beschert habe, über den man noch lange reden würde.

Erneut hatte es begonnen zu schneien, und während Lilja versuchte, uns ein Taxi zu organisieren, bekam ich den typischen Hunger, der nach einer alkoholreichen Nacht in einer Bar nicht ausbleibt.

Es war 03:11 Uhr.

Eine Dönerbude fiel mir ins Auge, und ich begab mich siegessicher in deren Richtung. Der unfreundliche Dönermann fragte, was ich wolle. Ich verlangte auf Englisch nach der Karte und schon war ich mit meinem Finnisch am Ende. Interessiert betrachtete ich die Nummern auf dem eingeschweißten A4-Blatt, konnte kein Wort entziffern und bestellte ins Blaue hinein zweimal die Nummer vierzehn.

Mit dem Essen in einer Tüte stand ich nun mitten in Kajaani und Lilja war weit und breit nicht zu sehen. Das Schneetreiben wurde heftiger, es waren kaum noch Menschen auf der Straße und ich war angetrunken, müde und tausende Kilometer weit weg von zu Hause mitten in einer fremden Stadt, hatte kaum noch Bargeld und – was am schlimmsten war – Bärenhunger.

PERKELE!

Ich stellte eine der Dönerboxen auf eine Bank, stocherte darin herum, um ein Stück Fleisch zu erhaschen, und stellte fest, dass es scheußlich schmeckte. Dönerfleisch mochte das ja sein, aber irgendwie hatte es keinen Grill gesehen. Ich kam mir vor wie Asterix und Obelix in England, als die beiden gekochtes Wildschwein vorgesetzt bekamen. Hungrig und enttäuscht überlegte ich, eine Diskussion mit dem Dönerdealer anzuzetteln, als Lilja plötzlich vor mir stand und kurz darauf ein Taxi neben uns hielt.

Um Lilja in ihrem angeheiterten Zustand keine Angriffsfläche für Anzüglichkeiten zu bieten, setzte ich mich vorn zum Taxifahrer, und eine Dreiviertelstunde später waren wir wieder in Mieslathi.

Erschöpft fiel ich ins Bett und sortierte den Abend in alle möglichen Schubladen in meinem Kopf ein. Vom geplanten Männerabend zur Gesangsdarbietung in einem finnischen Pub ... das galt es erst einmal nachzumachen.

# SCHACH.

Am nächsten Morgen erwachte ich gegen 09:30 Uhr mit Kopfschmerzen von einem anderen Stern.

Habe ich von dem Karamellschnaps aus dem *Rockhouse* erzählt?

Egal, es war eh zu spät. Ich schlich nach unten und versuchte hoch erhobenen Hauptes zu vermitteln, dass es mir gut ging.

Lilja – wie schaffte sie das nur immer – war munter, nüchtern und gut drauf und erkundigte sich als Erste nach meinem Befinden.

„Wo ist die Katze?", fragte ich, mich suchend umblickend. Bernd schaute sich um, grinste dann, hatte den Witz offensichtlich erkannt und wollte gerade etwas sagen, als Lilja fragte: „Welche Katze?"

„Die, die mir in den Mund gekackt hat!", vollendete ich den Gag.

Bernd lachte, aber Lilja verstand es nicht. Jaanika schaute Christina an und die drehte sich wortlos um und ging in die Küche. Anna grinste und versuchte sich ein Lachen zu verkneifen. Wenigstens sie fand es lustig.

„Euer Flug geht um 11:15 Uhr", informierte Bernd uns und blickte in die Runde. Ich setzte mich an den Tisch und trank einen Kaffee, denn Essen war jetzt nicht so wirklich von Interesse. Mein Magen kämpfte noch immer mit den Nachwehen der vergangenen Nacht, und ich wollte ihn schonen, bevor er die aufgenommene Nahrung eventuell retournieren würde. Ich versuchte mich zwar etwas später an den Gürkchen und dem Käse, aber mein Magen hob den imaginären Zeigefinger und ließ mitteilen, dass ich ihn gefälligst in Ruhe lassen sollte.

Christina kam aus der Küche und fragte, ob ich vielleicht etwas von dem Dönerteller wolle, der heute Nacht mit mir hier angekommen war. Ich verneinte und ein Würgegefühl klomm bei dem Gedanken meinen Hals empor.

Christina hatte mich genau da, wo sie mich haben wollte. Ich war angreifbar, angezählt und verletzlich. Fuck!

Die Koffer hatte sie bereits gepackt, während ich schlief. Meine honigsüße Frage, ob ich ihr bei etwas helfen könne, verneinte sie mit ihrer Die Eskapade-klären-wir-zwei-später-mein-Lieber-Stimme: „Ist schon okay."

Ich packte meinen persönlichen Krimskrams ein, überlegte, ob ich Bernd um ein Konterbier bitten sollte, beschloss aber, es jetzt nicht eskalieren zu lassen, sondern es lieber später unbemerkt zu mir zu nehmen.

Ich stand auf und ging nach draußen.

Im Flur stand die Palette Golden Slot, denn das *Karhu* war mittlerweile alle. Ich griff mir eine Büchse, ging nach draußen, öffnete sie und zündete mir einen Zigarillo an.

„Now we are talking!", sagte ich laut, und Anna, die plötzlich neben mir stand, schüttelte lachend mit dem Kopf.

„Du bist schon ein wenig furchtlos."

„Was soll's. Sie ist eh sauer“, teilte ich mit, während ich die Bierdose ansetzte und einen großen Schluck trank.

Kurz vor 10:00 Uhr fuhren wir los, Jaanika mit Christina und Anna in ihrem Auto, Bernd mit mir im Spaghettivolvo.

Ich öffnete nach kurzer Fahrt das Handschuhfach, und tatsächlich befand sich darin noch Bier, *Karhu* sogar. Ich schaute ihn an, zuckte mit den Schultern und öffnete die Dose.

„Eigentlich wäre ich gern noch länger hiergeblieben“, bemerkte ich nach einer Weile.

„Das wäre wirklich schön gewesen, aber ich komme ja bald nach Deutschland, schließlich müssen wir den Benz herholen.“ „Stimmt“, antwortete ich, nickte und leerte die Dose, nahm eine weitere und erlöste auch diese von ihrem Inhalt.

Am Flughafen angekommen, holte ich die Tasche aus dem Kofferraum und begab mich zum Eingang. Die Mädels kamen etwa zehn Minuten später an, und Christinas Laune befand sich irgendwo zwischen Kellertür und innerem Erdmantel.

Die zwei Bier auf der Fahrt hierher ließen mich darüber hinwegsehen, ich war leicht – gaaanz leicht – angetütert und grinste vor mich hin.

„Wir müssen uns zu Hause unterhalten“, zischte Christina mir im Vorbeigehen zu, und ich zuckte mit den Schultern, bevor ich ihr nach drinnen folgte. Da ich vergessen hatte, für den Flug adäquate Sitzplätze zu reservieren, genossen wir den Flug nach Helsinki an den Tragflächen sitzend.

Wer schon einmal mit einer ATR 72 oder Vergleichbarem geflogen und kein eingefleischter Fan, besser gesagt Fetischist, von Turbopropmotoren ist, weiß, was ich meine.

Christina stopfte sich die Stöpsel in die Ohren, bedachte mich mit einem strafenden Blick, warf eine von ihren Pillen ein und schloss die Augen, während ich auf die Stewardess wartete.

„Moi. Iksi olut kiitos! (Hallo. Ein Bier bitte!)", machte ich mich bei dieser bemerkbar, nahm mein *Karhu* in Empfang und stupste Christina an, um sie zu fragen, ob sie auch etwas wolle. Sie drehte den Kopf beiseite, also teilte ich der Bedienung „Ei kiitos(Nein, danke)" mit und öffnete mein Bier mit dem mittlerweile obligatorischen Satz: „Ah. The sound of nature!"

Anna, die getrennt durch den Gang neben mir saß, prüfte, ob Christina uns hören konnte, und sagte mit gedämpfter Stimme mit: „Christina ist stinksauer auf dich."

„Warum?", fragte ich mit unschuldiger Stimme, den Ernst der Lage nicht erkennend.

„Merkst du das nicht?"

„Sie ist gern mal sauer. Das geht vorbei", erwiderte ich und trank einen Schluck.

„Sebastian ... Das mit der Bar und überhaupt. Hast du mal daran gedacht, dass Christina vielleicht auch gern mitgekommen wäre? Du bist in mancherlei Hinsicht schon etwas egoistisch. Wann habt ihr eigentlich das letzte Mal etwas miteinander unternommen? Wenn ihr nicht miteinander redet, dann ... Sie macht sich ernsthaft Gedanken über eure Beziehung."

Ich zuckte mit den Schultern. *Hm. Beziehung, sinnierte* ich. *Das letzte dreiviertel Jahr hatte diesbezüglich einige Achterbahnfahrten zu bieten gehabt.* Ich lehnte mich zurück und spielte in Gedanken durch, was es wirklich bedeuten würde, nicht mehr mit Christina zusammen zu sein.

Während ich dies tat, kristallisierte sich etwas bis dahin nicht Gekanntes heraus: Ich malte mir ein Leben ohne Christina aus. Dies erschreckte mich kurz, aber die Vorstellung suchte sich ihren Platz in meinem Hirn und wartete auf Futter.

Die Maschine setzte in Helsinki auf, und wir eilten zum Gate für den Weiterflug nach Frankfurt. Immer wieder schaute ich zu Christina und versuchte zu ergründen, was mich noch bei ihr hielt. Oder war es gerade die Tatsache, dass alles so gewohnt und eingespielt war, die mich nichts Besonderes mehr an uns erkennen ließ? Würde ich es vielleicht erst merken, wenn es zu spät war?

Ich brauchte ein Bier, erstand selbiges für 8,50 Euro an einem Kiosk in Terminal 2 und fragte Christina, ob sie auch etwas wollte.

„Dein Bier ist teuer genug.“

„Was soll das denn jetzt wieder?“, blaffte ich sie an.

„Kannst du nicht mal einen Tag ohne Bier auskommen?“

„Klar kann ich!“

Sie schüttelte den Kopf, seufzte und sagte resigniert: „Du wirst schon wissen, was du tust.“

Im Airbus nach Frankfurt saß ich allein neben einer sehr unangenehm würzig riechenden Mittfünfzigerin.

Als wir endlich zu Hause waren, folgte in der Küche der Ausbruch von Christinas seit Finnland aufgestautem Ärger.

Ich hatte meinen Koffer einfach im Flur liegengelassen, öffnete den Kühlschrank, nahm ein Bier und – vielleicht, um ein wenig zu provozieren – goss mir gleich noch ein Glas Whisky dazu ein.

Christina stürmte wie ein französisches Panzerbataillon auf dem Rückmarsch in die Küche, baute sich vor mir auf, atmete unkontrolliert und fragte dann: „Wer ist Eeva?"

„Eeva?", überlegte ich laut.

„Ja, Eeva!" Sie knallte mir einen Zettel auf den Tisch und kleine Äderchen schienen in ihren Augen zu platzen. „Sebastian. Der ist eben aus deiner Jacke gefallen. Was verschweigst du mir?"

Ich nahm den Zettel, trank einen Schluck Bier und begutachtete das darauf in Englisch Geschriebene:

*Hallo, Sebastian.*

*Danke für den wundervollen Abend. Es war großartig mit dir. So viel Spaß hatte ich schon lange nicht mehr. Wenn du mal wieder in der Gegend bist, komm vorbei oder ruf mich an.*

*Liebe Grüße*
*Eeva*

Darunter eine Telefonnummer.

„Das ist von der Barkeeperin aus dem *Rockhouse*", kommentierte ich nach dem Lesen.

Christina bestand jetzt nur noch aus Äderchen und lautem Ein- und Ausatmen. Da fehlte nur noch etwas wie: *„Wer ist die Schlampe. Ich mach sie kalt!"*

Doch nichts dergleichen geschah.

Christina begann laut zu heulen und setzte sich an den Küchentisch.

Erklärungsversuche meinerseits wurden mit Sätzen wie: „Lass mich in Ruhe!", „Das will ich gar nicht wissen!", „So wichtig ist dir also unsere Beziehung!?" und „Kannst du dir eigentlich vorstellen, wie ich mich fühle?" abgeschmettert.

Das würde noch ein langer Abend werden, schoss es mir durch den Kopf. Doch das wurde es nicht.

Nach einer halben Stunde stand sie auf und teilte mir mit, dass sie zu ihrer Mutter fahren würde.

„Soll ich dich ..."

„Nein! Ich fahre selbst. Mit meinen Peugeot!"

Ich blieb sitzen, wartete, bis die Tür ins Schloss gefallen war, und wählte Bernds Nummer.

Wir telefonierten eine gute Stunde, kamen zu keinem Konsens, außer Bernds harmoniesüchtigem Vorschlag, mich bei ihr zu entschuldigen.

„Weswegen?", fragte ich entrüstet. „Ich habe doch nichts getan? Eeva stand hinter dem Tresen, ich saß davor. Wir haben uns unterhalten. Es ist ja nicht so, dass ich sie dort auf dem Tresen ... außerdem war Lilja doch dabei! Also ... eine Weile zumindest."

Bernd blieb gewohnt ruhig. „Mag ja sein. Aber ..."

„Nichts aber! Ich mag ja Bockmist gebaut haben. Aber nicht dieses Mal. Und darum wüsste ich auch nicht, warum ich um Entschuldigung bitten sollte."

Stille in der Leitung, dann sagte Bernd: „Ruf mich an, wenn es etwas Neues gibt oder ich dir helfen kann.“

„Danke, mein Großer. Mach ich.“

Ich füllte den Whisky auf, holte mir noch ein Bier und saß bis kurz nach Mitternacht am Küchentisch, um meine Gedanken zu ordnen. Irgendwie klappte das aber nicht und ich beschloss, einfach mal darüber zu schlafen, und verschob es auf den kommenden Tag. Dann öffnete ich eine Flasche Gin.

Großer Fehler.


Um 08:30 Uhr bestellte ich mir ein Taxi in die Firma, trank einen Kaffee und versuchte gegen die Übelkeit und den bestialischen Geruch aus meinem Mund anzukämpfen.

Um 09:15 Uhr saß ich in meinem Büro, schob auf dem Schreibtisch ein paar Aktenordner von links nach rechts und spielte mit dem Gedanken, mich in den Bunker zu legen und eine Runde zu schlafen.

Mir fiel ein, dass ich mir ja noch Gedanken machen wollte.

Nicht jetzt, teilte ich mir mit, und prompt saßen Engelchen und Teufelchen auf meinen Schultern. Bevor sie jedoch mit einem Streit anfangen konnten, klopfte es an der Tür, und ehe ich reagieren konnte, stand Anna vor mir. Sie kam ohne Umschweife auf den Punkt.

„Was war denn bei euch bitteschön gestern Abend los?“

„Eeva“, stellte ich in den Raum, und ihr fragendes Gesicht sah zum Anbeißen aus. Ich erklärte Anna, was in der Bar wirklich passiert war, was Christina hineininterpretiert hatte und massierte mir dann die Schläfen.

„Aber dann sag ihr das doch!", herrschte sie mich an.

Ich sprang von meinem Bürostuhl auf, bereute sofort die abrupte Bewegung und keifte: „Das habe ich doch versucht! Mehrmals. Das hat sie nicht interessiert. Ich habe keinen Bock mehr auf dieses Getue."

Anna seufzte. „Oh Mann. Ihr müsst miteinander reden."

„Keine Lust, ehrlich", entgegnete ich und kramte in meinem Schreibtisch nach Kopfschmerztabletten, fand aber keine.

„Weißt du ... Damals, als wir zwei im Bett und ... hätte sie uns da erwischt ... Das wäre ein Grund gewesen. Das wäre ja wirklich nachvollziehbar. Aber gestern Abend ... Als ob sie einen Aufhänger gesucht hat."

Wir schwiegen uns eine Weile an, hingen möglicherweise beide in Gedanken an jener Situation, die es ja auch noch aufzulösen galt.

Vielleich ist jetzt auch der passende Zeitpunkt dafür. Seid ihr bereit? Wollt ihr es wirklich wissen? Okay. Dann also los.

# Was im Schlafzimmer geschah

Panisch schaute ich zu Anna, die nichts Besseres zu tun hatte, als die Bettdecke beiseitezuschieben, und somit eindeutig machte, was vielleicht noch verborgen geblieben wäre. Schelmisch flüsterte sie mir grinsend „Rien ne va plus" zu, dann öffnete sich die Tür.

„Buh!", vernahm ich daraufhin laut aus dem Flur und anschließend das Geräusch, das jemand macht, der einfach umfällt.

Ich schob Anna beiseite, sprang auf und rannte nach draußen.

Bernd kniete auf dem Fußboden, hielt Christina fest und schaute mich erstarrt und mit großen Augen an.

„Was zur Hölle?", rief ich, kniete mich neben die beiden und prüfte Christinas Puls.

„Alles okay?", fragte Anna, die nun neben mir stand. „Bernd?"

„Ich wollte sie nur erschrecken", sagte dieser betroffen und schaute Anna an, die sich schnell Slip und T-Shirt angezogen hatte. Vorsichtig fragte er, uns abwechselnd anschauend: „Kommt ihr beide aus dem Schlafzimmer?"

„Ja!", brummte ich, nahm Christina und legte sie aufs Bett. Abermals prüfte ich den Puls, sie schien – zu meinem unerhörten Glück – einfach nur in Ohnmacht gefallen zu sein. „Küche. Sofort!", befahl ich, und Bernd und Anna dackelten hinter mir her.

Dort angekommen, und nachdem ich den ersten Schreck verdaut hatte, schaute ich Anna an und fragte in leisem, zischendem Ton: „Rien ne va plus? Was zur Hölle ..." Ich beendete den Satz nicht, war zu geschockt. Mir lief es heiß und kalt den Rücken herunter und mein Hirn fuhr Achterbahn.

Anna zupfte an der Tischdecke herum, schaute mich mit reuigem Hundeblick an und sagte entschuldigend: „War doof, ich weiß."

Bernd hatte die Kaffeemaschine eingeschaltet, Tassen aus dem Schrank genommen und kümmerte sich um das schwarze Glück.

„Kannst du schon fahren?", fragte ich Bernd und er nickte. „Gut. Dann bringst du bitte Anna nach Hause. Ich geh nach oben und kümmere mich um Christina."

Beide nickten, und nachdem wir den Kaffee getrunken hatten, wurde der Plan geräuschlos ausgeführt, noch ehe Christina erwachte.

*Während Christina weiterschlief, saß ich allein in der Küche und mir wurde klar, dass der liebe Gott mir mal wieder eine ordentliche Schippe Sand unter den Kiel geschmissen hatte. Desto mehr ich den möglichen Ausgang dieses Morgens skizzierte, desto schneller raste mein Herz. Das hätte beinahe das Ende meiner Beziehung bedeutet! Während ich versuchte, Anna die Schuld zu geben, wurde mir klar, dass das Bullshit war. Warum versuchte ich, mich selbst zu belügen? Was wollte ich eigentlich? Liebte ich diesen selbstsüchtigen Nervenkitzel? Ich machte mir einen Kaffee und beschloss, endlich Ordnung in mein Leben zu bringen.*

So. Dann hätten wir das also auch geklärt. Jetzt aber zurück zu Anna und mir ins Büro.

# … und matt

„Und was willst du jetzt tun?“, fragte Anna vorsichtig.

„Ich? Ich tue gar nichts. Ich versuche erst einmal, die Dämonen der vergangenen Nacht zu bekämpfen, und dann arbeite ich ein wenig.“

„Sebastian. Ich will hier nicht den Moralapostel spielen, aber wenn ihr nicht miteinander sprecht, dann … Oder legst du es darauf an?“ Ihre Stimme änderte sich mitten im Satz und bekam etwas Bedrohliches. Sie sah mich durchdringend an.

Ich zuckte mit den Schultern und seufzte. „Abwarten.“

„Ich komme nachher noch mal vorbei, überleg dir was“, bemerkte sie in mütterlich strengem Ton und verließ mein Büro.

Rengers stürmte fünfzehn Minuten später herein und polterte sofort los: „Der Laden in Polen läuft ja wie die Sau. Ich meine … Ich habe die Löhne gekürzt und stattdessen Prämien für gute Arbeit eingeführt. Was denkst du, wie die rennen.“

Ich nickte gequält und rieb mir erneut die Schläfen.

„Was’n los? Gestern gesoffen?“, fragte er amüsiert und erkannte meine Situation zu gut.

„Das Wetter. Ich glaube, ich werde alt.“

Er nahm meinen Telefonhörer, wählte eine interne Nummer und befahl seine Sekretärin mit Aspirin in mein Büro. Drei Minuten später stand sie mit einer Flasche Wasser und zwei Tabletten vor uns und reichte mir zaghaft die Medizin. Ich dankte, schluckte die Tabletten, spülte mit dem Wasser nach und war der Ansicht, dass es sofort half.

Rengers schickte sie wieder weg und schob sich einen Stuhl vor meinen Schreibtisch. „Wir müssen reden … expandieren und so. Ich will nicht wie mein Vater sterben und der Nachwelt nur so eine kleine Kackfirma hinterlassen. Wenn ich abtrete, will ich ein Imperium erschaffen haben." Es folgt eine kurze Pause, dann schweifte er ab. „Wenn ich diesen Planeten verlasse, dann soll man noch lange von mir reden. Ehrenbürger und vielleicht eine Statue. Irgendjemand muss ein Buch über mich schreiben. Vielleicht sollte ich mir jemanden suchen, der das kann. Mit seiner Autobiografie kann man nicht früh genug anfangen …"

Je mehr er sprach, desto weniger hörte ich ihm zu, drückte nebenbei die Erinnerung „DRINGEND: Pool kaufen!!!" weg und wünschte mich auf meine Couch.

Nach seinem schier endlosen Monolog endete Rengers mit: „Und, was meinst du?"

Ich schaute ihn erschrocken an, denn ich wusste nicht wirklich, was er alles erzählt hatte, und antwortete daher: „An sich eine gute Idee. Das sollten wir noch mal im Detail besprechen."

„Dann sind wir uns ja soweit einig. Ich zähl auf dich!" Er stand auf, klopfte mir auf die Schulter und verließ mein Büro.

Ich öffnete die Tür zum Bunker und legte mich auf die Couch.

Tausende Gedanken schossen durch mein Hirn und ich versuchte sie zu fassen, zu begreifen und zu verarbeiten. War Christina Geschichte? Sollte ich um sie kämpfen? *Wollte* ich um sie kämpfen? Was wollte ich überhaupt? Immer öfter und immer mehr drängte sich Anna in den Vordergrund meiner Überlegungen. Ihr Lachen, ihr Humor, ihre Art und Weise, sich zu bewegen. Auf der anderen Seite war da Christina ... Ich würde alles aufgeben, was wir uns aufgebaut und erarbeitet hatten. Wollte ich das einfach wegwerfen? Wollte ich wirklich neu anfangen?

Laut schnaufend erhob ich mich und stiefelte nach draußen ins Büro, rief Frau Kamenz an, meldete mich aufgrund meiner Kopfschmerzen unpässlich, bestellte mir ein Taxi und fuhr nach Hause.

Zuerst fiel es nicht wirklich auf, ich hielt es für Ordnung. Es fehlten ein paar Accessoires, Bilder und Kleinigkeiten. Dann fiel mir ein, dass diese Dinge am Vorabend noch vorhanden gewesen waren, und da keine Wertgegenstände fehlten, konnten keine Einbrecher für den Verlust verantwortlich sein.

Ein Zettel auf dem Küchentisch brachte endgültige Klarheit:

*Hallo Sebastian,*
*ich weiß nicht, wo ich anfangen soll, aber ich denke, im Moment ist es einfach das Beste, dass ich bei meiner Mutter einziehe. All die schönen Jahre, die wir hatten. All die Erinnerungen, die wir teilen, die besonderen Momente ... seit ein paar Monaten ist irgendwie alles anders. Ich sage nicht, dass es an dir liegt, aber es ist halt nicht mehr wie früher. Wir sollten die Zeit nutzen, um uns darüber klar zu werden, ob es für uns eine Zukunft gibt. Mir liegt sehr daran. Wie sieht es bei dir aus?*

Ich las den Zettel ein paar Mal, und zu meinem Erstaunen aka Bestürzen berührten mich ihre Worte nicht wirklich. Das erste Positive, das ich der Angelegenheit abgewinnen konnte, war die Tatsache, dass ich die gelegentlichen Besuche des dämlichen Hundes nicht mehr ertragen musste.

Ein Glas Whisky später ging ich nach oben und suchte nach passender Musik. Es wurde „Herzeleid" von *Rammstein* und die Lautsprecher hüpften freudig aggressiv über den Boden. Irgendwie kam es mir vor, als hätte ich mein Leben zurückgewonnen.

Nachdem ich das Album zweimal gehört hatte, nahm ich den Laptop, schrieb weiter an meinem Buch, und noch viele Male drehte ich die LP, lauschte beim Schreiben den Klängen von Lindemann und Co.

Irgendwann ersetzte ich das Bier gegen Kaffee, schrieb weiter. Wie wahnsinnig hämmerte ich in die Tasten und fühlte mich dabei besser und besser. Gegen 03:00 Uhr morgens ging ich auf die Terrasse und rauchte den ersten Zigarillo seit Stunden.

Während ich draußen stand, fiel mir ein, dass, da Christina ja nicht im Haus war und wahrscheinlich auch so schnell nicht wiederkommen würde, ich dem Rauchen ja auch während des Schreibens im Wohnzimmer frönen könnte.

Moods und Aschenbecher folgten mir unauffällig nach oben, ebenso ein doppelter Espresso und ein Glas *Southern Comfort*.

Um 06:30 Uhr schrieb ich Rengers per E-Mail, dass ich immer noch nicht arbeitsfähig sei, meldete mich krank und blieb daheim. Um 07:30 Uhr hielt ich es für angebracht, mich ein wenig auszuruhen und zu schlafen. Jedoch hatte ich zu viel Kaffee getrunken und lag einfach nur da und starrte an die Decke, während mein Körper verzweifelt versuchte, das Koffein abzubauen, um etwas Schlaf zu bekommen.

Um 14:30 Uhr wurde ich wach und hatte einen Moment lang Probleme, Raum und Zeit zu begreifen.

Ich rief bei meinem Hausarzt an, vereinbarte, um 17:00 Uhr vorbeizukommen, und nach einem Kaffee und einem Zigarillo schrieb ich weiter.

Ich unterbrach mein Schaffen für den Arzttermin, der mir den Rest der Woche Freizeit verschaffte, und arbeitete wie ein Besessener an meinem literarischen Debüt.

Um 19:00 Uhr bestellte ich mir eine Pizza, und als ich gegen Viertel nach acht die Klingel hörte, stürmte ich nach unten, riss die Tür auf und vor mir stand Anna.

Möglicherweise habe ich ein wenig enttäuscht ausgesehen.

Anna fragte, ob sie störe, und teilte mir mit, dass sie nur den Schlüssel von Christina vorbeibringen wollte.

„Den Schlüssel? Sie schickt dich her, um den Schlüssel vorbeizubringen?" Ich schnaufte verächtlich und befahl: „Reinkommen!"

Gerade als ich die Tür schließen wollte, fuhr der Pizzamann vor. Ich nahm die Bestellung in Empfang, zahlte, und Anna und ich begaben uns in die Küche.

„Ich habe aber nicht viel Zeit", sagte sie.

Ich bemerkte Annas Blicke auf dem Pizzakarton und fragte: „Wenigstens etwas Hunger?"

„Ja, ein bisschen."

Wir aßen die Pizza, und natürlich brannte mir die Frage unter den Nägeln, wie es Christina ging und warum sie Anna mit dem Schlüssel hergeschickt hatte.

„Du hast dich nicht bei ihr gemeldet. Sie ist todunglücklich und weiß nicht, wie es zwischen euch weitergehen soll", brachte Anna zwischen zwei Bissen Pizza hervor.

„Ach so? Sie hat meine Nummer. Sie kann mich anrufen."

„Sebastian, verstehst du es denn nicht?! Sie ist bei dir ausgezogen. Ihr seid getrennt. Es liegt jetzt an dir!"

„Schon klar. Ich bin schuld. Ich soll angekrochen kommen und dann wird alles wieder gut."

„So habe ich das nicht gemeint."

„Aber gesagt!", entgegnete ich zornig.

Erst jetzt hatte ich Augen für Anna. Sie trug ein ausgewaschenes T-Shirt mit einem *Nirvana*-Cover darauf, dazu einen Jeansrock, graue blickdichte Strumpfhosen und Sportschuhe.

Pizza und dieser Anblick: lecker.

Nach einem weiteren Stück Pizza – ich hatte echt Hunger – lächelte ich sie an und fragte ehrlich: „Ist es nicht genau das, was wir wollten?"

„Ich verstehe nicht."

„Christina ist weg und nicht länger Teil meines Lebens. Zumindest sieht es danach aus. War nicht genau dies der Grund dafür, warum wir Skrupel hatten?"

„Ja, schon ... Aber ich ... Sebastian, du machst es dir zu einfach."

„Tue ich das? Okay. Tut mir leid“, entgegnete ich eingeschnappt. Innerlich zum Zerreißen gespannt, wütend und nicht Herr meiner Sinne bat ich Anna: „Ich denke, du solltest gehen.“

Ihr zauberhaftes Gesicht, das ich so gern sah, fror plötzlich ein. Sie stand auf, warf das Stück Pizza auf den Teller, den Schlüssel auf den Tisch und verließ ohne ein weiteres Wort das Haus.

Ich blieb ohne Regung sitzen, aß den Rest auf, ging nach oben und suchte in allen Räumen nach Dingen, die von Christina waren oder mich an sie erinnerten, packte sie in Kartons und deponierte diese dann in der Garage. Frei nach Giovanni Trapattoni: Ich hatte fertig mit dieser Familie.

Erneut widmete ich mich der Arbeit an meinem Buch, musste dabei aber immer wieder an Anna denken. Es tat mir irgendwie leid, wie ich mit ihr geredet hatte. Sie konnte doch eigentlich nichts dafür. Ich hatte sie verletzt, weil ich sauer auf mich selbst und auf Christina war. Das hatte sie nicht verdient.

PERKELESAATANAHELVETTIV***U!

Ich schrieb ihr dies per Kurznachricht. Also nicht den finnischen Fluch, sondern das davor, und wartete auf Antwort.

Ich bekam keine. In den kommenden Stunden versuchte ich das Positive aus den letzten Wochen zu extrahieren, und kam zu dem Schluss, dass es das Beste wäre, meine Zelte abzubrechen und nach Finnland zu ziehen.

Nachdem ich ein paar Tage daheim verbracht und – zumindest meiner Meinung nach – gute Fortschritte am Buch gemacht hatte, galt es am Montagmorgen, wieder in die Firma zu fahren. Ich hatte seit ihrem Auszug nicht mit Christina gesprochen, schlimmer noch, ich hatte sie nicht einmal vermisst.

Nach den freien Tagen, in denen ich mich so wunderbar in mein Buch verkrochen hatte, schien mir die Realität fremd und unwirklich. Unterlagen aus der Buchhaltung wurden von allen möglichen Leuten gebracht, nur nicht von Anna. Ich saß da, tat nur das Notwendigste und wünschte mich nach Finnland.

Es klopfte an der Tür, ich hoffte auf den rothaarigen Engel, rief *„Herein"*, doch es war Rengers. Sehr geschmeidig, langsam und behutsam näherte er sich meinem Schreibtisch und fragte mit süßholzraspelnder Stimme: „Alles okay bei dir?"

„Ja. Denk schon. Warum fragst du?"

„Frau Schmidtgen hat mich angerufen. Sie macht sich Sorgen um dich.

„Warum sollte sie?"

„Na ja. Sie hat dir ein paar Schreiben zur Bestätigung zukommen lassen. Und statt dem üblichen Stempel und deiner Unterschrift ..." Wortlos legte er mir einen Brief auf den Tisch. Statt meiner Unterschrift befand sich darauf ein mir sehr bekannter Abdruck eines definitiv nicht hierfür gedachten Stempels.


*„Was würde Jesus dazu sagen ..."*


Ich musterte die Rechnung und den Stempel und zuckte mit den Schultern. „War ich das?"

„Ich denke schon. Hast du Probleme? Kann ich dir helfen?“, säuselte Rengers in einer von ihm nicht denkbaren Art und Weise.

„Alles gut“, teilte ich ihm mit und betrachtete amüsiert den Stempelabdruck.

„Wenn du noch nicht wieder gesund bist, dann bleib doch einfach noch eine Woche zu Hause. Ruh dich aus“, bemerkte er mit väterlicher Stimme.

„Ich mach die paar Sachen noch fertig und dann ... Ja, dann fahre ich heim.“

Rengers nickte, drehte sich um und ging zur Tür. Dann wandte er sich noch einmal an mich. „Denk dran. Wir sind Freunde. Wenn du etwas auf dem Herzen hast: Ich bin für dich da.“

Was für Töne. Und das von ihm.

Zwei Stunden später lag ich zu Hause auf der Couch, hörte Musik und dachte nach. Sollte ich Christina anrufen? Wenn ja, was sollte ich ihr sagen? Warum rief *sie* nicht an? Sollte ich das mit Eeva auflösen? Ich könnte Anna um Rat fragen, wie ich auf Christina zugehen, welche Worte ich wählen könnte. Sie war auch eine Frau und noch dazu ihre Schwester. Was wollte ich überhaupt? Und warum lag hier eigentlich Stroh?

Über all diesen Fragen schlief ich irgendwann ein.

Zum Abendessen gab es Tiefkühlscampi mit Instant-Kartoffelpüree und Dosenchampignons. Passte überhaupt nicht zusammen, schmeckte aber wunderbar. Kochen kann ich.

Dann setzte ich mich wieder an mein Buch und schrieb.

Zwischendurch stöberte ich immer mal wieder im Internet und entdeckte auf Amazon ein Gerät namens

*Echo Dot*. Nach kurzer Recherche war klar: Ich musste es haben, bestellte drei Stück, um sie wie angepriesen strategisch im Haus zu verteilen, und lehnte mich zufrieden zurück. Fröhlich gestimmt holte ich mir ein Bier und gab mich wieder der Schreiberei hin.

„DRINGEND: POOL KAUFEN!!!" tauchte auf dem Display auf. Ich drückte auf „In einer Woche erneut erinnern".

Für ein paar Euro mehr kam das Paket mit den *Echo Dots* bereits am kommenden Vormittag an, und nachdem alles eingerichtet und die kleinen Lautsprecher im Haus verteilt waren, begrüßte ich Alexa in ihrem neuen Heim.

In den folgenden Tagen erwarb ich alle möglichen Gadgets, mit denen man Alexa verbinden konnte, freute mich wie ein kleines Kind an Weihnachten über jede neue Funktion und vergaß den Alltag.

Dieser meldete sich am folgenden Freitagabend jedoch in Person von Christina zurück, die an meiner Tür klingelte.

Unrasiert, ungeduscht und arg nach Mann riechend öffnete ich die Tür und bat sie herein. Anna begleitete sie, wohl zur Unterstützung, hielt sich jedoch im Hintergrund.

Während Christina und ich in der Küche über unsere weitere (getrennte) Zukunft debattierten, kam mir zu keiner Zeit der Gedanke, sie um Entschuldigung zu bitten. Ich führte das Gespräch wie eine Verhandlung mit Geschäftspartnern, professionell, mit der nötigen Distanz und ohne Gefühlsregungen. Irgendwie ein wenig gruselig, aber da war, trotz intensiven Nachdenkens und Abwägens in den vergangenen Tagen, nichts, was mich dazu bewegte, dass wir wieder zusammenkamen.

Christina wirkte ebenfalls kühl und gefasst. Wir besprachen, was es zu besprechen gab. Sie würde die Wohnung in der Innenstadt bekommen, die wir als Altersvorsorge gekauft hatten, ich aber in den nächsten fünf Jahren weiterhin meinen Anteil dafür bezahlen.

Wir vereinbarten, bei einem Termin mit unserer Rechtsanwältin das Schriftliche zu klären. Christina wirbelte mit Anna durch das Haus und die Garage, packte alle möglichen Dinge ein, die ihr gehörten, ein paar der Möbel wollte sie noch abholen lassen, und zwei Stunden später war ich wieder Single.

Die Verabschiedung war etwas kompliziert. Küssen fiel ja aus. Umarmen oder die Hand geben? Wir nickten uns nach kurzem Zögern zu. Das schien passend.

Christina und Anna verließen daraufhin das Haus, fuhren mit vollgepacktem Auto vom Hof, und ich gönnte mir ein Glas Whisky.

Meine Mutter würde mir den Hals umdrehen, so viel war sicher. Aber das hatte noch Zeit. Jetzt galt es, die Zukunft zu planen.

# Singleleben

Alexa und ich lebten auf professioneller Ebene miteinander. Sie redete nur, wenn ich es wollte, tat, ohne mich zu hinterfragen, was ich verlangte, und erfüllte mir im Rahmen ihrer Möglichkeiten alle Wünsche. Die Möbel, die Christina abholen ließ, ersetzte ich durch neue und die fehlenden *Accessoires* von Christina ließen das Haus in meinen Augen sauber und aufgeräumt wirken.

In der Firma lief alles wie früher, und FPJ war sichtlich erleichtert, dass auch ich wieder „wie früher" war und – was wahrscheinlich das Wichtigste für ihn war – meinen Job machte.

Nachdem ich meiner Mutter die Trennung gebeichtet hatte, war natürlich erst einmal die Hölle los gewesen. Klar, von ihrer Seite aus war es natürlich eine Katastrophe. Kein Enkelkind, keine Hochzeit und wahrscheinlich vermutete sie auch noch, dass ich mich nicht selbst organisieren könne, mein Haus voll Müll und ungewaschener Wäsche wäre, ich hilflos und ohne Plan durch den Tag wandelte.

Am 1. Mai bereitete ich mittags meinen neu erworbenen Smoker (Christina hatte immer interveniert, so etwas zu kaufen) auf der Terrasse vor, wofür ich mir extra ein schönes Stück Roastbeef besorgt und bereits am Vortag in einer Whisky-Soja-Ingwer-Marinade ertränkt hatte, da klingelte es an der Tür.

Ich hatte niemanden eingeladen, wollte meine Beute ja schließlich nicht teilen. Wer störte also bitteschön?

Ich schlich zur Haustür und linste durch den Spion.

Es war Anna.

Ich atmete kurz durch und öffnete die Tür.

„Darf ich reinkommen?", bat sie, und mir fiel sofort der Julitag des vergangenen Jahres ein, an dem sie das erste Mal vor meiner Tür gestanden hatte. Der Tag, an dem alles begann, was zwischen uns war.

Ich musste lächeln, was sie verwirrte. „Wie damals, nur wesentlich hübscher", bemerkte ich, und nach einem Augenblick des Nachdenkens begriff sie, was ich meinte, und lächelte ebenfalls.

Ich bat sie auf die Terrasse und bot ihr einen der Plastikstapelstühle und etwas zu trinken an.

„Letztens bist du noch wie eine Furie aus dem Haus gestürmt und jetzt bist du wieder da. Muss ich das verstehen?"

„Du hast mich rausgeschmissen!"

„Ich habe dich gebeten, zu gehen. Mir war das alles zu viel", verteidigte ich mich.

Anna war erstaunt. „Ich hätte nicht gedacht, dass dich das so mitnimmt. Du hast die ganze Zeit so kalt und unnahbar gewirkt."

„Das habe ich getan, um nicht angreifbar zu sein. Um Abstand zu gewinnen. Einfach der Versuch, mich mal um mich selbst zu kümmern." Ich atmete tief durch, sah in ihre wundervollen Augen und fragte dann: „Wie geht es Christina?"

„Gut. Sie zieht nächste Woche in die Wohnung ein. Es ist natürlich auch für sie nicht einfach, auch wenn sie so tut, als wäre alles okay. Wie geht es dir? Kommst du klar?

„Siehst du ja. Kann nicht klagen. Darf ich fragen, was dich hierher verschlägt?"

Anna druckste ein wenig herum, dann sagte sie kleinlaut: „Christina bat mich, zu schauen, ob du okay bist."

„Soso! Sie schickt dich vor, um zu erfahren, wie es mir geht. Und du lässt dich dafür einspannen." Es folgte eine kurze Pause, in der wir uns stumm ansahen. „Dann kannst du ihr ja mitteilen, dass es mir gut geht", sagte ich sarkastisch, und meine Augen klebten wohl einen Moment zu lange an ihr.

„Ich kenne diesen Blick", bemerkte sie.

„Sorry, aber du bist nun mal hübsch anzuschauen."

„Dankeschön", gab sie verlegen zurück.

Wir verbrachten den Nachmittag auf der Terrasse, tranken Eistee, und während die Sonne es gut meinte und ihre warmen Strahlen zur Erde schickte, bekam Anna Lust, meinen bei einer nächtlichen Zappingorgie auf einem bereits erwähnten Teleshoppingsender erworbenen Whirlpool auszuprobieren.

„Bitte. Du kennst dich ja aus", ließ ich sie daraufhin wissen.

Sie stand auf, löste im Nacken den Knoten ihres Kleides und ließ es zu Boden gleiten.

Nein, sie war nicht nackt. Aus einem mir nicht bekannten Grund hatte sie darunter bereits einen Bikini an.

Anna legte das Kleid auf die Stuhllehne, schlüpfte aus ihren Schuhen und begab sich zum Pool.

Ja, der olle Pool des Vorjahres war einem beheizten Whirlpool gewichen, der selbst bei Außentemperaturen nahe null Grad Celsius noch eine Wassertemperatur von vierzig Grad zustande bringen sollte. Blubberblasen inklusive. Eine Investition, die sich gelohnt hatte, dachte ich.

„Kommst du mit?" Sie versuchte mich mit lieblicher Stimme ebenfalls in den Pool zu locken.

„Später. Lass mich noch das Fleisch vorbereiten."

Anna glitt in den Pool, grinste mich schelmisch an und aktivierte die Blubberblasenfunktion.

Was hatte sie vor?

„Du isst doch mit, oder?", rief ich ihr zu und bekam als Antwort: „Wenn ich darf?"

Während ich das Fleisch in einer Handvoll Kräutern hin- und herrollte, beobachte ich sie durch die Terrassentür. Eigentlich stand uns jetzt nichts mehr im Wege. Sie war hier, bei mir. Wir hatten bereits sehr intime gemeinsame Momente miteinander erlebt ... Ja okay, Christina würde vielleicht schockiert sein. Das ließ sich nicht vermeiden.

Aber ich konnte mir nicht vorstellen, dass Anna nur hergekommen war, um in Christinas Auftrag zu schauen, wie es mir ging.

Ich räumte die Küche auf, säuberte die Arbeitsplatte, und plötzlich stand Anna hinter mir, schlang ihre Arme um mich, und ihr vom Wasser kalter und nasser Körper drückte sich an meinen.

„Anna!"

„Was denn?"

„Du bist nass und kalt."

„Habe kein Handtuch gefunden." Sie drehte sich wieder um, ging, nasse Flecken auf dem Boden hinterlassend, nach draußen, und ich schaute ihr ungeniert auf den Hintern.

Das war wieder einmal so typisch Anna.

Zwanzig Minuten später lag das Fleisch endlich im Smoker, und Anna und ich planschten im Pool, und ich genoss die Zeit mit ihr. Das Leben konnte so einfach sein. Fleisch auf dem Grill, mit einer hübschen Frau im Pool und den lieben Gott einen guten Mann sein lassen.

Wie hatte Harald Juhnke es treffend formuliert: „Meine Definition von Glück? Keine Termine und leicht einen sitzen." Der Mann hatte den Durchblick.

Nach einer Weile verließen wir den Pool, trockneten uns ab und wechselten von Eistee zu Weißwein. Anna bemerkte natürlich meine schmachtenden Blicke, genoss diese und tat auch nichts, um mir Einhalt zu gebieten.

„Und bei dir so?", fragte ich ins Blaue hinein, nachdem wir eine Weile über belanglose Dinge gesprochen hatten.

Anna nippte an ihrem Glas und stellte es dann ab, als ob gleich eine große Rede folgen würde, doch dann rülpste sie laut.

Lachend hielten wir uns die Bäuche, und schier ewig kamen wir nicht zur Ruhe. Jedes Mal, wenn wir uns anschauten, mussten wir erneut laut lachen. Ich bekam schon keine Luft mehr und musste mich abwenden, um zu Atem zu kommen.

Nachdem wir uns wieder beruhigt hatten, klimperten in meinem Hirn plötzlich ein paar Relais vor sich hin und mir wurde klar: Sie war es.

Mit ihr konnte ich mir eine Zukunft vorstellen, mit Kindern und allem Drum und Dran. Verklärt schaute ich sie an und seufzte.

„Sebastian? Ist alles okay?"

„Jaja. Alles gut. Ich geh mal nach dem Fleisch schauen", sagte ich mit leiser Stimme, rettete mich damit aus der Situation und schlich zum Smoker.

Ich tat so, als bräuchte das Fleisch gerade sehr viel Aufmerksamkeit und stellte mir vor, mit Anna hier im Haus zu leben, sie morgens neben mir aufwachen zu sehen, mit ihr Kinder zu haben, die dann sonntags früh ins Schlafzimmer gestürmt kamen und mit uns kuscheln wollten. Gemeinsam frühstücken und (zumindest im Sommer) im Pool planschen. Heiraten? Natürlich! War sie eher Typ Kutsche oder Oldtimer? Wo würden wir feiern? Wen einladen?

„Was genau machst du da?", unterbrach sie meine Fantasien und stand plötzlich neben mir.

„Willst du mich heiraten?", platzte es aus mir heraus.

„Ähm. Wie bitte?", stotterte sie nach einem schier endlosen Moment der Stille.

„Habe ich das eben laut gesagt?", fragte ich verwirrt.

„Jaaa, hast du."

„Sorry ... Ich ... könntest du bitte den Tisch decken?"

Konsterniert drehte sie sich ohne ein weiteres Wort um und ging nach drinnen.

„Warum kann ich mein Maul nicht halten?", schimpfte ich leise mit mir selbst und legte ein Holzscheit nach.

Sehr zu meinem Bedauern hatte sich Anna, nachdem der Bikini halbwegs getrocknet war, ihr Kleid wieder übergezogen und deckte nun den Tisch und goss uns Wein nach.

Als ich mich gerade hingesetzt und mir einen Zigarillo angezündet hatte, schoss Anna ohne Vorwarnung scharf. „Wie hast du das vorhin gemeint mit dem Heiraten?"

Dämlich gucken konnte ich, aber um eine Antwort herumkommen würde ich nicht. Ich streckte die Zeit mit einem Schluck Wein und sah ihr dann in die Augen. „Anna ich –"

PIEP! PIEP! PIEP!

Das Funkthermometer des Smokers rettete mich vorerst.

„Der Grill!" Ich sprang auf und eilte von dannen.

Anna lachte amüsiert. „Ich bekomme noch eine Antwort."

„Ja, später. Ich muss mich erst einmal um das Essen kümmern", teilte ich ihr mit und versuchte mir eine gute Erklärung für den Spruch einfallen zu lassen, obwohl mir klar war, dass das kaum möglich war.

Während des Essens – Anna hatte kein Problem damit, dass es keine Beilage gab, da ich ja eigentlich nur für mich geplant hatte und man von achthundert Gramm Fleisch durchaus satt werden konnte – vermied sie das Thema Hochzeit, merkte aber scheinbar genau, dass ich daran knabberte.

„Weißt du noch? Letztes Jahr im Juli", warf Anna ein.

„Selbstverständlich. Ich denke oft an diesen Tag. Und wenn ich damals nicht so ein Weichei gewesen wäre, hätten wir jetzt wahrscheinlich schon Kinder und wären verheiratet." Das habe ich natürlich *nicht* gesagt.

Stattdessen lächelte ich und sagte leise: „Deine Frisur gefällt mir heute besser."

„Schleimer!", bemerkte sie lachend und griff zu ihrem Weinglas.

Ich versuchte mich mit fester Stimme zu artikulieren. „Weißt du, vorhin, das mit dem Heiraten ... keine Ahnung, warum ich das gesagt habe. Es ist nur ... ich möchte dich nicht erschrecken ... aber ich könnte es mir mit dir ... also ich meine ... vorstellen."

Anna stellte ihren Wein ab und nahm meine Hand. „Weißt du eigentlich, warum ich heute hergekommen bin?"

Ich schüttelte den Kopf.

„Du bist ein Idiot und Spinner, außerdem nicht gerade einfach, aber ich mag dich, mag dich sogar ziemlich gern. Und bevor du versuchst, dich aus der Nummer mit dem Heiraten herauszureden ..." Sie nahm ihr Glas, trank einen Schluck, und mit einem Gesichtsausdruck, der Felsen schmelzen lassen konnte, fügte sie hinzu: „Zu gegebener Zeit und unter passenden Umständen würde ich nicht *Nein* sagen."

Das saß wie ein Pfeil im X auf siebzig Meter, wie der Bogenschütze sagen würde.

Weil ich nicht wusste, was ich anderes tun, geschweige denn wie ich antworten sollte, trank ich meinen Wein auf Ex, goss nach und fragte, ob sie auch noch ein Glas wolle.

Während ich eine neue Flasche holte, rannen ihre Worte zäh durch mein Hirn, als plötzlich ein Schlag durchs Haus fuhr. Ich erschrak und eilte schnell nach oben. Ohne ausdrückliche Genehmigung war eine Gewitterwand auf uns zugerollt.

„Wie damals“, bemerkte ich kopfschüttelnd, und wir räumten auf der Terrasse zusammen.

Blitze zuckten und schwarze Wolken türmten sich am Himmel auf. „Ich muss aber nicht wieder ein Handtuch fallen lassen, oder?“, amüsierte sich Anna.

„Gern gleich nackt, ohne Handtuch“, bemerkte ich lachend, und Anna zeigte mir einen Vogel.

Halbherzig räumten wir die Küche auf und begaben uns ins Wohnzimmer. Anna, immer noch nur im Bikini, machte es sich auf der Couch bequem, und wie gern hätte ich mich zu ihr gesetzt, sie gestreichelt, geküsst und … Na ja, so was halt. Ich nahm vorerst mit meinem Sessel vorlieb.

„Und nun?“, fragte ich kurze Zeit später angriffslustig.

Anna richtete das Oberteil ihrer Badebekleidung und grinste. „*Dirty Dancing*? Hatten wir lang nicht mehr.“

„Anna, bitte. Ich dachte an einen netten Abend.“

„Nur Spaß. Kommst du zu mir?“ Sie schaute auf den leeren Platz neben sich und dann zu mir.

Sie hatte eh kaum etwas an, ich auch nur meine Badeshorts. Schnell würden unsere Körper einander berühren, Lust würde uns überkommen und wir würden uns einander hingeben.

War es das, was ich wollte? War das nicht zu einfach?

Ich bekam Angst. Was, wenn es nun viel zu schnell ging? Statt Romantik, verliebtem Knistern in der Luft und zaghafter Annäherung vielleicht nur schneller Sex, um es hinter uns zu bringen. Nach all dem Warten, all den Hürden, all den Unterbrechungen. War der liebe Gott jetzt gewillt, uns endlich zu erlauben, uns ungestört einander hinzugeben? Hatten wir unsere Prüfungen bestanden? Waren wir jetzt würdig?

Bisher war es zwischen uns so wie zwischen zwei Magneten, Plus- und Minuspol, die, selbst wenn sie kurz aufeinandertrafen, durch irgendeine Macht wieder auseinandergerissen wurden. Und jetzt, da es den Anschein hatte, dass alles perfekt war, wir endlich an dem Punkt waren, den wir beide seit so langer Zeit herbeigesehnt hatten, da fühlte es sich irgendwie falsch an.

„Es tut mir leid. Ich kann nicht", stotterte ich.

Anna sah mich verwundert an. „Was hast du? Alles okay bei dir?" Sie streichelte über meinen Arm.

„Ja. Mir geht es gut. Ich genieße die Zeit mit dir, und es ist so wunderbar. Aber irgendwie scheint es so irreal. Warum bist du wirklich hergekommen?"

Anna sah mich ernst an und nestelte mit ihren Händen. „Ich habe dich vermisst. Ich habe diesen Tag im vergangenen Juli vermisst. Ich vermisse diesen Menschen, der sich um mich gekümmert hat, der für mich da war und der mir seitdem so oft beiseitegestanden hat, ohne dass ich mich wirklich revanchieren konnte." Sie wirkte unsicher, wartete ab, wie ich reagieren würde, während die Luft nicht nur aufgrund des Gewitters knisterte.

Es lag nun an mir, einzig an mir. Anna wollte mich, ich wollte sie auch … irgendwie. Auch wenn ich nun, kurz vor dem Moment, den ich so lange herbeigesehnt hatte, ins Stocken kam. Ich stellte mein Glas ab, stand auf und ging langsam auf sie zu. Ich ergriff ihre Hand, ließ mich auf die Couch ziehen und wir saßen beieinander. Mein Herz schlug mir bis zum Hals, als ein in feinem fränkischen Akzent vorgetragenes: „Entschuldigung?", uns aufschreckte.

In der Wohnzimmertür stand ein Mann, der mir bekannt vorkam. Sein plötzliches Erscheinen ließ mich jedoch zum Kamin eilen und den Kehrbesen greifen. All meine Kraft in die Stimme legend schrie ich ihn an: „Ich gebe dir drei Sekunden, dann bist du aus meinem Haus verschwunden."

Nach einem kurzen Moment der Stille und des sich gegenseitigen Beäugens, teilte mir mein Gegenüber mit: „Ich ... Moment ... Ich habe geklingelt ... Die Tür war offen."

„Jaud?", entfuhr es mir, als ich ihn plötzlich erkannte. Ich ließ den Besen sinken. „Tommy Jaud?", fügte ich hinzu und glaubte nicht, wen ich da vor mir hatte.

„Ja, ich ... äh ... Entschuldigung. Moment ... Ich kenne Sie!", sagte er.

„Mag sein! Was machen Sie in meinem Haus?"

„Wie gesagt, ich habe geklingelt, keiner hat reagiert, die Tür stand offen und ich habe versucht, mich bemerkbar zu machen", teilte er kleinlaut mit und wirkte etwas zerfahren.

„Küche! Jetzt!", befahl ich mit barschem Ton, und Tommy folgt mir, drehte sich aber noch einmal um und begutachtete das Bild über der Couch.

„Hey. Das ist meine Schrift ... Meine Unterschrift. Wann war das?"

Anna verdrehte die Augen.

Es war wie ein Fluch.

Wo müsste ich mit Anna hin, damit uns niemand unterbrechen oder etwas explodieren konnte? Wohin nur?

Wir begaben uns in die Küche, ich bot Tommy ein Bier an und er setzte sich an den Tisch. Anna nahm ihr Mobiltelefon und bestellte ein Taxi.

Ich war hin und hergerissen. Sollte ich Anna anflehen zu bleiben, oder mit Tommy Jaud zwei bis zehn Bier trinken und erfahren, warum er in mein Haus eingedrungen war?

Ich entschied mich für Tommy.

Anna verabschiedete sich flüchtig und meinte, sie wolle draußen auf das Taxi warten. Es gab weder Kuss noch Umarmung. Sie drehte sich nicht einmal mehr um. Eigentlich wollte ich nicht, dass sie ging, wollte, dass sie bleibt ... aber Tommy?

„Deine Freundin?", fragte der nach einem großen Schluck Bier.

„Aktuell soll sie es werden. Aber ..." Und dann erzählte ich Tommy meine Leidensgeschichte.

Drei Biere später war ich fertig, und nach einem dezenten Rülpser schaute Jaud mich an und meinte: „Du hast die Scheiße aber auch gepachtet."

Nickend stimmte ich ihm zu. „Nun aber zu dir. Warum sitzen wir zwei jetzt eigentlich in meiner Küche?"

„Seit wann wohnst du hier?", erhielt ich eine Gegenfrage. Stutzig zog ich eine Augenbraue nach oben. „Hm. Knapp drei Jahre müssten es sein."

„Weißt du, wer vorher hier gewohnt hat?"

„Nein. Es stand leer. Ich habe es einer Immobiliengesellschaft abgekauft."

„Du hast echt keine Ahnung, wem das Haus früher gehört hat?"

„Nein, nicht im Geringsten."

Tommy schien zu überlegen, ob er folgende Information mit mir teilen sollte.

„Noch ein Bier?", fragte ich, doch er schüttelte den Kopf. „Und wer hat nun hier gewohnt?"

„Sorry. Ich denke, ich sollte jetzt gehen." Er stand auf.

„Hey. Was soll das?" Ich erhob mich ebenfalls. „Wer hat hier vor mir gewohnt?"

Tommy schaute mich prüfend an und flüsterte mir dann, als ob uns jemand hören könnte, seinen Namen ins Ohr.

„WAAAS? Echt jetzt? Das glaube ich nicht!", rief ich laut aus, und Tommy legte den Finger auf die Lippen.

„PSSSSSSST!"

„Ich flipp aus! Möchtest du noch ein Bier? Bitte?"

„Na gut, meinetwegen. Aber danach rufst du mir bitte ein Taxi."

Wir unterhielten uns noch eine Weile über den Vorbesitzer.

Tommy hatte früher immer mit ihm Poker gespielt und da an der Hausklingel kein Namensschild war und er immer gesagt hatte, dass Tommy, wenn die Tür offen sei, einfach hereinkommen könne, war er halt auch heute nach einmaligem Klingeln hereinspaziert.

Ich musste versprechen, nichts von alledem publik zu machen, und irgendwie vereinbarten wir daraus einen Deal. Tommy stimmte zu, dass ich unser Treffen im Hotel damals in meinem schriftstellerischen Debüt verwenden dürfte und ich im Gegenzug kein Sterbenswörtchen über die andere Sache verlieren würde.

Wir besiegelten das Ganze per Handschlag. Dreißig Minuten später verließ er im Taxi mein Grundstück, und ich saß stolz wie Bolle über den prominenten

Vorbesitzer und den netten Abend mit Tommy Jaud in der Küche.

Das würde mir keiner glauben.

Gleichsam war ich aber auch ein wenig geknickt, denn erstens durfte ich sowieso niemandem davon erzählen und zweitens war Anna nicht mehr da.

# Hü und hott

In den kommenden Tagen zweckentfremdete ich meine Arbeitszeit hauptsächlich, um an meinem Buch weiterzuschreiben. Der Abend mit Tommy hatte mir neuen Elan gegeben, und ich schrieb wie ein Besessener, war schon auf Seite 181 und freute mich darauf, bald mit dem Finale angefangen zu können.

Als Highlight in meinem Kalender blinkte außerdem immer näherkommend mein geplanter Roadtrip mit Bernd auf.

Ich hatte mich intensiv damit beschäftigt, das Buch im Selbstverlag zu veröffentlichen, hatte mir mit einem Grafikprogramm ein Cover gebaut, einen Klappentext zusammengezimmert und somit schon alles für eine Veröffentlichung vorbereitet. Tommy hatte mir nochmals per Mail seinen Segen gegeben, und ich malte mir aus, wie Phönix aus der Asche den deutschen Buchmarkt zu erobern. Ja, manchmal ging meine Fantasie ein wenig mit mir durch.

Es klopfte an der Bürotür.

Ich bat, einzutreten, und Anna stand vor mir. Unser Verhältnis hatte sich, nachdem ich Tommy ihr vorgezogen hatte, wieder etwas abgekühlt, aber da dieses Pingpongspiel bei uns ja mittlerweile normal war, begrüßte ich sie freundlich und bot ihr einen Kaffee an.

Sie nahm dankend an, setzte sich an den Konferenztisch und eröffnete mir ohne Umschweife: „Ich werde die Firma verlassen."

„Bitte was?"

„Ich werde meine Ausbildung woanders fortsetzen."

Entgeistert sah ich sie an. „Warum willst du das tun?"

„Wegen uns."

„Wegen uns?"

„Ja, Sebastian, wegen uns."

Ich setzte mich zu ihr, sah ihr in die Augen und wusste, dass sie es ernst meinte. „Wann?" Ich versuchte das Gespräch am Laufen zu halten.

„Zum Ende des Ausbildungsjahres. Ich habe es hier noch keinem erzählt. Ich dachte, du solltest es als Erster erfahren."

„Aber, damit gibst du mir die Möglichkeit, dich umzustimmen", warf ich ein.

„Genau deswegen du zuerst. Ich möchte dich bitten, es zu akzeptieren und mir keine Steine in den Weg zu legen."

„Puh. Du verlangst viel."

„Ich weiß. Aber ... Ganz ehrlich und offen: Seit wann versuchen wir miteinander zu schlafen? Seit wann versuchen wir, einfach nur einmal für uns zu sein? Ich möchte dich nicht mehr sehen ... Und das hat nichts mit dir zu tun. Ich möchte ganz einfach nur meinen Weg gehen. Möchte nicht immer vor Augen geführt bekommen, was ich eh nicht haben kann." Sie schniefte, und ich reichte ihr ein Taschentuch.

Ich musste nachdenken.

Meine Antwort nach einem Moment des gemeinsamen Schweigens war relativ eindeutig. „Du hast recht. Das ... Ich denke, ich verstehe es."

Sie stand auf, ohne den Kaffee angerührt zu haben, und ging zur Tür.

„Warte!", rief ich, und sie drehte sich um. „Wenn du etwas brauchst, wenn ich dir helfen kann … sag Bescheid."

Sie nickte und verließ mein Büro.


In den kommenden zwei Wochen war Anna nicht in der Firma, hatte sich krankschreiben lassen. Ich konnte mir denken, warum.

Ich überlegte, mein Buch vielleicht nicht mit einem Happy End, sondern mit einer mittelschweren Katastrophe enden zu lassen. So ein richtig zorniges Ende ohne Glück und ohne Zuversicht.

Die Leser würden sich beschweren, Kritiker mich zerreißen und in langen, prominent platzierten Zeitungsartikeln würde man schreiben:

Ein Buch mit wahnsinnig gutem Anfang, toller Story und einem Ende, wie es selbst Stephen King nicht hinbekommen hätte. Grausam, verstörend und traurig.

Ich wischte den Gedanken beiseite, trank Annas Kaffee aus und rief Bernd an, um unseren Trip zu besprechen.

Danach tat ich noch ein wenig so, als würde ich arbeiten, bis ich durch das Piepen meines Telefons aufgeschreckt wurde. Eine Nachricht erschien auf dem Display.

Möchtest du zu meiner Wohnungseinweihung kommen? Gruß Christina

Oh Mann. Warum sollte ich? Was sollte ich da? Wollte sie mir zeigen, wie gut es ihr ging? Ich überlegte kurz und dann entspann sich Folgendes:

Ist das eine Falle?

*Blödmann. Natürlich nicht.*

Wann?

*Kommenden Samstag.*

Gibt's Bier?

*Die Frage war klar. Ja, natürlich.*

Irgendjemand da, den ich nicht mag?

*Alle meine Freunde?!*

Also doch eine Falle!

*HAHA. Gib dir einen Ruck. 18 Uhr geht's los.*

Ich war zwiegespalten. Ihre Housewarming-Party in unserer ersten gemeinsamen Wohnung, alle ihre Freunde und ich mittendrin?

Letztendlich sagte ich ihr zu und überlegte, was ich als Geschenk mitnehmen konnte.

Ich entschied mich für eine Fußmatte mit ihrem Namen. Ja, ich weiß. Das hatten wir schon mal. Fantasie ist nicht so meins. Außerdem war das nebenbei eine nette Retourkutsche. Dank Onlinehandel würde sie noch rechtzeitig da sein und ich konnte mich weiterhin meinem Buch widmen.

Es war mittlerweile kurz nach 19:00 Uhr, als ich das Büro verließ und auf dem Flur in Magdalena hineinrannte, die mittlerweile sehr erfolgreich die Fabrik in Polen führte.

Irgendwas an ihr war anders.

„Hallo, Herr Berger. Ich Sie nicht gesehen. Tut mir leid. Bin in Eile. Muss noch Termin.“

„Alles gut. Mein Fehler. Was haben Sie denn hier um diese Uhrzeit noch zu tun?“

Verlegen schaute sie mich an und druckste herum. „Muss zu Herrn Murat, Besprechung. Okay?“

„Was immer Sie zu tun haben, Magdalena. Schönen Abend noch.“

Ich fuhr mit dem Fahrstuhl nach unten und überlegte krampfhaft, was Magdalena denn bitteschön mit Murat für einen Termin haben könnte.

Als die Tür sich öffnete, stand Murat mit einem Strauß Blumen vor mir. Nach einem Moment des stummen Anschauens grinsten wir beide.

„Sie wartet oben“, bemerkte ich verschwörerisch flüsternd.

Er bekam große Augen, schaute nach links und rechts und dann wieder zu mir. „Woher weißt du es?“

„Alles gut. Habe nur eins und eins zusammengezählt. Viel Glück, mein Großer. Ist eine klasse Frau!“

Dann trat ich aus dem Fahrstuhl, er hinein und mit einem beiderseitigen Kopfnicken verabschiedeten wir uns voneinander.

Ich fuhr nach Hause, schloss die Tür auf, und wieder einmal wurde mir die Leere meines Hauses bewusst. Keine Frau, keine Kinder kamen mir entgegen, um mich zu begrüßen. Nicht einmal Alexa tat etwas, ohne dass ich es ihr auftrug.

„Alexa, Licht!", rief ich in die Dunkelheit und es wurde hell.

Ich wollte jetzt keine schlechte Laune haben, wollte nicht dasitzen und mich bemitleiden.

Ich tat es dennoch.

Bei einem Glas Portwein und einer Tiefkühlpizza dachte ich über mein Leben nach – bis mein Telefon piepste. Eine Nachricht von Christina.

Ich hoffe, ich habe dich mit der Einladung heut nicht überfallen?

*Nein. Alles gut. Wie geht es dir?*

Dann schrieben wir uns vierzig Minuten, telefonierten daraufhin zwei Stunden miteinander und verabredeten uns für den kommenden Nachmittag zu einem Kaffee.

Irgendwie ist es doch interessant: Wenn man so lange zusammen ist, werden gewisse Dinge so normal und alltäglich. Man nimmt sie überhaupt nicht mehr als besonders wahr. Erst wenn sie weg sind, begreift man, was man eigentlich hatte. So war es auch bei uns.

Ich überlegte bis zu unserem Treffen fast, ob ich nicht versuchen sollte, sie zurückzugewinnen. Sogar ein ziemlich abgedroschener Spruch fiel mir dazu ein: Warum in die Ferne schweifen, wenn das Gute liegt so nah.

Ich legte mir etwaige Strategien zurecht, um zu testen, ob sie noch etwas für mich empfand, was mich bei dieser Idee bestärken würde.

Und was soll ich sagen? Es kam ganz anders.

Kaum saßen wir bei unserem Lieblingsitaliener auf der Terrasse, stürmte Petermann auf uns zu. Im

Schlepptau hatte er eine stark geschminkte Dame, die scheinbar der Ansicht war, sich mittels Spachtel und Farbe von Mitte vierzig auf Anfang zwanzig tunen zu können. Jeder Automobilverkäufer, der ein Auto zum Verkauf so hergerichtet hätte, wäre in den Knast gewandert.

Die beiden ließen sich leider nicht vertreiben und nahmen an unserem Tisch Platz.

Christina nahm das Ganze sportlich und ließ sie gewähren. Ich verzog das Gesicht und musste mich beherrschen, nicht in meinen Eiskaffee zu kotzen. Die Klimperwimper neben Petermann sprach mit einer so schrillen Stimme, dass ich Angst hatte, mein Glas würde jeden Moment explodieren.

Dass die angemalte Häuptlingstochter nun auch dadurch in den Mittelpunkt rückte, dass sie einen schier endlosen Monolog über natürliches Aussehen anstimmte, brachte sogar Christinas Hund, der jetzt übrigens wieder bei ihr wohnte, unter dem Tisch zum Knurren. Das war das erste Mal, dass mir der kleine Drecksack symphytisch war. Okay, das heisere Krächzen der Hamster-Terrier-Mischung war eigentlich kaum zu vernehmen, aber immerhin.

Petermann saß glücklich und zufrieden neben seiner Holden, bestellte sich einen Pfefferminztee und schaute mich zufrieden an. Inständig hoffte ich, in seinen Ohren so etwas wie Ohropax zu entdecken. Der konnte das doch nicht einfach so wegstecken. Aber nein, ihn schien ihr pausenloses Geplapper nicht im Geringsten zu stören.

Eine Stunde später, der Hund saß mittlerweile ängstlich auf meinem Schoß und ließ sich kraulen, stoppte

Schminki ihren Monolog, um einen Schluck Wasser zu trinken, und ich atmete kurz auf.

Christina beobachte amüsiert, wie ich mit Tipsi schmuste, bestellte sich einen Irish-Coffee und mir ein kleines Bier. Das hatte sie noch nie getan.

Das angemalte Megafon orderte Sekt für sich und für Petermann ein kleines stilles Wasser.

„Wasser? Klein? Still? Alter, da ficken die Fische drin!", kam mir schneller über die Lippen, als ich wollte.

Betretenes Schweigen, dann flötete Christina: „Prost!"

Und um dem Ganzen noch die Krone aufzusetzen, klopfte mir jemand auf die Schulter und eine mir mehr als bekannte Stimme polterte: „Gibt's in der Firma nichts zu tun?"

Rengers.

Das schöne Wetter hatte selbst ihn nach draußen gelockt.

Ohne Nachfrage griff er sich einen Stuhl vom Nachbartisch und setzte sich zu uns.

„Na, Kinder, was geht?", brummte er in die Runde, zitierte den Kellner zu sich und bestellte für die Herren Whisky und für die Damen Sekt.

Nichtsdestotrotz wurde es ein netter Nachmittag, schon allein weil Rengers der angemalten Begleitung von Petermann schöne Augen machte und dieser sich nicht zu verteidigen wusste. Mein Treffen mit Christina lief demnach nicht wie geplant – aber wann im Leben funktionierte das schon einmal.

Gegen 18:00 Uhr löste sich die Versammlung auf, ich brachte Christina mit dem Taxi nach Hause, ging aber trotz ihrer Einladung nicht mit nach oben.

Ich wusste, dass ich schwach werden würde.

Der kleine Köter leckte mir noch einmal über die
Hand und dann stieg sie aus und entschwand.
(Hey. Das reimt sich sogar!)

# Der Roadtrip

*Eins vorweg. Hätte ich gewusst, was uns alles passieren würde ... ich hätte es genauso noch einmal gemacht.*

Am Mittwochabend, kurz nach 19:00 Uhr, holte ich Bernd vom Flughafen ab. Bei einer Dose Bier erklärte er mir auf dem Rückweg zu meinem Haus, wie er unsere Fahrt nach Finnland geplant hatte. Bei mir zu Hause folgten weitere Biere, und er erklärte nochmals und ausführlicher unsere Strecke.

Am Donnerstag holte er seinen Traum von Auto, den bereits im Vorjahr gekauften Mercedes Benz W124 500E ab und stellte ihn stolz wie Oskar in meine Einfahrt.

„Und du bist dir sicher, dass wir damit bis nach Finnland fahren können, ohne unterwegs zwanzigmal den Pannendienst konsultieren zu müssen?", wand ich wieder einmal ein.

Bernd nickte und war sich einer Sache wohl noch nie so sicher.

Am Abend tranken wir auf den Erwerb ein paar Bier und einen Schnaps, der erst schmeckte, als würde man in Zuckerwatte beißen, und sich im Abgang anfühlte, als hätte man sich einen Teelöffel Salz in den Rachen gekippt.

*Salty-Caramel-Wodka* hieß das Teufelszeug und erinnerte mich an den Schnaps in der Bar in Finnland.

Am Freitagmorgen bereuten wir den Schnaps und kämpften mit Bernds Turbopillen gegen den Kater, tranken Kaffee, machten eine Einkaufsliste und bestellten uns aufgrund des Restalkohols ein Taxi. Na, der guckte vielleicht, als wir ihm den nahegelegenen Supermarkt als Ziel nannten.

Zweihundertvierunddreißig Euro später verließen wir mit zwei überladenen Einkaufswagen und den besten Wünschen des Marktleiters sein Etablissement und beluden das Taxi.

Zehn Paletten Bier, mehrere Flaschen Wodka und Whisky sowie Süßkram und weitere in Finnland teure Genussmittel, die in Deutschland recht günstig waren, wollten in das Taxi bugsiert werden.

Der Taxifahrer half beim Einräumen, freute sich über das unkompliziert verdiente Geld, für das er nicht viel fahren musste, und setzte uns und unsere Beute bei mir zu Hause ab.

Wir verluden alles in den Mercedes, dessen Hinterachse daraufhin bedrohlich tief hing, räumten den Kofferraum daraufhin wieder aus und verteilten die schwereren Dinge auf die hinteren Sitze, aber es wurde nicht wirklich besser.

„Vollgepackt wie die Polen", bemerkte Bernd und öffnete sich ein Bier.

„Schmeckt also schon wieder?", kommentierte ich und tat es ihm gleich.

Nachdem wir alles im Benz verstaut hatten – und hierbei kam ich mir vor wie der Kapitän eines U-Bootes, in dem ebenfalls wirklich jede mögliche Ritze genutzt wurde, um Proviant zu verstauen – kontrollierten wir noch einmal die Arbeit der Werkstatt, die den

Mercedes, der laut vorigem Besitzer fünfundzwanzig Jahre im Dornröschenschlaf verbracht hatte, wieder instandgesetzt hatte.

Es gab nichts auszusetzen.

Der Benz würde die zweitausend Kilometer bis nach Finnland sicher ohne Probleme fahren.

Dachten wir.

Unsere Route sollte von Frankfurt aus über Hamburg, Lübeck, Fehmarn, Kopenhagen, Malmö, Stockholm, dann am bottnischen Meerbusen entlang bis zur finnischen Grenze, hier über Kemi, Oulo und letztendlich nach Mieslathi führen. 2750 Kilometer mit wenig Schlaf und einem vollbepackten, betagten Auto lagen vor uns.

Geplant war, gegen 02:00 Uhr nachts zu starten, um dann am übernächsten Abend anzukommen. Dass aus diesem Zeitplan nichts werden würde, war uns in diesem Moment noch nicht bewusst, unsere Vorfreude war ungebrochen.

Wir warfen am Abend der Abfahrt ein paar Steaks auf den Grill und besprachen nochmals die Route, was eigentlich schwachsinnig war, denn wir hatten nicht nur ein Navigationsgerät, sondern zur Not auch jeder eine entsprechende App auf seinem Telefon.

Es machte trotzdem Spaß, die drei sicherheitshalber noch erworbenen riesigen Straßenkarten aneinanderzulegen, auf denen scheinbar jedes Dorf von Dänemark, Schweden und Finnland eingezeichnet war.

„Wir sind schon ein bisschen bekloppt, oder?“, bemerkte Bernd und reichte mir ein Bier.

„Jepp. Aber das wissen die Leute ja nicht“, feixte ich, wartete kurz und fügte dann geheimnisvoll hinzu:

„Wobei … da fällt mir ein: Ich habe da noch was fürs Auto.“

Bernd guckte mich irritiert an und fragte dann gedehnt: „Und das wäre?“

Augenzwinkernd flüsterte ich verschwörerisch: „Warte kurz“, und verschwand im Haus. Ich hätte es fast vergessen, denn es lag schon seit ein paar Wochen herum.

Wieder auf der Terrasse bat ich ihn, den Tisch freizuräumen, und rollte einen riesengroßen Heckscheibenaufkleber aus. Darauf stand:
KALSARIKÄNNIT & ÖRVELTÄÄ
PERKELE TOUR 2019
Bernd guckte auf den Aufkleber, dann zu mir, dann wieder auf den Aufkleber. Dann artikulierte er sich vorsichtig.

„Du weißt aber schon, was das heißt?“

Ich brach in lautes Gelächter aus, nickte und erfreute mich an seinem unschlüssigen Gesicht.

Nach kurzem Überlegen brummte er: „Warum eigentlich nicht!“ Wir trotteten nach draußen und brachten das Kunstwerk auf der Heckscheibe des Mercedes an.

Es wurde 20:00 Uhr, wir aßen die Reste der Steaks und ich überlegte, ob ich Anna und/oder Christina noch einmal schreiben sollte, verwarf die Idee jedoch wieder.

Ich hatte für unseren Roadtrip und anschließenden Aufenthalt in Finnland drei Wochen eingeplant und damit meinen restlichen Jahresurlaub fast verbraucht. Eeva kam mir in den Sinn, jedoch war der Zettel von ihr nicht mehr aufzufinden und ich würde mich wohl oder übel auf gut Glück nach Kajaani aufmachen müssen, um sie zu treffen. Und dann war da ja auch noch Lilja.

Ich war Single, sie würde es nun erst recht versuchen, mich zu umgarnen und dort oben zu behalten. Jetzt war ich in der Situation, mich mit diesem Gedanken anfreunden zu können.

„Schläfst du schon?", unterbrach Bernd meine Tagträumereien.

„Nö. Hab nur ein bisschen nachgedacht."

Wir stießen an und genossen die warmen Strahlen der untergehenden Maisonne.

Punkt 22:00 Uhr lag ich im Bett – viel zu spät, aber wir hatten uns festgequatscht. Folgend wälzte ich mich hin und her, konnte nicht schlafen und dachte über so vieles nach.

Letztendlich schlief ich ein und gefühlte fünf Minuten später klingelte mein Wecker. Ich verfluchte die Idee, um 02:00 Uhr nachts loszufahren, quälte mich aus dem Bett und kollidierte vor der Badezimmertür mit Bernd, der noch beschissener aussah als ich.

Nachdem wir gefühlte zwanzig Liter Kaffee gekocht und etwas gegessen hatten, nahmen wir unsere restlichen Sachen, packten sie ins Auto, Bernd drehte den Zündschlüssel um – und es passierte nichts.


PERKELE!


Weitere Versuche, das Auto zu starten, scheiterten, und meine Halsschlagader pumpte sichtbar und massig Blut. Aber ich schwieg.

„Das ist jetzt nicht wahr?!", zischte Bernd, drehte noch mehrfach am Zündschlüssel, doch es tat sich nichts.

„Anschieben?", fragte ich bissig.

„Ne, ist Automatik", konterte er.

„VERFICKTE KACKSCHEISSE!" Ich verlor meine Manieren und schlug aufs Armaturenbrett, sprang dann förmlich aus dem Auto und hechtete, Bernd zu mir zitierend, in die Garage.

Dann operierte ich wutentbrannt die Batterie aus meinem Audi, zog mir dabei eine beinahe tödliche Verletzung zu – Fleischwunde aka abgeschürfte Fingerknöchel – und wuchtete den Audi-Akku gemeinsam mit Bernd zum Benz, wo wir sie kurzerhand einbauten. Der Mercedes startete sofort und wir rollten vom Hof.

„Hätte Starthilfe nicht auch gereicht?", fragte Bernd vorsichtig.

„Schnauze!", zischte ich und öffnete ein Bier.

„Am frühen Morgen?"

„Das ist mir grad so Banane. Ich bin schwer verletzt", konterte ich und gab mich dem Gerstensaft hin. Es schmeckte irgendwie nicht.

Nach dem phänomenalen Fehlstart kamen wir nun doch gut voran. Bernd hatte die erste Schicht des Fahrens übernommen, und nachdem wir im Dunkel der Nacht halb Deutschland durchquert und die Fähre um fünf Minuten verpasst hatten, gaben wir uns einem gepflegten Nickerchen hin, tauschten die Plätze und warteten auf die nächste Verbindung nach Dänemark.

Klar, wir waren müde, aber auch irgendwie aufgeregt. Dabei lag der Großteil der Strecke noch vor uns, und wir hatten keinen Schimmer, was uns noch Irres widerfahren würde.

Wenn man bedenkt, dass man in Deutschland im Normalfall in acht bis neun Stunden das ganze Land durchqueren kann, dann war das hier eine ganz andere Hausnummer.

Ohne nennenswerte Vorkommnisse durchfuhren wir den dänischen Teil unseres Weges. Es fühlte sich im Grunde genommen an wie Holland – nur ohne Wohnwagen.

In Helsingör angekommen, hatten wir Glück. Wir erwischten gleich eine Fähre und waren nach dreißig Minuten Fahrt in Schweden, dem Land der drei Kronen.

Jetzt galt es aufzupassen, dass wir nicht vom Zoll angehalten wurden. Gut, wir konnten natürlich Eigenbedarf anmelden, aber sicherer war es, die Diskussion grundsätzlich zu vermeiden. Zehn Paletten Dosenbier und zwölf Flaschen Wodka und Whisky waren schon grenzwertig.

Glücklicherweise wurden wir nur mit freundlichen Blicken der Staatsbediensteten bedacht und konnten ohne Kontrolle durchrollen.

Jetzt begann der anstrengende Teil der Reise. Sechzehn Stunden Nettofahrtzeit durch Schweden. Aber noch waren wir voller Energie.

Bernd hatte den Tempomat bei 10 km/h über der erlaubten Geschwindigkeit gesetzt, und mir kam der Gedanke, einmal nachzuschauen, wo in Schweden die Strafen für Geschwindigkeitsübertretungen portemonnaiemäßig so lagen.

Mobiltelefon sei Dank fand ich auch gleich eine Seite, blätterte mich durch den Bußgeldkatalog und rief übermäßig laut: „BREEEMSEN!"

Bernd trat voll in die Eisen.

Mit quietschenden Reifen kamen wir auf dem Seitenstreifen der Autobahn zum Stehen, hupende Autos fuhren an uns vorbei, und Bernd sah mich erschrocken – nein, zu Tode erschrocken – und nach Luft ringend an.

„Warum? Was? War da ein Tier?"

Ich zog meine Fingernägel wieder aus dem Armaturenbrett und sagte mit rollenden Augen: „Eine Vollbremsung hätte es nicht gleich sein müssen."

Bernd zischte sauer: „Was ist denn?"

„Geschwindigkeitsübertretung", bemerkte ich lapidar.

„Sag mal, hast du den Arsch offen? Ich setz hier beinahe den Benz in die Leitplanke, weil du schreist, als würde eine Horde schwangerer Elche über die Straße zur Gymnastik wollen, und dein Kommentar ist *Geschwindigkeitsübertretung*?"

„Hab doch gesagt, es hätte keine Vollbremsung sein müssen", gab ich kleinlaut zu und zeigte ihm auf dem Telefon den Auszug aus dem schwedischen Bußgeldkatalog, der wie folgt lautete:

**VERGEHEN/BUSGELD**
Geschwindigkeitsübertretung bis 10 km/h, 226 EUR

Von nun an fuhren wir exakt wie beschildert.

Kurz nach Sonnenuntergang passierten wir Stockholm, aßen eine Kleinigkeit, fuhren an der Küste entlang, von der wir leider nur selten etwas zu sehen bekamen, bis nach Sundsvall, um hier unser Nachtlager aufzuschlagen.

Erschöpft hielten wir in einer Parkbucht an der Fernstraße E 4 und es gab für jeden ein wohlverdientes Bier.

(Hey, das reimt sich schon wieder.)

Der Blick auf die Karte war phänomenal einschüchternd. Wir waren fast vierundzwanzig Stunden unterwegs und trotzdem noch so weit weg von unserem Ziel.

Der ausgewählte Parkplatz war eine denkbar bescheuerte Idee. Bernd popelte sich Ohrstöpsel in seine Lauscher, legte sich ein T-Shirt aufs Gesicht (manchmal war er komisch), schlief sogleich ein und schnarchte, was das Zeug hielt.

Ich kämpfte währenddessen mit der Flakbeleuchtung der vorbeifahrenden LKW und dem Sog, den sie auf den Benz ausübten. Mitunter kam ich mir vor wie auf einem kleinen Kutter bei Windstärke zehn, so heftig wackelte es. Nebenher verhedderte ich mich immer wieder mit den Füßen in den Pedalen, und an Schlaf war eigentlich nicht zu denken. Irgendwann überkam mich dann doch noch bleierne Müdigkeit und ich glitt ins Land der Träume.

Der Wecker des Handys klingelte um 06:00 Uhr, und ich fühlte mich wie durch den Fleischwolf gedreht.

„Scheiße. Ich will nicht", stammelte ich leise und öffnete die Tür. Im Auto roch es sehr unangenehm nach Mann und Furz.

Bernds erste Sorge war ein Gebüsch für seine Morgentoilette. Den Geräuschen nach, die er machte, war das, was er da tat, dann auch sehr befreiend.

Ich kochte auf dem kleinen Campinggaskocher Kaffee und dazu aßen wir dicke Salamischeiben und Brot.

Das alles war irgendwie so unwirklich. Irgendwo im Nirgendwo von Schweden.

Am frühen Morgen. Müde, ungewaschen und ein Bett herbeisehnend ging ich ebenfalls in den Wald, um ein

Häufchen zu machen, und dann rief Bernd auch schon fröhlich: „Weiter geht die Jagd!" Er bestieg den Fahrersitz, und ich war ihm dankbar dafür, dass er wieder fuhr, hoffte, vielleicht noch ein kleines Nickerchen machen zu können.

Was uns motivierte, war die Tatsache, dass wir noch heute in Mieslathi ankommen würden. Das gab uns Kraft und mobilisierte unsere Reserven.

Ein paar Stunden später schaute ich auf das Navigationssystem, welches vollmundig verkündete, in 200 Kilometern im Kreisverkehr geradeaus zu fahren.

Das waren mal Maßstäbe!

Bis zum besagten Kreisverkehr kamen wir aber gar nicht.

Ein leise in unser Leben tretendes und dann lauter werdendes *FLAPFLAPFLAPFLAP* kündigte einen platten Reifen an.

Bernd bog in eine Einfahrt ab und hielt an.

PERKELE!

Wir stiegen aus, betrachteten den hinteren rechten Reifen und rollten synchron mit den Augen.

Mein aktuelles Problem war nicht der kaputte Reifen. Radwechseln gehörte zu meinem Repertoire. Es war vielmehr der Kofferraum, der mühselig und akribisch bepackt worden war und der jetzt wieder ausgeräumt werden musste.

Das war mein Problem.

Ich verzog das Gesicht, trat gegen einen Baumstumpf, heulte vor Schmerz auf und beschimpfte ihn aufs Widerlichste in mehreren Sprachen, bevor wir begannen, den Kofferraum zu entleeren. Das Ganze natürlich so, dass man von der Straße aus nicht unbedingt unseren Biervorrat sehen konnte.

Als wir fertig waren, eine Decke über die Alkoholika gelegt hatten und ich die Mulde zum Ersatzrad öffnete ...

Habe ich euch eigentlich schon erzählt, dass Christina mich mal zu einem Anti-Aggressions-Training angemeldet hatte?

Nur so viel: Als gerade alle Platz genommen hatten, kippte ich mir meinen Kaffee über die Hose, und es folgte eine so dermaßen abgefahrene Flut von Schimpfwörtern meinerseits, dass ich des Kurses verwiesen wurde.

Ich öffnete also die Mulde zum Ersatzrad, aber anstatt einen Ersatzreifen vorzufinden, war diese gefüllt mit Kaffee, Keksen, Schokolade und Damenstrumpfhosen. Vorsichtshalber schloss ich den Deckel und öffnete ihn erneut.

Gleiches Ergebnis.

Ich nahm eine Dose Kaffee heraus und inspizierte sie. Verfallsdatum: 14.12.1989

„BEEEEERRND!"

Ein paar Vögel flatterten aufgeregt davon und es war ein kleines Echo zu vernehmen.

„Was denn?", brummte er, kam genervt von seinem zweiten Morgenschiss aus dem Wald.

„Sag mal. Der Naziopa, von dem du das Ding hier gekauft hast ... hatte der Verwandte in der DDR?"

Bernd guckte mich komisch an und zuckte mit den Schultern. Ich warf ihm die Kaffeedose vor die Füße und trat schnaufend beiseite.

Er inspizierte noch einmal den Kofferraum, kratzte sich am Kopf und schaute zu mir. „Und nun?"

„DRECK-SAU-MIST-KACKE-PERKELEHELVET-TISAATANA!", brüllte ich, öffnete die Beifahrertür, dann das Handschuhfach und hatte die Dose Bier schneller geöffnet und angesetzt, als Bernd einen Einwand erheben konnte. „Wir stehen hier mitten in Schwedistan und statt einem Ersatzrad haben wir ... haben wir ..." Ich nahm eine weitere Dose Kaffee aus dem Kofferraum und warf sie wütend gegen einen Baum.

Er versuchte, sich zu verteidigen.

„Woher sollte ich das denn wissen?"

„Argh!" zischte ich und warf jetzt eine Packung Kekse in den Wald.

„Komm mal wieder runter!", ermahnte Bernd mich und schüttelte den Kopf.

Aus der Ferne war ein Auto zu hören und ich überlegte, ob man es anhalten sollte, um sich in die nächste Stadt fahren zu lassen, um ein Pub aufzusuchen ... oder eine Autowerkstatt.

Während ich noch darüber nachdachte, setzte der Fahrer des nun erkennbar alten Volvos den Blinker, bog in den kleinen Weg ab, in dem wir standen, und hielt ein paar Meter hinter uns an, setzte dann zurück und stieg aus.

„Hallo, wie geht's? Habt ihr Probleme?", erklang aus dem Mund des Fremden.

Bernd und ich schauten uns verblüfft an.

„Ihr seid doch aus Deutschland?", fragte er und zeigte auf das deutsche Ausfuhrkennzeichen.

„Ja. Hallo. Sind wir. Du etwa auch?", antwortete ich und reichte dem Unbekannten die Hand.

„Nein. Mein Vater ist Schweizer, meine Mutter aus Schweden. Hoffentlich versteht ihr mich gut. Auto kaputt?"

„Reifenpanne und kein Ersatzrad", bemerkte Bernd.

„Das ist hier oben natürlich ungünstig", gab der Unbekannte zu bedenken.

„Kennst du eine Werkstatt in der Nähe? Wir bräuchten einen Reifen, oder ... vielleicht kann man den ja ..."

„Jetzt sag nicht reparieren?", blaffte ich Bernd mit Blick auf die noch an der Felge hängenden Fetzen Gummi an.

„Das macht bei uns Rasmus. Der wohnt fünf Kilometer weiter."

Ich wollte schon jubeln, als er weitersprach.

„Der ist aber zur Hochzeit seiner Schwester in Hemavan und kommt erst morgen zurück."

Mit geübtem Spezialvorwurfsvollblick ahmte ich Christina nach, sah zu Bernd und dann zum Fremden.

„Danke für die Info. Dann werden wir uns bis morgen hier einrichten. Das ist übrigens Bernd und ich bin Sebastian."

„Ich bin Leif. Freut mich. Ich wohne da hinten, hinter der Kurve." Da, wo er hinzeigte, waren nur Bäume und Büsche zu sehen. „Wo wolltet ihr eigentlich hin?", fragte er, den zerfetzten Reifen begutachtend.

„Finnland, Kajaani", nannte Bernd die nächstgrößere Stadt, die hier wahrscheinlich sowieso keiner kannte.

„Hm. Ich habe ein Gästehaus. Die paar Meter könnt ihr mit dem Auto auch langsam hinter mir her fahren. Ich lade euch ein. Ihr seid meine Gäste!"

*Gott sei Dank,* schoss es mir bei dem Gedanken, dass wir beinahe eine weitere Nacht im Auto hätten verbringen müssen, durch den Kopf.

„Morgen kann ich euch dann zu Rasmus bringen. Der wird schon eine Idee haben."

Wir dankten mehrfach, räumten den Kofferraum wieder ein und fuhren mit Schrittgeschwindigkeit hinter Leif her bis zu seinem Haus.

FLAPFLAPFLAPFLAP.

Leif wohnte so, wie man es sich für einen Schweden vorstellte: in einem kleinen roten Häuschen an einem See. Dazu gesellten sich ein windschiefes Bootshaus, ein weiteres kleines Häuschen, welches unser Domizil werden sollte, und ringsum Wald und Wiesen.

Er kochte Kaffee, stellte Gebäck auf den Tisch und freute sich über den Besuch. Wir seien eine willkommene Abwechslung an diesem verlassenen Ort und gleichsam empfand er es als wundervoll, sich mal wieder in der deutschen Sprache unterhalten zu können.

Nach der Stärkung bockte ich den Mercedes auf, schraubte das kaputte Rad ab und legte es beiseite. Dann nahm ich aus dem Kofferraum eine Palette Bier und eine Flasche Wodka und stellte sie Leif vor die Tür. In dem Moment kam dieser aus dem Haus, doch als er die Spirituosen sah, wollte er das Geschenk nicht annehmen.

„Ihr seid Gäste. Nein!", empörte er sich.

„Alles gut. Wir haben genug mit und sind dir zu Dank verpflichtet", bemerkte Bernd beschwichtigend.

Leif nickte dankend, fragte dann: „Noch einen Kaffee?"

Wir saßen auf der Terrasse vor seinem Haus, tranken Kaffee und unterhielten uns über Gott und die Welt.

Später gingen wir angeln, probierten von Leifs geräuchertem Fisch, auf den er – zu Recht – sehr stolz war, und während wir uns beim Genuss desselbigen und ein paar Bier weiter unterhielten, klingelte mein Telefon.

Auf dem Display sah ich Annas Konterfei.

Ich entschuldigte mich, stand auf und nahm das Gespräch an. „Hallo, Anna. Was kann ich für dich tun?"

„Sebastian ... Ich wollte mich entschuldigen" Es folgte eine Pause. Sie sagte nichts, ich sagte nichts und wir lauschten gegenseitig unserem Atmen.

„Wofür denn?", fragte ich nach einer gefühlten Ewigkeit.

„Wegen neulich Abend. Ich habe dir mal wieder die Pistole auf die Brust gesetzt und ... na ja ... ich habe ein schlechtes Gewissen deswegen."

„Ach Quatsch. Mach dir mal deswegen keine Gedanken."

„Ich mein ja nur ... Weißt du ... als du mich neulich gefragt hast, ob ich dich heiraten will ... Das klang so überzeugt, ehrlich und ernst gemeint, auch wenn ich immer noch nicht weiß, wie du es gemeint hast."

Bernd schielte mit hochgezogenen Augenbrauen zu mir, und ich formte mit dem Mund das Wort „Anna". Er nickte, widmete sich wieder der Unterhaltung mit Leif, und ich versuchte eine passende Antwort auf Annas Frage zu finden.

„Ach Anna! Wenn doch alles so einfach wäre. Ich melde mich bei dir, sobald ich aus Finnland zurück bin. Ich glaube, wir sollten wirklich reden ... offen und ehrlich. Anna? Anna?!“

Die Verbindung war weg.

Leif drehte sich zu mir und schüttelte den Kopf. „Dass du überhaupt Empfang hattest, grenzt an ein Wunder.“

PERKELE!

Ich schlich auf dem Hof hin und her, versuchte wieder Netz zu bekommen – keine Chance.

Am nächsten Mittag brachte uns Leif nach einem sehr ausgiebigen und üppigen Frühstück zu Rasmus.

Dieser saß verkatert in einem alten Ledersessel in seiner Werkstatt und jammerte, als er Leif erkannte, mit uns unverständlichen Worten über irgendetwas.

Leif erklärte ihm daraufhin unser Problem, und als Rasmus hörte, um was für ein Auto es ging, sprang er auf, bereute dies jedoch sofort, jammerte erneut– diesmal laut Leifs Übersetzung über den schlechten Wodka auf der Hochzeit – und folgte uns schließlich nach draußen.

Rasmus, der drei Kilometer gegen den Wind nach Schnaps roch, verschwand in einer windschiefen Halle, kam nach ein paar Minuten wieder heraus und präsentierte uns ein Komplettrad für Bernds Mercedes, welches sogar die richtige Größe, wenn auch eine andere Felge hatte.

„Perfekt!“, rief ich.

Rasmus brummte freudig, warf das Rad in den Kofferraum, bestand aber darauf, mit zu Leif zu fahren, um sich den Benz persönlich anschauen zu können.

Dort angekommen, montierte Bernd das Rad, Rasmus freute sich über die zwei Flaschen Wodka, die er als Bezahlung bekam – Geld wollte er nicht – und setzte eine davon gleich an.

Wir stopften das kaputte Rad, eingewickelt in eine Decke, auf die eh schon überfüllte Rücksitzbank, bedankten uns nochmals überschwänglich bei den beiden und setzten unsere Reise fort.

„Vor Mitternacht werden wir nicht ankommen", bemerkte Bernd nach einer Weile mit brummiger Stimme.

Ich stimmte ihm zu, stellte den Sitz ein Stück nach hinten, schloss die Augen und nickte ein.

Als ich wieder aufwachte, pfiff Bernd fröhlich vor sich hin. Wir fraßen Kilometer um Kilometer, überquerten die finnische Grenze, und nun waren es nur noch dreihundert Kilometer bis nach Hause.

Bernd bestand darauf, das restliche Stück nun auch noch zu fahren, doch zunächst machten wir eine Pause, während der ich die Gelegenheit nutzte, mir ein Bier zu öffnen.

„Welch Wohltat für meinen Hals!", triumphierte ich und genoss den Gerstensaft, der zwar nicht kalt, aber trotzdem lecker war. „Mit Sauna wird es dann heute wohl nichts mehr", bemerkte ich traurig, nachdem ich die Dose geleert hatte.

Bernd schüttelte langsam den Kopf und sagte: „Egal. Hauptsache heil –"

„BREEEMSEN!", entfuhr es mir in ungeahnter Lautstärke.

Die Reifen quietschten, das Heck brach aus und der Benz schlingerte wie wild.

Bernd fing den Mercedes zwar souverän ab, trotzdem konnten wir den Zusammenprall nicht verhindern.

Ich hatte das Rentier am Straßenrand zwar noch gesehen, aber es war zu spät.

Wir standen wieder einmal mitten im Nirgendwo, kurz hinter der Ortschaft Artturila auf der E 22, und das gespenstische Licht der Scheinwerfer, das sich auf der Straße spiegelte, ließ mir einen Schauer über den Rücken laufen.

Vor dem Auto lag das noch recht junge Rentier und bewegte sich nicht.

„Scheiße", knurrte Bernd, als er sein Auto inspizierte.

Zum Glück gab es keinen sichtbaren Schaden am Auto.

„Ist es tot?", fragte ich.

„Was weiß ich denn? Bin ich Tierarzt?", blaffte Bernd.

Mit einem Ast, der am Straßenrand lag, stupste ich das kleine Wesen an.

Keine Reaktion.

Bernd sah zu mir, überlegte angestrengt und fragte: „Was machen wir jetzt?"

„Weiterfahren?" Ich zuckte mit den Schultern.

„Und das Rentier?"

„Mitnehmen? Essen?" Ich versuchte, die Stimmung etwas aufzulockern.

„Das können wir nicht machen", wandte Bernd ein.

„Warum nicht? Es ist tot. Ob es hier im Wald verwest oder von uns der Göttin Brutzler geopfert wird, macht für mich irgendwie keinen Unterschied."

„Hm. Ich weiß nicht", grummelte er und kratzte sich am Kinn.

Ich übernahm das Zepter, öffnete den Kofferraum, schaffte Platz, indem ich ein paar Sachen auf die Hutablage quetschte, und begab mich dann wieder zu Bernd, der immer noch auf das von den Scheinwerfern beleuchtete Rentier starrte.

„Vielleicht sollten wir den Puls prüfen?", teilte er jetzt mit.

„Oder Mund-zu-Mund-Beatmung machen?", warf ich süffisant ein. Ich nahm das Rentier, packte es in den Kofferraum und schloss den Deckel.

Bernd sah mir entgeistert dabei zu.

„Weiter geht's!", bestimmte ich und stupste Bernd an, der immer noch starr vor dem Auto stand. „Na wird's bald!", forderte ich ihn auf.

Langsam trottete er zur Fahrertür und stieg ein. Zwar saß er jetzt im Auto, aber er verharrte immer noch.

Ich drängelte. „Alter. Fahr los. Ich such mal ein paar Rezepte raus und dann machen wir uns morgen Abend lecker Rentier- ... wie heißt das noch auf Finnisch? Ach ja, lecker Poro-was-auch-immer."

# Santa Claus

Kurz nach 23:00 Uhr trafen wir in Mieslathi ein und wurden von Jaanika in Empfang genommen. Lilja war zufälligerweise auch da und sah wie immer betörend aus.

Scheiße! Das hatte mir gerade noch gefehlt.

Ich umarmte Jaanika, dann Lilja, die mich nicht loslassen wollte, öffnete dann den Kofferraum, um meine Tasche herauszunehmen und – das kleine Rentier schaute mich aus großen erschrockenen Augen an.

Ich schloss den Deckel wieder und rief nach Bernd. Der kam nach zweimaligem Nachhaken zu mir und fragte, was denn los sei.

„Pass mal auf!", flüsterte ich bedeutungsvoll, öffnete den Kofferraum und bemerkte amüsiert: „Bernd, das ist Rentier. Rentier, das ist Bernd."

Ehe er begriff, was los war, schloss ich den Kofferraum wieder.

Bernd versuchte sich zu artikulieren. „Das glaube ich jetzt nicht! Wie kann das sein? Ich meine, es war tot?"

„Was ist tot?", fragte Lilja.

„Das Rentier", sagten wir synchron, und Lilja guckte uns erschrocken an.

„Ich verstehe nicht."

„Geht uns genauso", teilte ich kopfschüttelnd mit und massierte mir die Schläfen.

„Was machen wir jetzt?", wollte Bernd wissen.

Ich dachte laut nach. „Es zu essen scheidet glaube ich aus. Wobei ...“

„NEIN!“, unterbrach er mich.

Lilja und Jaanika kamen zu uns und Jaanika öffnete vorsichtig den Kofferraum. Das kleine Rentier schaute sie apathisch an, Jaanika rümpfte die Nase und bemerkte, dass es wohl in den Kofferraum gekackt hatte. Zumindest vernahm ich in ihrem Satz die Wörter Poro, also Rentier, und Paska, also Kacke.

Bernd stieg die Zornesröte ins Gesicht, und er wollte wohl gerade anfangen, das kleine zitternde Etwas zurechtzuweisen, als Jaanika ihm den Finger auf den Mund legte und „Pssst“ machte.

„Ich wäre dann langsam müde und würde gern ins Bett gehen“, machte ich mich bemerkbar.

Lilja und Jaanika besprachen sich, Bernd holte uns zwei Bier und wir warteten ab, was die Frauen entscheiden würden, die jedoch noch eine Weile in ihr Gespräch vertieft waren.

„Was gibt’s morgen zu essen?“, fragte ich nach einer Weile auf das Rentierdeutend in die Runde und erhielt dafür böse Blicke und Kopfschütteln.

Ich setzte mich auf die Bank neben dem Haus, ließ meinen Blick schweifen und sog die nächtliche Luft in mich ein.

Jaanika nahm währenddessen das kleine Rentier aus dem Kofferraum und setzte es auf dem Boden ab. Es versuchte wegzulaufen, humpelte los und sackte zusammen. Scheinbar war es doch verletzt.

Irgendwie tat mir das kleine Ding ja schon leid.

Jaanika nahm es wieder auf und trug es an mir vorbei ins Haus. Lilja lief hinterher, und Bernd versuchte fluchend die Exkremente aus dem Auto zu entfernen (der Geruch hielt sich übrigens noch eine ganze Weile).

Lilja und Jaanika waren in der Folge mit der Versorgung des Schwarzfahrers beschäftigt, strichen sein Bein mit einer übelriechenden Paste ein und bandagierten es, boten ihm Kräuter und kleingeschnittenes Obst an, gaben ihm Wasser und nahmen von uns gar keine Notiz.

Am kommenden Morgen wurde ich wach und ein infernalischer Geruch strömte in meine Nase. Widerwillig stand ich auf und suchte nach der Ursache, die ich zwischen Buttersäure und Senfgas einzuordnen gedachte, fand aber nur das kleine Rentier, welches im Flur seine Hinterlassenschaften verteilt hatte. Ich stieg, mir die Nase zuhaltend, vorsichtig darüber und ging in die Küche.

Da der Rest noch schlief, setzte ich Kaffee auf, schaltete den Fernseher ein und ... der Geruch wurde nicht besser.

Ich trank einen Pott Kaffee, versuchte nebenbei dem finnischen Morgenmagazin zu folgen, und da sich immer noch keiner blicken ließ, kümmerte ich mich darum, die Hinterlassenschaften im Flur zu beseitigen.

Als ich mit der Säuberungsaktion fertig war, stand Lilja vor mir und fragte, ob ich gut geschlafen hätte.

„An sich ganz gut, bis Bambi hier meinte, uns mit seinen Gerüchen zu beglücken."

Lilja guckte fragend. „Bambi?"

„Na unser blinder Passagier hier", erklärte ich und zeigte auf das Fellknäuel.

„Er ist blind?", fragte Lilja überrascht.

„Nein ... ach, vergiss es."

„Er wird Hunger haben. Ich werde mal etwas für ihn zubereiten", teilte sie mit und entschwand in die Küche.

„Weniger Kohl diesmal, wenn es geht!", rief ich ihr hinterher, wandte mich mit einem gemurmelten „Na, Scheißerle" an das Rentier und beschloss, dass es einen richtigen Namen brauchte.

Etwaige Überlegungen bedurften jedoch eines weiteren Kaffees und so gesellte ich mich zu Lilja, die gerade Gemüse kleinschnitt.

„Und du bist jetzt Single?", fragte sie nebenbei und drehte sich dann zu mir.

„Jepp. Und ... ich genieße es!", log ich.

„Wie geht es Anna?", stocherte Lilja weiter. „Hab schon eine Weile nichts von ihr gehört."

„Keine Ahnung. Mir egal", brummte ich zwischen zwei Schlucken Kaffee und stellte die Gegenfrage: „Und bei dir so?"

Lilja zwinkerte mir zu. „Ich stehe ganz zu deiner Verfügung."

„Die Kackmaschine da draußen braucht einen Namen.

„Du wechselst die Angelegenheit", entgegnete sie.

„Angelegenheit? Meinst du Thema?", verbesserte ich.

„Was auch immer. Bleibst du in Finnland?"

„Nein, ich denke nicht."

Sie wandte sich wieder dem Gemüse zu und brabbelte etwas auf Finnisch vor sich hin.

Ich leerte meine Tasse, nahm meine Jacke und ging nach draußen.

Die kühle Luft tat gut, weckte meine Lebensgeister, und ich setzte mich auf die Bank und dachte über einen Namen für das Rentier nach.

Schnell waren meine Gedanken aber woanders. Ich dachte an Anna, an Christina und die wohl unausweichliche Leere, wenn ich wieder in Deutschland sein würde. Ich schweifte daraufhin sehr weit ab, dachte zurück an meine Kindheit, an meine Geburtstage, an Weihnachten und wurde sentimental.

Ich erinnerte mich an den Tag, an dem ich erfuhr, dass es den Weihnachtsmann nicht gibt.

„SANTA CLAUS!", rief ich laut und sprang auf. „Das ist es! Ich nenne es Santa Claus!"

Ich rannte ins Haus, stürmte durch den Flur, fiel über das Rentier, öffnete im Fallen irgendwie die Wohnzimmertür, rief im Sturzflug: „SANTA CLAUS!", und schlug vor den Augen von Lilja, Bernd und Jaanika hart auf den Holzdielen auf.

Dann wurde alles schwarz.

Als ich die Augen öffnete, lag ich auf meinem Bett. Neben mir lag Lilja.

„Echt jetzt? Schon wieder?", murmelte ich und betrachtete sie verklärt.

„Was genau war das vorhin?", fragte sie leise und streichelte mir über den Kopf.

„Keine Ahnung, was du meinst?", erwiderte ich ehrlich.

„Du bist ins Zimmer gestürzt, hast ‚Santa Claus' gerufen und dann bist du auf den Boden aufgeschlagen", erklärte sie mir.

„Geflogen? Santa Claus? Boden? Ach ja. Das Rentier. Ich werde es Santa Claus nennen“, teilte ich triumphierend mit und griff ihre Hand.

„Du bist schon ein bisschen komisch manchmal“, flüsterte sie, zog meine Hand zu sich und küsste sie.

Mein Kopf schmerzte, ich hatte Appetit auf ein Bier und Lilja schmachtete mich an – es hätte schlimmer sein können.

Um ihren Wunsch, beziehungsweise ihre Begehrlichkeiten, zu unterstreichen, stand sie auf, zog sich wortlos aus und legte sich dann wieder zu mir.

„Lilja?“

„Ja?“

„Was wird das?“

„Ich habe mich ausgezogen.“

„Nein, wirklich?“

„Doch.“

„Und was machen wir jetzt?“

„Liebe.“

„Liebe?“

In einem Film hätte sich das Bild an dieser Stelle langsam verdunkelt, während die Protagonisten sich in die Arme fielen.

Ich bin da pragmatischer und wechsele einfach das Thema, ist ja schließlich kein Porno. Wobei ... Lilja war sehr, sehr ausgehungert, und das folgende, nicht jugendfreie Miteinander brachte mich wirklich an die Grenzen meiner Kondition.

Wo waren wir? Ach so, Santa Claus.

Zwei Stunden später saß ich im Wohnzimmer und erklärte Bernd und Jaanika meine Idee für die

Namensgebung. Der Vorschlag wurde einstimmig angenommen und wir stießen darauf an.

In den nächsten zwei Tagen hatten Lilja und ich ziemlich viel Sex, Jaanika und Bernd wahrscheinlich auch ab und an, das Rentier nicht. Aber es erholte sich langsam, und dann kam der Zeitpunkt, an dem Santa Claus wieder in Freiheit scheißen sollte und nicht mehr in den Flur.

Wir öffneten die Tür, legten eine Spur aus Kräutern und Gemüse nach draußen in den Garten und ich gab ihm freundlich zu verstehen, dass er sich jetzt gefälligst verpissen solle.

Tat er aber nicht.

Santa kaute sich durch die Spur von Lebensmitteln, drehte dann um und kam wieder zurück.

„War so nicht geplant, oder?", wandte ich mich an Bernd.

Der versuchte mit verschiedenen Geräuschen das Rentier zu verscheuchen, erntete aber dafür nur infernalisches Lachen von uns.

Wütend stapfte er ins Haus und kam kurz darauf mit einem – sicherlich legal erworbenen – Gewehr zurück.

„Kartoffeln und Gemüse dazu?", fragte ich und rieb mir die Hände, während Lilja und Jaanika ihn erschrocken anschauten.

Bernd lud das Gewehr durch und schoss in die Luft.

Santa erschrak, setzte zum Wegrennen an, drehte dann aber auf der Stelle um und rannte zu Jaanika.

„Vielleicht doch Kartoffelpüree?", feixte ich weiter, während Bernd nachlud.

„Stopp!", rief Lilja laut und baute sich vor Bernd auf.

Das kleine Fellknäuel zitterte und schmiegte sich an
Jaanika, die es hochnahm und wieder ins Haus brachte.
Lilja bedachte uns mit bösen Blicken und folgte ihr
dann.

„Nette Flinte“, bemerkte ich anerkennend und zündete mir einen Zigarillo an.

Bernd brachte das Gewehr weg und kam mit zwei
Bier wieder nach draußen. „Sound of nature“, kommentierte er das Geräusch der sich öffnenden Dose und
setzte sie an den Mund.

„Kippis“, pflichtete ich ihm bei und trank ebenfalls einen Schluck.

Es galt, noch ein paar Reparaturen auf dem weitläufi-
gen Hof zu tätigen, und wir klotzten den ganzen Nachmittag ran, bis Jaanika uns rief und darum bat, die
Sauna anzuheizen.

Ein paar Minuten später räumten wir das Werkzeug
zusammen, folgten ihrer Bitte und bereiteten uns auf
das abendliche Ritual vor.

Plötzlich stand Santa Claus neben mir und schaute
mich aus seinen Kulleraugen an.

„Na, Scheißerchen, was ist los?“

Er beschnupperte mich kurz, verzog sich dann in ein
nahes Gebüsch und setzte dort seinen Haufen.

„Na siehst du. Geht doch!“, beglückwünschte ich ihn
applaudierend. „Den wirst du nicht mehr los“, wandte
ich mich an Bernd, der kopfschüttelnd abwinkte.

Als der Saunaofen ordentlich bollerte, blieben wir
noch eine Weile stumm davor sitzen und wärmten uns
auf. Nach einer Weile schaute Bernd mich von der Seite
an.

„Was?“, fragte ich, da er keine Anstalten machte, etwas zu sagen.

„Wie geht es bei dir weiter?“

„Keine Ahnung. Im Moment ist das alles so weit weg. Ich … ich will eigentlich gar nicht daran denken. Hier ist es einfach schön … ruhig, friedlich … entspannt.“

„Ich geh mal Holz holen“, brummte er, klopfte mir auf die Schulter und verschwand nach draußen.

Ich nahm mein Telefon aus der Jacke und schaltete es nach kurzer Überlegung ein. Ohne den kleinen Piepskasten, der einen zum Sklaven der modernen Welt machte, ging es die letzten Tage wunderbar, doch die Neugier war stärker.

Rengers, Annas und auch Christinas Namen standen im Nachrichteneingang. Wollte ich das wirklich lesen?

Rengers war auf der Suche nach einem Aktenordner. Okay, die Frage konnte ich schnell beantworten.

Anna machte sich Sorgen, da die Verbindung vor ein paar Tagen plötzlich abgebrochen war und sie mich danach nicht mehr erreicht hatte. Ob es mir gut ginge. Ich möge bitte ein kurzes Lebenszeichen senden.

Christina wollte wissen, warum ich nicht noch mit zu ihr hochgekommen sei, ob es mir in Finnland gut gehe und ob wir bald mal wieder einen Kaffee trinken gehen wollten.

Ich antwortete weder Anna noch Christina, schrieb Rengers, wo er den Ordner finden konnte, und schaltete das Telefon wieder aus, gerade als Bernd hereinkam.

„Soll ich hierbleiben, in Finnland?“, richtete ich mich an ihn.

„Willst du das wirklich?", fragte er und reichte mir ein *Karhu*.

„Ich weiß nicht. Zurück will ich irgendwie auch nicht."

„Ganz ehrlich? Mir würde es gefallen und Lilja mit Sicherheit auch."

Schweigend tranken wir unser Bier, und erneut spielte ich gedanklich durch, wie es wäre, meine Zelte in Deutschland abzubrechen und auszuwandern.

Konnte ich das? Würde es funktionieren? Es war ja nicht wie eben mal aus der Großstadt in ein nahes Dorf zu ziehen. Und bei Heimweh mal eben rüberfliegen würde auf Dauer auch ganz schön ins Geld gehen.

Hm.

Bernd und Jaanika beanspruchten an diesem Abend die Sauna als Erstes. Damit war klar, dass Lilja und ich zusammen gehen würden.

*Kann ja nur lustig werden*, sinnierte ich, während ich später meinen Bademantel holte.

Auf dem Rückweg streichelte ich Santa, der in seinem Karton im Flur lag, über den Kopf und entwickelte langsam so etwas wie Vatergefühle.

Lilja kam genau in dem Augenblick aus dem Wohnzimmer, grinste wie ein Honigkuchenpferd und fragte: „Na, Papa. Fertig für die Sauna?"

Papa. Um ein Haar wäre das ja bald wirklich meine Bestimmung geworden, kam es mir dabei in den Sinn, und ich seufzte beim Gedanken an Christina und ihre leuchtenden Augen, als sie davon überzeugt gewesen war, schwanger zu sein.

„Habe ich was Falsches gesagt?", fragte Lilja, meine Sorgenfalten begutachtend.

Ich zog am Gürtel ihres Bademantels und bemerkte grinsend: „Nein. Alles gut. Lass uns in die Sauna gehen."

„Hey, hey. Nicht so frech!", mahnte sie gespielt, und wir verließen das Haus.

Auf dem Weg sprach Lilja kurz mit Jaanika, die uns entgegenkam, und bat mich dann, schon mal vorzugehen, sie wollte noch kurz etwas mit ihrer Schwester besprechen.

Ich begab mich zur Sauna, blickte auf den See, sog die Luft ein, betrachtete die kleinen platschenden Wellen und setzte mich auf einen Baumstamm.

Hier leben? Mit Lilja vielleicht? Einfach ausbrechen. Neu anfangen ohne das gewohnte Umfeld, die Sicherheit, den täglichen Trott? Ohne Rengers, ohne Anna, ohne Christina?

Ich zündete mir einen Zigarillo an und trank einen Schluck Bier.

Erneut schweifte mein Blick über den See.

Lilja kam aus dem Haus, bewegte sich mit dem viel zu kurzen Bademantel grazil auf mich zu.

Mit schmachtendem Blick beobachtete ich sie und dachte nach. Sie war gebildet, gutaussehend, humorvoll und mir nicht abgeneigt. Was wollte ich eigentlich mehr? Warum haderte ich, statt einfach meinem Gefühl zu folgen?

Lilja kam näher.

Waren es die zweitausend Kilometer Entfernung zur Heimat? Würden die es mir schwer machen? Das fremde Land, die fremde Sprache?

Lilja stand jetzt direkt vor mir und sah bezaubernd aus.

Ich musste mich dringend noch einmal mit Bernd unterhalten.

„Na, immer noch in Gedanken?" Sie nahm mir die Dose aus der Hand, trank sie auf Ex, rülpste in beachtlicher Lautstärke, nahm meine Hand und zog mich in die Sauna. Dort rieb sie ihren Körper mit lauwarmem Wasser ein, während ich sie dabei beobachtete und seufzte. „Sebastian, was ist denn los mit dir? Hast du Sorgen?", fragte sie und unterbrach das Ritual.

„Ich weiß nicht. Ich habe nur so nachgedacht."

„Okay. Und worüber?"

„Ich bin so gern hier. Ich fühle mich hier so wohl."

„Du spielst mit der Anschauung, hierherzuziehen?"

„Ähm … mit dem Gedanken, ja", verbesserte ich sie leise und fügte hinzu: „Aber ich bin immer nur als Gast hier, für Tage, maximal Wochen. Was ist, wenn ich die Entscheidung treffe und dann merke, dass es falsch ist?"

Lilja widmete sich erneut dem Wasser, stoppte dann aber und entgegnete das, was ich nicht hören wollte.

„Wenn du es nicht probierst, wirst du dir vielleicht ewig den Kopf darüber kaputtmachen, warum du es nicht getan hast."

Sie hatte recht. Abgesehen von ihrer Wortwahl.

„Komm. Setz dich zu mir. Jetzt ist Sauna. Also keine schlechten Gedanken", flüsterte sie, wies auf den Platz neben sich und begann damit, mich zu massieren.

Themenwechsel.

Schon mal Sex in der Sauna gehabt? Schön zweisam bei schummrigem Licht und mit verschwitzten, sich aneinander reibenden Körpern? Hört sich entspannter an, als es ist. Glaubt mir!

Keuchend und außer Atem verließ ich nach dem Liebemachen die Lokalität für eine kleine Pause und ein *Karhu.*

Lilja folgte mit unbefriedigtem Blick und fragte: „Noch eine Runde?"

„Sauna oder das andere?", japste ich nach Luft ringend.

Sie nippte an meinem Bier und flüsterte schelmisch: „Wie du magst."

Erneut war mein Kopf voll von all den Überlegungen und möglichen Plänen. Ich musste mit Bernd reden. Wenn ich auch nur ansatzweise weiter mit dem Gedanken spielen wollte, hierherzuziehen, dann brauchte ich zumindest einen Job. Ohne ging es nicht.

„Kommst du?", unterbrach Lilja meine Gedanken.

„Noch mal?", jammerte ich gespielt.

„In die Sauna?"

„Ach so … das … ja", säuselte ich, wischte mir den Schweiß von der Stirn und folgte ihr.

Glücklicherweise legte sie es nicht auf eine zweite Runde an und nach zwei weiteren Saunagängen begaben wir uns wieder ins Haus.

Bernd thronte, in Bademantel und unbeschreiblich hässlichen selbstgestrickten Socken, in seinem Fernsehsessel und verfolgte die Bilder im TV. „Na, Kinder. Alles klar bei euch?", begrüßte er uns und zeigte auf den Tisch, wo bereits drei Gläser Wodka standen.

Wir prosteten uns zu, tranken, und Lilja verschwand daraufhin, um sich umzuziehen.

Ich wandte mich räuspernd an Bernd. „Schatz. Wir müssen reden!"

„Oh Kacke. Das hört sich nicht gut an", alberte er.

„Gehen wir mal davon aus ... rein hypothetisch ... ich würde mit dem Gedanken spielen, hierherzuziehen. Ich bräuchte ja einen Job ..." Ich ließ den Satz unvollendet.

„Denselben Scheiß wie bei Rengers? Oder wie wäre es mit anständiger Arbeit?", polterte Bernd augenzwinkernd.

Gekränkt funkelte ich ihn an und zog die Augenbrauen hoch.

„Okay, okay", sagte er entwaffnend und kratzte sich nachdenklich am Kinn. Dann leuchteten seine Augen. „Lass mich mal die Tage telefonieren. Ich habe da eine Idee!"

Ich versuchte ihn zu bremsen. „Hey, langsam. Es wäre nur für den Fall, dass ..."

„Schon klar. Keine Angst", beruhigte er mich.

Ich verabschiedete mich daraufhin von Bernd und stiefelte nach oben in mein Zimmer. In meinem Bett lag Lilja und schnarchte.

Vorsichtig legte ich mich neben sie, zog die Decke über uns beide, betrachtete sie sehnsuchtsvoll und lächelte in mich hinein.

Meine Gedanken flogen zurück zu unserem allerersten Treffen. Wäre ich womöglich längst mit Anna zusammen, wenn ich Lilja nicht kennengelernt hätte? Warum konnte ich mich, wenn man es mal runterbrach, nicht zwischen den beiden entscheiden? Hatte ich Angst, die falsche Entscheidung zu treffen?

Vorsichtig strich ich ihr eine Strähne aus dem Gesicht und fühlte mich am richtigen Ort und bei der richtigen Frau. Lilja war perfekt, wie für mich gemacht. Ich musste mir dessen nur bewusst werden.

Am kommenden Morgen schlug ich die Augen auf und mir wurde bewusst, dass es nur noch zwei Tage bis zu meiner Heimreise waren.

Ich wollte nicht weg.

Lilja schlief noch, sah zum Anbeißen aus, und ich überlegte, ob ich sie wecken sollte.

„Hey, Lilja. Da. Ein Eichhörnchen!“, flüsterte ich nach kurzem Überlegen.

„Wo? Hier drin?“, fragte sie verschlafen.

„Keine Ahnung, wollte dich nur wecken.“

Sofort bekam ich ein Kissen ins Gesicht. „Idiot.“

„Und da, ein Elefant. Guck doch!“, spaßte ich weiter und zog ihr die Decke weg.

„Hey, lass das!“, brummte sie und versuchte sich die Decke zu schnappen.

Ich kuschelte mich an sie, sog den Duft ihrer Haare ein und flüsterte ihr ins Ohr: „Danke!“

Lilja drehte sich um und versuchte zu ergründen, wie ich das gemeint hatte. „Was meinst du mit danke?“

Ich sah ihr in die Augen und sagte leise: „Dass ich neben dir aufwachen durfte.“

Sie lächelte kurz, machte dann aber ein ernstes Gesicht. „Ich muss nachher wieder weg. Muss morgen arbeiten.“

„Mist.“ Die Stimmung war dahin.

Stumm lagen wir nebeneinander, und mir wurde immer klarer, dass ich nicht ohne sie sein wollte. Nur so richtig eingestehen konnte ich es mir nicht.

Und dann sagte ich, ohne darüber nachzudenken: „Soll ich noch zwei Tage mit zu dir kommen?“

Liljas Augen begannen zu leuchten und sie sagte leise: „Es würde mir sehr viel bedeuten!"

Als wir unsere Idee später im Wohnzimmer kundtaten, war Bernd natürlich nicht sehr angetan davon, dass ich ihn erneut für Lilja sitzen ließ. Aber irgendwie verstand er es auch ... ein bisschen. Ein wahrer Freund eben.

Ich packte Klamotten für die zwei Tage ein. Da ich ja auf dem Weg zum Flughafen eh wieder hier vorbeikommen würde, konnte ich den Rest meiner Sachen hierlassen. Dann fuhr ich mit Lilja nach Oulu. Diesmal jedoch nicht wegen irgendwelcher Katastrophen, sondern nur wegen ihr.

Es folgten zwei wundervolle Tage mit genau der richtigen Mischung aus Romantik, Sex, gutem Essen und Zweisamkeit. Gefühlt war ich in meinem Leben zuvor nie so glücklich, zufrieden und guter Dinge gewesen.

Während Lilja arbeiten ging, schlenderte ich durch die Stadt, informierte mich über mögliche Jobs, einen finnischen Sprachkurs und studierte, so gut es mit meinem lausigen Finnisch ging, den hiesigen Wohnungsmarkt.

Als ich am Morgen der Abreise wach wurde, schienen mir die zwei Tage wie in Minuten vergangen. Ich sträubte mich dagegen, die Realität anzuerkennen.

Lilja ließ mich nicht gehen, meinte, mich zur Not ewig im Bett festhalten zu wollen. Erst als ich einwandte, dass ich wirklich ziemlich dringend auf Toilette müsse, entließ sie mich.

Die Rückfahrt wurde unter Missachtung der Geschwindigkeitsbegrenzung – und mit viel Glück ohne Polizeikontrollen – bewältigt. Schnell packte ich meine restlichen Sachen zusammen, und Bernd, Jaanika und Lilja brachten mich nach Kajaani zum Flughafen.

Kurz vor Ende des Boardings verabschiedete ich mich zuerst von Jaanika und Bernd und zum Schluss von Lilja, die ihren harten Kern über Bord warf und jämmerlich weinte.

„Rakastani, ich vermisse dich jetzt schon!", entrann der folgenschwere Satz meinen Lippen, und Lilja rang nach Luft.

„Komm bald wieder. Ruf mich an. Ich will dich wiedersehen."

Wir küssten uns ein letztes Mal, und ich betrat den Sicherheitsbereich, sah, wie Lilja in Jaanikas Armen lag. Diese sah mich wütend an, und in ihren Augen las ich, was sie damals zu Lilja gesagt hatte. „Verrenn dich nicht, kleine Schwester ..."

In der Maschine von Helsinki nach Frankfurt befanden sich ein paar Personen jener Spezies, die ausgelassen zu klatschen begannen, wenn das Flugzeug aufsetzte.

Ich schlug mir innerlich die Hand vors Gesicht, konnte dann aber nicht an mich halten und brummte laut genug, dass mich auch die vier Reihen vor und hinter mir noch gut hören konnten: „Euch ist schon klar, was jetzt noch alles passieren kann?"

Ein zaghaftes: „Aber das macht man doch so", ertönte von Platz 23 C. Ich richtete mich auf und erblickte eine grauenhafte Frauenfrisur.

„Du klatschst doch auch beim Friseur, wenn er fertig ist, oder?"

Zu Hause angekommen erwarteten mich nur Dunkelheit, vertrocknete Pflanzen und Tiefkühlpizza.

„Alexa: Licht. Alexa: Schreibe Pizza auf meine Einkaufsliste. Alexa: Warum liegt hier eigentlich Stroh?",
rief ich in den Hausflur und bekam prompt Ergebnisse
und Antworten.

Mit der Pizza und einem kalten Bier bequemte ich
mich auf die Couch und schaltete den Fernseher ein.

*Finnland*, rumorte es in meinem Schädel und ich
stand, nachdem ich die Pizza vertilgt hatte, auf, holte
mir einen Block und einen Stift und notierte, wie ich
denn vorzugehen hätte, wenn ich diesen Schritt wirklich gehen wollte.

Am kommenden Morgen drehte ich mich nach dem
Klingeln des Weckers noch mehrfach um, vermisste Liljas Nähe nach dem Aufwachen und stand mit schlechter Laune auf.

Die schönen Tage waren vorbei und der Alltagstrott
fing wieder an. Dazu noch Anna. Am liebsten wäre ich
wieder ins Bett gegangen und hätte mir die Decke über
den Kopf gezogen. Ging aber nicht.

Ich öffnete die Garage, stieg ins Auto, drehte den
Zündschlüssel um und – es passierte nichts.

Richtig! Die Batterie befand sich gut zweitausend Kilometer weiter nördlich und fütterte Bernds Benz mit
Strom.

# Was lange gärt

Das erste Juniwochenende war angenehm warm, ich saß gemütlich auf der Terrasse und starrte auf den Bildschirm meines Laptops.

Mittlerweile hatte ich das Manuskript für mein Buch fertig, mehrfach Probe gelesen und, so hoffte ich, alle Rechtschreib- und Grammatikfehler beseitigt.

Ich war startklar für die Karriere als Autor. Jetzt galt es, das Buch unter die Leute zu bringen. Mich bei Verlagen anzubiedern, erschien mir allerdings als unpassend und zu zeitaufwendig.

Ich war ein Debütant und realistisch genug, um zu wissen, dass ich mindestens ein halbes Jahr lang Klinken putzen müsste, um überhaupt irgendwie Gehör zu finden. Aber ich hatte Tommy im Gepäck und das war ja auch schon was. Natürlich konnte ich nicht großartig mit ihm werben, vielleicht am Rande erwähnen, dass er darin vorkommt, aber schon.

Ich suchte mir einen Anbieter, bei dem ich mein Buch professionell im Selbstverlag drucken lassen konnte, erledigte die dafür geforderten Anpassungen, zimmerte mit einem Zeichenprogramm ein Cover zusammen und nach zwei zermürbenden Wochen des Wartens hielt ich es endlich in der Hand.

Mein erstes Buch!

Stolz wie Bolle trug ich es durch das Haus und suchte in meinem Bücherregal einen besonders schönen Platz. Die restlichen neunundvierzig bestellten Exemplare ließ ich in einem Karton im Hausflur stehen. Ideal zum Verschenken. Nie wieder Gedanken um Geburtstagspräsente machen müssen. Das war doch klasse!

Dann überlegte ich, wem ich damit gleich eine Freude bereiten könnte, machte sofort ein kleines Paket mit drei Büchern fertig und adressierte es an Bernd.

Zehn Stück nahm ich mit ins Büro und legte sie gut sichtbar auf den Schreibtisch. Ja, ich gebe zu, ich war ein wenig überschwänglich, was die Qualität und Aussage meiner Geschichte betraf. Aber hey, ich hatte ein Buch geschrieben.

Darauf zu kommen, dass etwaige Leser, die mich kannten, darauf schließen würden, dass es in dem Buch um mich, beziehungsweise um sie ging ... Das hatte ich irgendwie nicht auf dem Schirm.

### *Zwei Tage später.*

Mittlerweile hatte ich gönnerhaft – und die Tatsache kleinredend, ein Buch geschrieben zu haben – zwanzig Exemplare gratis in der Firma verteilt, da stürmte Anna in mein Büro.

„Bist du denn von allen guten Geistern verlassen?", herrschte sie mich an.

„Warum?", fragte ich perplex.

Sie warf eines meiner Bücher auf den Schreibtisch und funkelte mich böse an. „Dir ist schon klar, dass jeder der eins und eins zusammenzählen kann, weiß, dass es hier um dich und mich geht?"

„So habe ich das nicht gesehen“, antwortete ich zögerlich.

„Oh Mann. Immer wenn ich denke, es kann nicht schlimmer kommen …“ Sie setzte sich und legte die Hände vor ihr Gesicht.

Ich versuchte passende Ausreden zu finden, aber mir fiel nichts ein. Stumm stand ich vor ihr und wartete darauf, dass sie etwas tat.

„Wie war Finnland?“, wechselte sie abrupt das Thema.

„Ganz nett. Etwas turbulent, aber nett“, umschrieb ich die Geschehnisse.

„Wie geht es den dreien? Habe schon lange nicht mehr mit Lilja telefoniert.“

„Denen geht es gut. Die haben alles, was sie brauchen.“

„Das mit dem Buch, Sebastian. Mann … warum? Musste das wirklich sein?“, fing sie erneut an, mich zurechtzuweisen.

„Welcher Teil davon?“

„Es zu schreiben, hier zu verteilen. Mich darin vorkommen zu lassen, zum Beispiel?“ Sie wurde wieder etwas lauter.

Ich zuckte mit den Schultern.

„Klar. Verstehe schon. Hauptsache du hast es getan, ohne Rücksicht auf Verluste. Hauptsache es geht um dich!“ Anna schüttelte den Kopf, stand auf und verließ wortlos das Büro.

Ich nahm das Buch vom Tisch, streichelte über das Cover, sagte: „Sie meint es nicht so“, und stellte es dann in mein Regal.

Erneut sprang die Tür auf und Rengers stürmte herein.

„Alter Falter. Ich habe ja seit der Schule nicht mehr gelesen. Aber das Ding hier ... echt Porno ... Mann, Mann, Mann. Wenn ich nicht wüsste, dass du so ein ruhiger Zeitgenosse bist ... Ich würde es glatt glauben!", grölte er und tippte immer wieder mit dem Finger auf das Buch, das er mit der anderen Hand festhielt. Dann wurde er etwas ruhiger und brummte: „Ich hoffe, du hast das in deiner Freizeit geschrieben und nicht hier?!"

„Natürlich zu Hause. Hier habe ich ja wohl genug zu tun", log ich und fragte: „Wie weit bist du?"

„Wie? Wie weit?"

„Wie viele Seiten des Buches hast du gelesen?"

„Äh ... glaube vierzehn oder fünfzehn oder so."


In den kommenden zwei Wochen inspizierte ich täglich mehrfach die Verlagsseite, um die aktuellen Verkäufe im Blick zu haben.

Es lief irgendwie nicht ganz so, wie ich es mir vorgestellt hatte. Nach knapp drei Wochen zog ich ein Zwischenfazit.

Die Verkaufszahlen mit dem Stand vom 23. Juni: siebenundfünfzig Exemplare.

Rechnete ich die fünfzig Exemplare ab, die ich selbst gekauft hatte, und dazu die Tatsache, dass zwei weitere Bücher von meiner Mutter erworben worden waren, war das schon ziemlich ernüchternd.

Mein Ich-wandere-nach-Finnland-aus-Zettel hatte mittlerweile auch mehrfach Änderungen erfahren, wurde von zwei Bierflecken und etwas getrocknetem

Schmelzkäse geschmückt und hing traurig am Kühlschrank.

Es war Freitag, 18:00 Uhr und ich war in Wochenendstimmung, sprich: bequeme Hose, Bier, Couch, ein paar Schallplatten und sterile Konversation mit Alexa. *Irgendwie wirst du komisch*, dachte ich über meine Situation nach, hatte aber auch keinerlei Ambitionen, etwas daran zu ändern.

Es klingelte an der Tür.

Ich rollte mit den Augen, stellte die Musik leiser und tapste nach unten.

„Kannst du das Buch nicht zurückrufen?", prasselte es sofort auf mich ein, nachdem ich die Tür geöffnet hatte.

„Warum? Es verkauft sich gut", log ich.

„Umso schlimmer! Bitte. Ich schlafe schon schlecht."

„Aber nicht wegen mir", versuchte ich, witzig zu antworten.

„Sebastian. Ich meine es ernst."

„Kommst du rein oder wollen wir das hier draußen besprechen?"

Anna huschte an mir vorbei und ich schloss die Tür.

„Küche oder Wohnzimmer?", fragte sie und ich brummte: „Mir egal."

Sie steuerte die Küche an, öffnete den Kühlschrank, nahm sich ein Corona und fragte, ob ich auch eins wolle.

„Wenn ich darf?", gab ich zurück, und sie reichte mir eine Flasche.

Wir setzten uns an den Küchentisch, und Anna machte mir Vorwürfe, merkte aber bald, dass diese an mir abprallten.

Nach einer Weile wechselten wir das Thema, unterhielten uns erst über die Firma, dann über den besagten Abend, an dem Tommy uns gestört hatte, und letztendlich über unser Telefonat, als ich in Schweden war. Während sie davon erzählte, was in der Firma so passiert war, als ich weg war, schweiften meine Gedanken ab.

*Nein! Du findest sie nicht großartig. Sie sieht nicht umwerfend aus. Du hegst keinerlei Ambitionen, was sie betrifft, und du wirst sie jetzt bitten, zu gehen. Sag ihr, dass du müde bist und ins Bett gehen willst. Das mit Lilja läuft prima und du konzentrierst dich jetzt auf deine Zukunft in Finnland,* sprach Engelchen auf meiner linken Schulter. Doch der hatte nicht das alleinige Sagen.

*Alter. Noch zwei Bier und dann trägst du sie ins Schlafzimmer und zeigst ihr, was du draufhast. Sie steht auf dich, und du könntest mal wieder etwas Sex vertragen. Los jetzt. Hör auf mit den dummen Überlegungen. Ran an den Speck,* tönte Teufelchen von der rechten.

„Worüber denkst du nach?", unterbrach Anna den Schlagabtausch der zwei Nervensägen.

„Engelchen und Teufelchen."

„Bitte was?", fragte sie irritiert.

„Engelchen ist so ein bisschen der Verstand, der dir sagt, was du tun solltest, um die Moral zu wahren. Teufelchen ist eine kleine Drecksau und steht auf Vergnügen, ohne Gedanken an den Morgen danach zu verschwenden."

„Und was erzählen dir die beiden gerade?"

„Das willst du nicht wirklich wissen."

Plötzlich stand Anna auf, kam um den Tisch herum, setzte sich auf meinen Schoß und sah mich verklärt an.

Ihr Mund näherte sich meinem Ohr und sie flüsterte: „Ich hoffe doch, dass Teufelchen gewinnt.“

Ich drehte mich zu ihr und sagte leise: „Finde es doch heraus?“

Dann küssten wir uns.

Ungestüm begann sie, mir das T-Shirt auszuziehen, und ich tat dasselbe bei ihr. Annas BH folgte, und das imaginäre Teufelchen hüpfte jubelnd auf meiner Schulter auf und ab.

„Schlafzimmer?“, fragte ich, und sie seufzte: „Mir egal. Hauptsache Sex!“

Ich trug sie nach oben, und auf dem Bett liegend raunte sie mir mit verführerischer Stimme zu: „Egal, was kommt?“

„Egal was kommt!“

Niemand rief an.
Niemand stürmte ins Zimmer.
Nichts explodierte.
Kein Feueralarm ging los.
Wir hatten einfach tollen Sex.

Als ich am nächsten Morgen wach wurde, war Anna verschwunden.

Ich suchte das Haus ab, dachte an einen Scherz, aber als ich bemerkte, dass auch ihre Tasche und ihre Schuhe weg waren, stellte ich die Suche ein.

„Einfach verschwunden! Alexa. Kannst du das glauben?“, rief ich in den Hausflur.

„Ich habe die Frage leider nicht verstanden“, antwortete diese devot. Ich winkte ab und ging in die Küche.

Bei einem großen Pott Kaffee überlegte ich, ob ich Anna anrufen oder ihr schreiben sollte, konnte mich letztendlich aber nicht dazu durchringen.

Während ich das Haus putzte, sinnierte ich über die vergangene Nacht, und es machte mich schier wahnsinnig, keinen Grund dafür erkennen zu können, warum sie gegangen war.

Der Gedanke, Bernd anzurufen, kam mir in den Sinn, und ich tat es sogleich.

„Nicht dein Ernst? Ihr habt wirklich ... also so richtig?", feixte er am anderen Ende der Leitung, als ich mit meiner Erzählung fertig war.

„Ja, so richtig. Und dann ist sie irgendwann einfach gegangen", wiederholte ich.

„Ruf sie an. Frag nach", empfahl er.

„Ich trau mich nicht", gab ich kleinlaut zu.

„Alter, du bist erwachsen. Was soll das denn jetzt für ein pubertierender Blödsinn werden?"

„Weiß nicht. Ich habe irgendwie Angst."

„Sebastian. Unter uns. Wir sind seit zig Jahren miteinander befreundet, aber in dieser Beziehung verstehe ich dich nicht. Bist du hier bei mir, dann ist Lilja dein Ein und Alles, zu Hause Anna und vorher auch noch ein bisschen Christina. Du solltest dir langsam mal darüber klar werden, was du eigentlich willst. Dieses Hin und Her ... Du machst dich unglücklich und andere auch, verstehst du?"

Nach einer kurzen Pause gab ich zu: „Du hast ja recht."

„Natürlich habe ich recht. Nur hören willst du es nicht. Mensch Junge. Entscheide dich und hör auf mit diesem Pingpong."

Nach einer weiteren Pause gab ich ihm nochmals recht und dankte ihm für seine ehrlichen Worte, dann legte ich auf.

Missmutig schaute ich auf das Display meines Telefons, überlegte noch einmal kurz, Anna zu kontaktieren, legte es aber wieder weg, stand auf und ging zum Kühlschrank.

Ich wollte mich ändern, erwachsen werden, endlich mein Leben auf die Reihe bekommen.

Als ich die Kühlschranktür schloss und die Flasche Bier in meiner Hand betrachtete, wurde mir klar, dass es gerade einmal kurz nach 09:00 Uhr war.

Erschrocken darüber stellte ich die Flasche wieder zurück, nahm mir einen Block und einen Stift und begann unter der Überschrift „Endlich erwachsen werden" zu notieren:

1. Zwischen Anna und Lilja entscheiden.
2. Weniger saufen.
3. Weniger rauchen.

Dazu schrieb ich noch weitere (zumeist) unsinnige Dinge und betrachtete zufrieden meinen Masterplan. Es galt in erster Instanz, Anna anzurufen. Davor hatte ich aber irgendwie Schiss. Also suchte ich nach Ausreden, um es nicht tun zu müssen, und fuhr mein Auto waschen, dann einkaufen und prophylaktisch in den Baumarkt. Hier ließ ich mich inspirieren, meinen Garten umzugestalten, und kaufte jede Menge Zeug.

Vor den Pools blieb ich stehen und verglich die Preise. Verdammt, die Dinger wurden schon wieder teuer.

Wieder zu Hause hatten meine Tiefkühleinkäufe von vor drei Stunden ihre Konsistenz ein wenig verloren, und ich sortierte sie schnell in den Gefrierschrank ein.

Immerhin, ich würde das Wochenende im Garten verbringen und hatte damit keine Zeit für Punkt 1 meiner Liste.

Nachdem ich fast alles aus dem Auto ausgeladen hatte, griff ich nach dem Sack Blumenerde, zog ihn nach vorn und er riss über die gesamte Länge auf und erbrach seinen Inhalt in den Kofferraum. Fluchend richtete ich mich auf, stieß mir den Kopf an der Kofferraumklappe und trat dann vor Schmerz gegen die Stoßstange, die einen bleibenden Schaden erlitt.

„Verfickte Scheiße!", brüllte ich und hüpfte hinter dem Auto herum, denn mein Fuß schmerzte nun ebenfalls.

Nach einem Beruhigungszigarillo holte ich Reinigungsmittel und den Staubsauger und putzte, polierte und wienerte mein Auto.

Um 18:00 Uhr beschloss ich, dass ich eisern genug gewesen war, und öffnete ein Bier.

„Hm. Lecker!", lobte ich mich für den bisherigen Verzicht und leerte die Flasche schnell. Eine zweite folgte, und dann nahm ich das Telefon und begann eine Nachricht an Anna zu verfassen.

> *Hallo Anna! Warum bist du heute früh verschwunden?*

*Hört sich beschissen an, wertete ich und löschte es wieder.*

> *Hey, Kleines. Was war heute früh los?*

*Auch das klang doof.*

*Ist was passiert, dass du losmusstest?*

„Herrgott noch mal! Die Frage hättest du ja wohl ein wenig eher stellen können!", fluchte ich laut.

*Habe ich etwas falsch gemacht?*

Auch der Text war bescheuert und ich legte das Telefon beiseite.

„Alexa: Spiele *Mutilation Rites*. Alexa: Lautstärke zehn!", plärrte ich meiner virtuellen Mitbewohnerin entgegen, der meine Laune so was von egal war und die meinen Wunsch – wie fast immer – ohne zu murren erfüllte.

Nachdem ich mich etwa eine halbe Stunde an der wundervollen Musik ergötzt hatte, piepte mein Telefon. Eine Nachricht von Anna.

Wollte ich sie lesen? Wollte ich wissen, was sie mir schrieb?

Ich stand auf und lief kreuz und quer durch die Küche. Eisern missachtete ich das Bier im Kühlschrank, nahm mir ein Wasser, setzte mich wieder an den Tisch und nahm das Telefon in die Hand.

Es tut mir leid. Einfach zu gehen war doof. Ich dachte, dass es die richtige Entscheidung war, mit dir zu schlafen, aber mein Bauchgefühl sagt mir, dass es falsch gewesen ist. Ich weiß auch nicht. Ich muss einen klaren Kopf bekommen, hoffe, du bist nicht sauer. LG Anna.

„Leck mich!", blaffte ich das Telefon an, welches ja eigentlich überhaupt keine Schuld traf. Dann holte ich mir doch ein Bier und nach kurzem Zögern ein Glas Whisky, entschuldigte dies mit meinem Gemütszustand und gab mich dem Alkohol hin.

Böser Fehler, denn am kommenden Morgen kam, was kommen musste.

Ich hatte mir am Vorabend so die Lichter ausgeschossen, dass der Kater nach dem Aufwachen buchstäblich im Dunkeln saß.

Ich tapste – nachdem ich es im sechsten Anlauf geschafft hatte, aufzustehen – eine giftgrüne Alkoholfahne vor mir hertreibend in die Küche.

Bei Kaffee und Kopfschmerztabletten nahm ich mein Telefon, und sofort wurde mir beim Blick auf meinen letzten Chatverlauf flau im Magen.

Irgendwann hatte ich am vorhergehenden Abend eine WhatsApp-Gruppe eröffnet, deren Mitglieder Anna, Lilja und ich waren. Als Gruppennamen hatte ich „Sebastian klärt auf" gewählt und eine sehr abstruse Abhandlung über meinen Blick auf das Leben, die Liebe, Gott und die Bedeutung der Zahl 42 geschrieben. Über die Rechtschreibfehler rede ich mal eben nicht.

„Ach du Scheiße", entfuhr es mir und ich legte das Handy schnell wieder weg, um einen Schluck Kaffee zu trinken.

Vorsichtig, beinahe ehrfürchtig, nahm ich nach einer Weile das Telefon wieder in die Hand und öffnete den Verlauf der Gruppe erneut.

Etwa zehn Minuten nach meinem Pamphlet hatte Anna in der Gruppe gefragt, ob ich etwas getrunken hätte und es wegen ihr sei.

Lilja stieg kurz darauf ein und fragte, ob es mir gut ginge und was ich mit meinem Text aussagen wolle.

Anna wiederum versuchte Lilja zu erklären, dass ich wahrscheinlich zu tief ins Glas geschaut hatte, und empfahl mir dringend, ins Bett zu gehen.

Lilja erkundigte sich nach meinen „Plänen" und ich antwortete:

*Läuft! *Daumen-hoch-Emoji* *Zwinkersmiley* *Smiley-mit-rausgestreckter-Zunge**

Anna fragte, welche Pläne das seien, und Lilja antwortete:

*Finnland!*

Woraufhin Anna fragte:

*Schon wieder?*

Ich schrieb:

*Jo Baby, jo Baby, jo Baby, JO!!!
*verschiedene Smileys**

Dann war von mir nichts mehr zu lesen, und die beiden schweiften ab und landeten beim Thema Cocktailrezepte.

Diese Diskussion dauerte laut Zeitstempel noch eine Stunde, und dann beschlossen die beiden, bei Gelegenheit zu telefonieren.

Als ich am Ende des Gesprächsverlaufes angekommen war, wischte ich mir den kalten Schweiß von der

Stirn und beschloss, dass es an der Zeit war, mal eine Weile abstinent zu leben.

# Entscheidungen

Erstes Juliwochenende, die Sonne schien heiß vom Himmel, das Thermometer zeigte zweiunddreißig Grad Celsius und ich hatte keinen Pool.

Der wundervolle Teleshopping-Whirlpool hatte vor ein paar Wochen beschlossen, ganz chillig etwas Luft abzulassen.

Die mitgelieferten Flicken klebten wie Sau – an meinen Fingern wohlbemerkt. Nicht aber an der angeblich in der Raumfahrt erprobten Ultraspezial-Teflonbeschichtung des Pools. Was ich auch versuchte, welche Klebemittel ich auch verwendete; nichts hielt.

Als letzte Möglichkeit probierte ich, die Beschichtung des Pools an der schadhaften Stelle zu entfernen, nutzte dafür einen Spezialreiniger, dessen Geruch bereits beim Öffnen der Flasche meine Nasenhaare ausfallen ließ. Vorsichtig steckte ich einen Pinsel in das Gebräu, strich über die Außenhaut des Pools und da war sie weg, die Beschichtung.

Folgend auch die Schicht darunter und irgendwie fraß der Reiniger sich fröhlich immer weiter.

Ich schraubte die Flasche schnell wieder zu und beobachtete, wie sich ein dreißig Zentimeter großes Loch bildete.

Von wegen Weltraumforschung, ihr Opfer!

Mein anschließender Reklamationsversuch endete nach einem zweiwöchigen Scharmützel mit einem virtuellen Hausverbot beim Shoppingsender.

Aber zurück zum Thema.

Schwitzend saß ich also auf der Terrasse und nippte an einem alkoholfreien Weizenbier, stöberte durch das Internet, wo ich versuchte, eine neue Bademöglichkeit für den Garten zu ergattern.

Ich hatte seit Wochen keinen Tropfen Alkohol angerührt und fühlte mich merkwürdigerweise großartig und redete mir ein, dass es gesundheitlich nur zu meinem Besten sei.

Der Buchverkauf lief – wenn auch schleppend. Lilja und ich telefonierten beinahe täglich, Christina hatte jemanden kennengelernt, Anna hielt sich von mir fern, und ich hatte meinen Plan, nach Finnland auszuwandern, in die finale Phase gebracht. Einzig, was meinen Job anging, zögerte ich noch, Nägel mit Köpfen zu machen.

An meinem Haus hatte eine Filmproduktionsfirma Interesse, die es für die Erstattung meiner Fixkosten für sechs Monate, plus die Option auf weitere drei Monate mieten wollte. Damit hatte ich diesbezüglich wenigstens finanziell ein bisschen Luft.

Dass ich das noch bereuen sollte, wurde mir erst klar, als es zu spät war. Dazu aber mehr im dritten Teil.

Jetzt galt es, erst einmal ein entspanntes Wochenende hinter mich zu bringen, um am Montag Rengers reinen Wein einzuschenken und um eine Auszeit zu bitten. Ich musste ihm ja nicht sagen, dass es möglicherweise für immer sein würde.

Eine Nachricht poppte auf meinen Laptop auf. *„DRIN-GEND: NEUEN POOL KAUFEN!!!"* Mit verächtlicher Miene klickte ich die Erinnerung weg und prüfte meine E-Mails.

Neben dem üblichen Spam hatte ich eine Nachricht vom Autohaus Goldmann erhalten, die mich dazu aufforderte/einlud, zum Service zu kommen. Außerdem eine Info darüber, dass circa sechs Trilliarden meiner gesammelten Payback-Punkte verfallen würden, und eine Nachricht von der Facebook-Seite „Hunger ist der beste Koch für mich" mit der Info, dass mein Rezept für „Schweinehirn in Blätterteig" nicht so ganz die breite Masse treffen würde und darum bei deren Rezeptwettbewerb nicht berücksichtigt werde. Zu guter Letzt befand sich im Posteingang eine E-Mail vom Fischer-Verlag. Ich musste zweimal hinschauen.

*Sehr geehrter Herr Berger,*
*bei unseren Recherchen nach neuen Talenten sind wir auf Sie aufmerksam geworden. Nach intensiver Prüfung sind wir zu dem Schluss gekommen, dass Ihr aktuelles Werk „Goldfisch in der Urne" sehr gut in unser Programm passen würde. Bitte setzen Sie sich mit uns in Verbindung, um weitere Details zu besprechen.*

*Mit freundlichen Grüßen*
*Miriam Melcher*
*Fischer-Verlag, Frankfurt*

Ich las die E-Mail mehrmals und schaute mich vorsichtig um, ob nicht irgendwo eine versteckte Kamera montiert war.

Nochmals las ich die E-Mail ganz langsam und ehrfurchtsvoll.

Erst: *„Mimimi ... Jaud geht gar nicht ... lassen Sie das oder wir verklagen Sie ... wir sind was Besseres ... was erlauben Strunz?"* Und jetzt so?

Das Buchprojekt im Nachgang betrachtend platzte ich natürlich ein bisschen vor Stolz. Aber wem sollte ich davon erzählen?

Bernd. Na klar. Leider ging der nicht ans Telefon.

Mit hochgezogenen Augenbrauen ging ich weitere Möglichkeiten durch, wem ich mit dem Ritterschlag auf den Sack gehen konnte.

Und da wurde mir klar: Außer Bernd hatte ich eigentlich niemanden.

Hm. Freunde musste ich mir hier jetzt aber auch nicht mehr suchen, denn Finnland rückte ja näher.

Nach kurzer Überlegung rief ich meinen Arbeitskollegen Stefan Liebig an und fragte, ob er Lust auf spontanes Grillen heute Abend bei mir hätte. Stefan freute sich über den Anruf, sagte zu und bat darum, eine Begleitung mitbringen zu dürfen.

„Klaro. Essen ist genug da", verabschiedete ich mich und prüfte meine Vorräte, bevor ich in der Küche zu zaubern begann.

Gegen 18.:00 Uhr klingelte es, ich schwang mich zur Haustür und öffnete. Vor mir standen Stefan und – zu meinem großen Erstaunen – Thomas Graubein von Audi Goldmann.

*Ich hatte eigentlich Brüste erwartet!*, wäre mir fast rausgerutscht.

Während ich noch überlegte, wie ich das Ganze einordnen sollte, drückte mir Thomas eine Flasche Rotwein in die Hand und lächelte mich an.

„Hereinspaziert!", bat ich die beiden ins Haus und überlegte, ob es das war, was ich dachte, was es war.

Ich führte meine Gäste auf die Terrasse, bot Bier an, und Stefan, der meine ungefragte Frage wohl ahnte, streichelte Thomas über den Arm.

Ein von mir geseufztes „Muss Liebe schön sein!" sorgte für Entspannung.

Bei geräuchertem Schweinefilet, einer Gemüsepfanne nach einem Rezept meiner Oma und Rosmarinkartoffeln lästerten wir über den Bratheringvernichter, ich musste von Finnland erzählen, und die beiden berichteten mir stolz von ihren Hochzeitsplänen.

Im Laufe des Abends trank ich, trotz schlechten Gewissens, dann doch noch ein, zwei *richtige* Biere, wir hörten *ABBA* und ich sprach den beiden Mut zu, ihr Coming-out absolut entspannt und ohne Rücksicht auf Verluste anzugehen, holte aus, schwang mich zu einem Monolog über die wahre Liebe, und dass diese keine Grenzen und Geschlechter kenne, auf.

Thomas und Stefan saßen gerührt und mit Tränen in den Augen da und lauschten meiner Argumentation.

Als ich fertig war und mit einem alkoholfreien Bier meinen Monolog besiegelte, baten die beiden mich, auf ihrer Hochzeit die Rede zu halten.

Challenge accepted!

An meiner Flasche nippend und die beiden beobachtend blickte ich einmal wieder auf mein eigenes Leben. Christina, Anna, Lilja … und ich.

Der Idiot, der sich nicht entscheiden konnte. Oder der Idiot, der es sich einfach machte, Konfrontationen scheute und immer den leichtesten Weg ging? Wo hatte mich meine Charakterschwäche hingebracht?

Thomas und Stefan schauten zu mir und ahnten, dass ich mit etwas haderte.

Stefan unterbrach die Stille.

„Komm, erzähl. Du hast uns zugehört und mit deinen Worten berührt, es ist das Mindeste, dass wir dir zuhören. Und wer weiß, vielleicht können wir dir ja ein paar Ratschläge geben."

Es folgte ein etwa zweistündiger Monolog über mein Leben und speziell die Zeit, seitdem ich Anna näher kannte.

Stefan und Thomas hielten ihre Hände umso fester, je länger ich redete. Sie schienen mit der Zeit immer mehr Mitleid mit mir zu empfinden.

Klar war ich selbst schuld an dem ganzen Schlamassel und das Mitleid war fehl am Platz. Aber die beiden sahen es wohl von der Seite, dass ich ein netter Kerl war, und nicht verdient hatte, vom Leben vor lauter solche Fallstricke gestellt worden zu sein.

Als ich befreit und mit feuchten Augen endete, standen beide auf und umarmten mich nacheinander, klopften mir auf die Schulter und präsentierten mir nach kurzer Pause glasklar und ohne Schnörkel ihre Meinung und letztendlich – was ich zu der Zeit noch nicht für möglich gehalten hatte – meinen Weg für die Zukunft.

Aber dazu später.

Die Nacht schritt voran, und gegen halb drei bestellten sich die beiden ein Taxi, verabschiedeten sich und wir beschlossen, den Abend zu wiederholen.

Müde und deprimiert fiel ich ins Bett.

Anna, Lilja, Lilja, Anna. Worum wollte ich kämpfen?

Ich versuchte, mich zu entscheiden, und schlief darüber ein.

Die laut tobenden Nachbarskatzen weckten mich gegen 06:30 Uhr. Ich lag wach im Bett und schaffte es, obwohl ich immer noch saumüde war, nicht, wieder einzuschlafen.

*Finnland ist dein Weg, Lilja ist deine Zukunft*, versuchte ich mir einzutrichtern, doch sofort erschien Anna lächelnd vor meinem inneren Auge.

„Geh weg! Ich habe mich entschieden!", schrie ich zornig.

Nach einem Kaffee und einem Zigarillo wurde ich ruhiger und verlangte von Alexa nach *Pink Floyd*.

Dann plante ich mein Gespräch mit Rengers am kommenden Tag, notierte mir meine Argumente und gönnte mir einen zweiten Kaffee.

08:04 Uhr. Es klingelte an der Haustür.

„Wer zur Hölle? Es ist Sonntagmorgen?", entfuhr es mir auf dem Weg in den Hausflur.

Ich riss wütend die Tür auf, und Anna schaute mich aus ihren wundervollen blauen Augen an und hielt mir eine Tüte mit duftenden Brötchen unter die Nase.

„Echt jetzt?", blaffte ich sie an.

Sie zuckte mit den Schultern und lächelte mich keck an.

„Ich habe Damenbesuch, sorry."

Sie drängelte sich einfach an mir vorbei. „Hast du nicht! Stefan hat mir heute früh geschrieben."

„Anna?!", rief ich ihr noch hinterher, doch sie war bereits in der Küche.

Was hatte der Idiot ihr bloß erzählt? Was hatte ich *ihm* bloß erzählt?

Sie legte die Brötchen auf den Tisch und machte sich einen Kaffee.

Mit einer Selbstverständlichkeit, die schon fast wieder normal war, deckte sie den Tisch und kochte Frühstückseier.

*Was hat sie vor?*, versuchte ich zu eruieren, während ich am Kühlschrank lehnte und sie beobachtete.

„Anna?"

„Ja?"

„Was hat Stefan denn so erzählt?"

„Nur, dass er gestern hier war und ihr zusammengesessen und was getrunken habt."

„Sonst nichts?"

„Was soll er denn erzählt haben?", fragte sie mit gespielt unschuldiger Miene und stellte die gekochten Eier auf den Tisch.

„Du tauchst hier am Sonntagmorgen auf, bringst Brötchen mit, bist der Liebreiz in Person ... also, was ist bitteschön los?"

„Setz dich. Wir müssen reden", bat sie mich an den Tisch.

Neugierig, aber mich auch ein bisschen vorgeführt fühlend, setzte ich mich und griff nach einem Brötchen. „Also?", fragte ich nach einer Weile genervt, machte sie doch keinerlei Anstalten, etwas zu sagen.

„Erinnerst du dich noch an den Pseudohochzeitsantrag, den du mir gemacht hast?"

„Ja, ich erinnere mich."

„Was genau hat dich dazu bewogen, mir diese Frage zu stellen?"

„Ich weiß nicht. Ich denke, dass mir in der Situation damals ... also ... dass das wahrscheinlich genau das war, was ich in dem Moment gefühlt habe.“

„Und später nicht mehr?“, stocherte sie weiter.

„Mein Leben ist nicht einfach. Ich ... ich weiß nicht ... Irgendwie habe ich keinen Anker, keine Konstante. Ich bin unzuverlässig, unorganisiert, und meine Zunge ist viel zu oft schneller als mein Hirn. Alles rast an mir vorbei, ich habe Angst, etwas zu verpassen. Aber ich könnte dir nicht sagen, was es ist, dass ich zu verpassen glaube.“ Ich vergrub meinen Kopf in den Händen.

Anna legte ihre Hand auf meine und flüsterte: „Da hast du ausnahmsweise einmal recht.“

„Also. Was wolltest du?“

„Gemütlich mit dir frühstücken. Mehr nicht.“

Während des sehr mageren Frühstücks – außer Butter, Eiern und Leberwurst aus der Konserve hatte ich nichts da – sprachen wir über Belanglosigkeiten, bis ihr Telefon klingelte.

Anna schaute auf das Display. „Es ist Lilja.“

*Was für ein Timing. Kann irgendwer mal das Timing in Bezug auf meine Person ändern ... irgendwer im Universum?*, sinnierte ich, während Anna das Gespräch annahm.

Während sie mit Lilja telefonierte, nutzte ich die Gelegenheit, um die Toilette aufzusuchen.

Als ich zurückkam, blickte ich in Annas entsetztes Gesicht. Der blanke Hass strömte mir aus ihren eiskalten blauen Augen entgegen. Sie sprang auf, warf dabei die Kaffeetasse um und stürmte nach draußen.

„Was ist denn los?“, rief ich ihr hinterher.

„Arschloch. Du elendes, eigensinniges Arschloch!“, schrie sie hysterisch. Dann fiel die Haustür ins Schloss und eine gespenstische Ruhe machte sich breit.

Ein Anruf bei Lilja brachte Klarheit. Sie hatte Anna davon erzählt, dass ich nach Finnland ziehen würde und wahrscheinlich noch ein paar Details mehr. Da sie aber jetzt gleich losmüsse und nicht während des Autofahrens telefonieren wollte, blieb es bei diesen rudimentären Informationen. Wir verabredeten, später noch einmal zu sprechen.

Ich räumte den Tisch ab und machte mir einen weiteren Kaffee. Der Vorfall mit Anna bestätigte mich darin, am kommenden Tag Rengers meinen Entschluss mitzuteilen.

Dann holte ich meinen Laptop, prüfte meinen Posteingang auf neue E-Mails und wies Alexa an, mich mit düsterer Musik zu verwöhnen.

Die E-Mail mit der Offerte vom Fischer-Verlag sprang mir ins Auge. Ich überlegte angestrengt, was ich diesbezüglich tun sollte. Auf der einen Seite dachte ich an Anna, die mich gebeten hatte, das Buch vom Markt zu nehmen. Auf der anderen Seite machte es mich schon stolz, dass es sogar von einem großen Verlag zur Kenntnis genommen worden war. Aber dann war da Annas Wutausbruch.

Nach reiflicher Überlegung und Abwägung aller relevanten Gegebenheiten rief ich Tommy Jaud an. (Ja ich, der kleine, unbedeutende Sebastian Berger hatte die private Handynummer vom Bestsellerautor schlechthin! HAHA! In your face!)

Nach dem fünften Klingeln nahm er ab und ich erklärte ihm meine Idee.

Zuerst zögernd, aber dann, einerseits meine Situation verstehend und anderseits mein Angebot für gut befindend, stimmte er zu.

Ich schrieb dem Selfpublishing-Verlag eine Kündigung für den Vertrag, dankte für die angenehme Zusammenarbeit und antwortete anschließend dem Fischer-Verlag – Tommy in CC.

Dann durchstöberte ich das Haus nach weiteren Sachen, die ich zwar nicht gleich mit nach Finnland nehmen, aber auch nicht weggeben wollte. Es war wie eine kleine Zeitreise.

Da waren Dinge, die seit Jahren in Schränken und Kommoden vor sich hin gammelten, kleine Kartons mit Fotos aus der analogen Zeit, gesammelte Spielzeugautos, meine Hefte aus der Schulzeit, Tagebücher.

Ich setzte mich mitten im Wohnzimmer auf den Fußboden, verteilte alles um mich herum und suchte heraus, was es zu behalten galt und was ich nicht mehr brauchte. Ich blätterte in meinen alten Tagebüchern aus der Schulzeit, und alle möglichen Gefühlsregungen überkamen mich.

Ein Foto meiner ersten großen Liebe fiel mir in die Finger, und ich betrachtete es intensiv. Das war nun schon so viele Jahre her. Seufzend fuhr ich zärtlich mit den Fingern über das alte Bild.

Ich schwelgte weiter in Erinnerungen, und der Abschied, den ich mir so einfach vorgestellt hatte und auf den ich hinarbeitete, erschien mir immer schwerer.

Was würde sich ändern? Was würde besser werden? Was würde ich anders machen?

Fragen über Fragen.

Ich ging nach unten, kochte Kaffee und verfasste dann auf dem Laptop eine Einladung für meine Abschiedsparty.

Auch wenn ich versucht war, mir ein Bier aufzumachen – und dann vielleicht noch ein zweites und drittes –, um dann vielleicht melancholisch zu werden, ich widerstand.

Ich brauchte einen klaren Kopf, und dann, aus dem Nichts, kam mir die Idee für mein zweites Buch.

Ich nahm den Laptop und skizzierte die Story, entwarf die Charaktere und notierte ein paar Höhepunkte. Zwei Stunden und drei Kaffee später stand der Plan.

Stolz speicherte ich es ab und begab mich nach oben, sortierte weiter meine Sachen und war wieder guter Dinge für die Zukunft.

# Showdown



*Montagmorgen, 08:00 Uhr.*

Ich saß mit schwitzenden Händen an meinem Schreibtisch im Büro, hatte mir meine Notizen für das Gespräch mit Rengers nochmals durchgelesen und verinnerlicht.

Was und wen würde ich hier vermissen?

Meinen Bunker, ja. Vielleicht Rengers Whiskyschrank – wobei meine aktuelle Askese mir jene Frohlockungen verbot – oder Magdalena. Wobei sie hier eh nicht mehr arbeitete, sondern mittlerweile nur noch die Fabrik in Polen leitete. Sie war ein ungemein großer Glücksgriff für Rengers.

Und was war mit Anna?

Nein. Das mit Anna war vorbei. Anna war frei und würde ihren Weg schon gehen. Mein Arbeitskollegenkumpel Stefan, ja, den würde ich vermissen.

Und da hörte es auch schon auf.

Rengers trampelte gegen 08:30 Uhr mit unverkennbarem Schritt durch den Flur in sein Büro. Ich atmete mehrfach tief ein und aus, stand auf, richtete mein Hemd, nahm meine Mappe und begab mich zur Tür. Zeit für die Höhle des Löwen.

„Herein!", dröhnte seine Stimme.

Ich legte meine Hand auf die Klinke, drückte sie nach unten und betrat sein Büro.

„Sebastian? So früh? Was kann ich für dich tun?", polterte er in seiner gewohnten und nur für den Profi erkennbar liebevollen Stimme.

„Wir müssen reden", stotterte ich mehr, als ich sprach.

Rengers zog die Augenbrauen hoch und öffnete die Schublade seines Schreibtisches. „Bevor du was sagst ... Brathering gefällig?"

Angewidert schüttelte ich den Kopf, und mein ganzer Körper schüttelte sich fröhlich mit.

Rengers störte sich nicht daran und gönnte sich drei Happen der *Köstlichkeit*, legte die Gabel dann auf den Tisch und stand auf. Mit vollem Mund fragte er: „Also. Was gibt's?"

„Ich brauche eine Auszeit."

Rengers musterte mich.

„Eine Auszeit?"

„Mir ist im Moment alles zu viel. Ich weiß nicht mehr ... Mir ist einfach alles zu viel", versuchte ich entgegen meines gestalteten Protokolls zum Punkt zu kommen.

„Hast du nicht noch Resturlaub? Nimm ihn!", brummte er und sichtete nebenbei die Papiere auf seinem Schreibtisch.

„Ich rede nicht von Wochen ... Ich meine ... Ich würde gern mal ... Ich würde gern eine richtige Auszeit nehmen. Ein halbes Jahr oder so."

Franz-Peter guckte mich perplex an und ging einen Schritt zurück. „Was?", fragte er erschrocken.

„Ich brauche eine Auszeit. So wie ein Sabbatjahr."

„Ja aber ... einfach so am Montagmorgen?"

Ich versuchte ihn zu beruhigen. „Nein. Doch nicht jetzt gleich.“

Er schaltete sofort auf Chef um. „Wie wäre es stattdessen mit mehr Geld, einem Firmenwagen oder so?“

„Danke, nein. Darum geht es mir nicht. Ich muss den Kopf freibekommen. Ich brauche, genau wie ich es gesagt habe, eine richtige Auszeit.“

Ja, es war eigentlich eine Lüge, aber ich war zu feige, es ihm zu sagen, und außerdem wollte ich mir die Option lassen, zurückkehren zu können, wenn es in Finnland nicht funktionieren sollte.

„Gib mir mal etwas Zeit zum Nachdenken. Ich sag dir die Tage Bescheid“, murmelte er und steckte die Gabel erneut in die Schublade mit dem toten Fisch.

Ich dankte, verließ das Büro und begab mich in meins, erledigte ein paar Routineaufgaben, schrieb Notizen für meine Abwesenheit aka Flucht und versuchte, alles strukturiert und geordnet zu hinterlassen.

Mein Telefon klingelte.

Rengers fragte mit vorwurfsvoller Stimme: „Wann willst du noch mal Fahnenflucht begehen?“

„So Ende August, Anfang September hatte ich gedacht“, gab ich freimütig zu.

„Okay, ich such mal nach einer Vertretung. Die arbeitest du aber noch ein?“

„Selbstverständlich!“, bestätigte ich, und er legte ohne Gruß auf.

*Die arme Vertretung,* dachte ich und bereitete weiter alles für meinen Abschied vor. Die Tatsache, dass er jemanden suchen würde, der meinen Job machte, erleichterte mir mein schlechtes Gewissen ein wenig.

An einem Dienstag zwei Wochen später rief Rengers kurz nach 09:00 Uhr an und zitierte mich in sein Büro, um mir meine Vertretung vorzustellen.

Ich klemmte meine Notizen unter den Arm und stiefelte zu ihm. Auf dem Weg dahin lief mir Anna in die Arme. Wir hatten seit ihrem Wutausbruch kein Wort gewechselt, und sie begegnete mir mit kühlem Blick und ohne ein Wort zu sagen.

Aus dem Bauch heraus drehte ich mich um und rief ihr nach: „Du bist mich ja bald los!"

Keine Antwort.

Schulterzuckend klopfte ich an Rengers Tür und trat ein. Am Schreibtisch saß, mit dem Rücken zu mir, eine Frau. Ihr dunkelblondes lockiges Haar fiel über ihre Schultern, und irgendwoher kam mir diese Frisur bekannt vor.

Als Rengers auf die Dame wies und mir Frau Lehmann vorstellen wollte, kombinierte mein Gehirn den Namen mit der Frisur, doch ehe die Information von mir verarbeitet werden konnte, drehte sie sich um.

Es war Christina.

Charmant lächelnd reichte sie mir, ohne einen Anflug von Überraschung, die Hand. Im Gegensatz zu mir wusste sie Bescheid.

„Herr Berger. Schön, Sie kennenzulernen."

*Heilige Scheiße! Was willst du denn hier?*, spukte mir eine adäquate Antwort durch den Kopf, aber ich nickte nur und murmelte: „Guten Tag."

„Frau Lehmann arbeitet in der Kanzlei eines Freundes und wird deine Geschäfte übernehmen, während du weg bist", erklärte Franz-Peter und öffnete seine Schublade.

Wie sie so dasaß, mit hübsch zurechtgemachten Haaren, elegantem Hosenanzug und dezentem Make-up ... da sah ich die Frau, in die ich mich damals verliebt hatte.

Vor Rengers wollte ich jetzt erst einmal nichts zur Sprache bringen, und so war ich ganz froh, dass er mich bat, sie mitzunehmen und ihr zu erklären, was ich so tat.

„Wir können uns ja später noch einmal zusammensetzen und weitere Details besprechen", fügte er mit dem nächsten Brathering im Mund hinzu.

Ich bat *Frau Lehmann*, mir bitte zu folgen, und wir verließen das Büro. Auf dem Flur schauten wir uns einen Augenblick lang stumm an.

„Was zur Hölle ...", startete ich die Konversation.

Christina bemerkte süffisant: „Du siehst ein bisschen verwirrt aus."

„Ist das ein Wunder? Ich meine ... du ... hier?"

Sie ging nicht auf meine Frage ein, und ich stampfte kopfschüttelnd vor ihr her. In meinem Büro nahm ich erneut Anlauf.

„Was um alles in der Welt willst du hier?"

Christina behandelte mich weiterhin wie Luft, spielte mit mir, begutachtete das Büro und schien Gefallen daran zu finden.

„Das ist es also."

„Das ist was?"

„Dein Büro. Ich war nie hier."

„Ja. Das ist mein Büro. Beantwortest du bitte meine Frage?"

Sie legte ihre Tasche auf den Konferenztisch und begab sich zur Kaffeemaschine. „Willst du auch einen?"

„Hey. Noch ist das mein Büro und du bist nur die Vertretung. Also lass das übermütige Getue und beantworte meine Frage!", entgegnete ich gereizt.

„Du willst nach Finnland auswandern. Richtig?"

„Ja, na ja. Das ist der Plan", entgegnete ich kleinlaut.

„Und dein Boss sucht eine Übergangslösung, weiß aber nicht, dass du nicht wiederkommst?"

„Sozusagen."

„Tja. Ich komme als Vertretung. Und da ich davon ausgehe, dass du nicht wiederkommst, sichere ich mir einen guten Job."

„Das ist dein Plan?"

„Ja."

Ich nickte anerkennend. Diese Kaltschnäuzigkeit hätte ich ihr niemals zugetraut. „Okay. Dann lass uns mit offenen Karten spielen", bestimmte ich und erklärte ihr im Groben, wofür sie zuständig sein würde.

Der Vormittag verging wie im Flug, und während meist ich sprach, nickte sie, hörte zu und machte sich Notizen.

Ihre professionelle Art, der Sachverstand, das hin und wieder aufblitzende Lächeln, der mir wohlbekannte nackte Körper, der unter dem Businessdress steckte, all das machte mich ein wenig nervös.

Es klopfte an der Tür und ich bat einzutreten.

Mit einem Stapel Akten *bewaffnet*, betrat Anna das Büro und erblickte ihre Schwester.

„Chrissie?"

„Hey, Anna!"

„Was machst ... bist du es wirklich? Ich verstehe nicht?"

„Ich geh eine rauchen. Christina kann dir alles erklären", teilte ich mit überzogen liebreizender Stimme mit und stand auf.

Als ich an Anna vorbeiging, schnupperte ich auffällig nach ihrem Parfüm, und sie warf mir dafür einen bösen Blick zu.

Auf dem Flur lief ich direkt in die Arme von Dick und Doof.

„Na, ihr Mäusezähnchen!", begrüßte ich die beiden und wartete auf eine entrüstete Antwort.

Diese blieb, vielleicht aufgrund meiner unkonventionellen Begrüßung, erst einmal aus und so standen die zwei stumm da, schauten sich gegenseitig, dann mich und dann wieder einander fragend an.

Als ich fast am Ende des Flurs angekommen war, hatten sie ihre Sprache wiedergefunden und riefen mir nach, dass sie sich über mich beschweren würden.

*Oh mein Gott. Wie würde ich das alles hier nicht vermissen,* dachte ich und begab mich zur Raucherbox, inhalierte einen Zigarillo und schwelgte in Gedanken an meine Zukunft in Finnland.

Wieder im Büro waren Christina und Anna in ihr Gespräch vertieft und nahmen keine Notiz von mir.

Ich räusperte mich, teilte mit, dass dies aktuell immer noch mein Büro sei und ich jetzt arbeiten müsse.

Vier böse funkelnde Augen fixierten mich und ich konterte mit: „Ist so!"

Die beiden verließen das Büro, und ich war hin- und hergerissen zwischen den Möglichkeiten, meine Sachen weiter ordentlich für eine Übergabe vorzubereiten und einfach alles stehen und liegen zu lassen.

Ich machte mir einen Kaffee und setzte mich an den Konferenztisch. Gedankenfetzen wirrten durch mein Hirn, und ich saß einfach da, nippte an meiner Tasse und ließ die Gedanken kreisen, als die Tür aufgestoßen wurde.

Rengers stand schwer atmend vor mir und fragte verblüfft: „Deine Ex?! Sag das doch. Soll ich sie wieder wegschicken? Es ist deine Entscheidung."

„Alles gut. Wir haben uns friedlich getrennt", teilte ich mit.

„Lecker sieht sie ja aus. Das muss ich schon sagen. Wann wolltest du zurückkommen, sagtest du?" Der Ton seiner Stimme klang irgendwie gar nicht nach ihm. Ruhig, nett und ein bisschen besorgt.

Ich sah ihm in die Augen und log: „Nach sechs Monaten. Auf den Tag."

„Okay. Dann bin ich beruhigt. Wenn sie Blödsinn macht, schmeiß ich sie aber raus!"

„Mach dir keine Sorgen. Sie ist zuverlässig, gewissenhaft und wird dich nicht enttäuschen", gab ich mit überzeugender Stimme meine Empfehlung ab.

Rengers stand auf, ging zur Tür, drehte sich noch einmal um und fragte augenzwinkernd: „Auf einen Whisky in meinem Büro?"

# Unerwarteter Besuch

Je näher der Abschied rückte, desto wehmütiger wurde ich. Mitunter saß ich ewig an bestimmten Stellen im Haus, blickte mich einfach um und verknüpfte Erinnerungen, Gefühle und Gedanken mit den Dingen, die ich so sah.

Niemand zwang mich, auszuwandern, es war meine eigene Entscheidung. Aber dennoch fühlte ich mich irgendwie gedrängt. War das vielleicht ein schlechtes Zeichen?

Meine Abschiedsparty sollte am 2. September steigen und ich hatte jeden eingeladen, den ich noch einmal sehen wollte. Ob ich ihn mochte oder nicht.

Auf meiner Liste standen Anna und Christina plus Anhang, Stefan und Thomas, Rengers, Petermann mit Schminki, Magdalena und Murat, aus einer Laune heraus auch Dick und Doof, natürlich die Nachbarn, ein paar flüchtige Freunde, Studienfreunde und auch Tommy Jaud hatte ich abringen können, mal kurz vorbeizuschauen, da er eh gerade in Frankfurt war.

Die finnische Delegation hatte ich aus logistischen Gründen nicht eingeladen, ich würde sie ja sowieso bald sehen.

Für die Verpflegung hatte ich mir die Dienste vom aufstrebenden Socialmedia-Stern „Hunger ist der beste Koch für mich" gesichert.

Ihr erinnert euch? Mein Rezeptvorschlag mit Schweinehirn wurde zwar abgelehnt, aber daraus entspann sich eine nette Unterhaltung die in losem, angenehmem Kontakt mündete. Außerdem schien er brauchbar Essen zubereiten zu können.

Die Getränke wollte ich selbst beschaffen. Ich fütterte meine Freundin „Alexa" mit der Einkaufsliste, und da passierte es zum ersten Mal, dass sie mir den Gehorsam verweigerte und unsere Beziehung auf die Probe gestellt wurde.

Am Küchentisch sitzend diktierte ich ihr den Einkauf, und es trug sich Folgendes zu:

Ich: *„Alexa. Schreibe Sekt auf meine Einkaufsliste."*

Alexa: „Ich habe Sex zu deiner Einkaufsliste hinzugefügt."

Ich: „Alexa. Nein. Schreibe Sekt auf meine Einkaufsliste."

Alexa: „Ich habe Sex zu deiner Einkaufsliste hinzugefügt."

Ich: „NEIN! ALEXA! Schreibe S-E-K-T auf meine Einkaufsliste."

Alexa: „Ich habe Sex zu deiner Einkaufsliste hinzugefügt."

Ich holte tief Luft und versuchte es noch einmal: „ALEXA! Schreibe S-S-E-E-K-K-T-T auf meine Einkaufsliste."

Alexa: „Ich habe Senf zu deiner Einkaufsliste hinzugefügt.“

Ich: „ALEXA! AUS! KÖRBCHEN! BÖSER HUND! ALEXA! Schreibe SSSEEEKKKTTT auf meine Einkaufsliste.“

Alexa: „Ich habe Sekt zu deiner Einkaufsliste hinzugefügt.“

Ich: „Na geht doch!“

Dann folgte der Rest der Getränkeliste, und ich schwang mich in mein Auto und fuhr in den Supermarkt.

Vor dem Getränkeregal stehend ließ ich mir in Gegenwart einer äußerst attraktiven jungen Dame meine Einkaufsliste vorlesen, und es passierte Folgendes:

*Alexa: „Auf deiner Einkaufsliste befinden sich folgende Dinge: Bier, Cola, Limo, Sekt, Senf, Sex, Sex, Sex, Wein, Whisky, Wodka.“*

Die junge Dame wandte sich angewidert ab und verließ den Gang.

PERKELE!

Wieder daheim angekommen, das Haus sah mittlerweile sehr steril aus und machte keinen wirklich gemütlichen Eindruck mehr, öffnete ich mir ein–

selbstverständlich – alkoholfreies Bier und setzte mich auf die Terrasse.

Noch zwei Tage bis zur Party.

Morgen würde ich noch einmal in die Firma fahren und meine Angelegenheiten final an Christina übergeben.

Dann wollte ich in die Kantine marschieren und dem Koch noch mal richtig eins reinwürgen. Mit Magdalena, die mittlerweile ein Büro in der vierten Etage hatte, aber eigentlich nur selten da war, über die Bratheringfabrik und Milena reden, bei Murat vorbeischauen und ein halbes Blech Baklava in mich reinschaufeln, zum Schluss bei Rengers auftauchen und zu seiner Überraschung einen Happen Brathering mit ihm essen.

So mitten im Leben alles hinter sich zu lassen und neu anzufangen ... ein bisschen bescheuert war das schon.

Es klingelte an der Tür.

Wieder einmal hatte ich niemanden erwartet und stiefelte unbedarft nach unten, dachte dabei: Wenn das jetzt Anna ist, mache ich die Tür sofort wieder zu.

Davor standen aber zu meiner Überraschung Bernd, Jaanika, Lilja, Esko und Hilja.

„Was macht ihr denn hier!", rief ich aus.

Lilja rief: „Yllätys(Überraschung)!" und schmiegte sich an mich.

Ich bat alle herein, verteilte sie auf den Plastikstapelstühlen auf der Terrasse, bestellte Pizza und holte Wein aus dem Keller.

Als alle versorgt waren, setzte ich mich ebenfalls und fragte verwundert in die Runde: „Warum seid ihr hier? Das verstehe ich nicht."

Bernd brummte: „Wenn du schon mal eine Party schmeißt, wollen wir uns das doch nicht entgehen lassen."

Bei Pizza und den letzten Flaschen Rotwein aus meinem Keller verbrachten wir einen kurzweiligen und lustigen Abend. Es wurde später und später, und schließlich wurde es Zeit, den Abend zu beenden und ins Bett zu gehen.

Hilja und Esko hatte ich zwischendurch das Schlafzimmer zurechtgemacht, Bernd und Jaanika nahmen das Gästezimmer. Lilja und ich würden mit der Couch im Wohnzimmer vorliebnehmen.

Als alle in ihren Zimmern verschwunden waren, gönnte ich mir ein ganz klitzekleines Glas Whisky und setzte mich auf das Sofa.

Lilja kam in reizender Nachtwäsche aus dem Bad, setzte sich zu mir, schmachtete mich lüstern an und stellte die berechtigte Frage: „Hast du Angst?"

Ich drehte mich zu ihr. „Angst?"

„Es ist ein großer Schritt. Du gibst hier alles auf. Ich möchte nicht, dass du es bereust und mir die Schuld gibst. Das will ich nicht."

Ich streichelte ihre Schulter, schob dabei *aus Versehen* den Träger ihres Nachthemdes nach unten und flüsterte: „Besser mit einer Entscheidung leben, als zu bereuen, sie nie getroffen zu haben."

Dann küsste ich ihre Schulter und schob den anderen Träger ebenfalls herunter. Das Nachthemd rutschte hinab, Lilja ließ sich lachend nach hinten fallen und ich stürzte mich liebeshungrig auf sie.

Am nächsten Morgen stand ich um 07:00 Uhr vor dem Supermarkt und wartete ungeduldig darauf, dass er öffnete. Schnell packte ich ein paar Sachen in den Korb, die für ein Frühstück notwendig waren. Eine Stunde später schlängelte sich der Duft von Kaffee, gebratenem Speck und Rühreiern durch das Haus, und nach und nach erschienen alle in der Küche.

Jaanika, Lilja und Hilja fragten, ob und wie sie mir bei den Partyvorbereitungen helfen könnten, und ich nahm das Angebot dankend an und verteilte ein paar Aufgaben. Esko fragte in einem unbeobachteten Moment, ob es okay wäre, sich ein Bier zu nehmen.

Das Highlight des Tages war meine letzte Fahrt in die Firma und als Topping dessen kam Bernd mit. Frau Schmidtgen erblickte uns zuerst und war kurz davor, Bernd um den Hals zu fallen.

„Dass Sie mal wieder zu Besuch kommen ... schön. Wie geht es Ihnen? Was machen Sie so?"

Fragen über Fragen prasselten auf ihn ein und er beantwortete alle höflich und ohne Eile. Das dauerte aber schier ewig, sodass ich versuchte, Bernd von ihr loszueisen.

Der verstand dann irgendwann auch, was ich wollte, und verabschiedete sich vorerst von Frau Schmidtgen, versprach aber, später noch einmal in der Buchhaltung vorbeizuschauen.

Wir fuhren mit dem Fahrstuhl nach oben und in meinem Büro genehmigten wir uns einen Kaffee.

„Irgendwie hat sich hier doch alles ziemlich verändert." Bernd nippte an seinem Kaffee und ließ den Blick schweifen.

„Die Welt steht nicht still", gab ich meinen Senf dazu.

„Wenn ich mein Leben jetzt so sehe ... Ich würde nicht hierher zurückkehren wollen."

„Hoffentlich sehe ich das nach meinem Weggang irgendwann genauso.”

Bernd sah mich stutzig an. „Hast du Zweifel?”

Ich wollte gerade äußern, was mir dazu so im Kopf herumging, als die Tür aufgestoßen wurde.

Rengers stand breit grinsend im Raum. „Mensch, Bernd, alter Schwede!”, krakeelte er und stapfte auf sein Opfer zu.

Bernd stand auf, protestierte aus Spaß: „Finne, nicht Schwede”, und wollte Rengers die Hand geben. Der schlug diese jedoch aus und umarmte ihn, klopfte ihm auf den Rücken und brabbelte unverständliches Zeug.

Er entließ Bernd erst nach einer gefühlten Ewigkeit aus dem Schwitzkasten, fasste ihn an den Schultern und brummte: „Dass du dich mal sehen lässt. Das hätte ich mir ja nicht mehr ausgemalt.”

Bernd stand da wie ein kleiner Junge, dessen Großtante ihn gerade mit feuchten Küssen eingedeckt hatte, um ihm dann mit dem Spitzentaschentuch und Spucke die Wangen zu polieren.

Franz-Peter sah sich um, zeigte dann mit dem Kopf in Richtung Tür und befahl: „Los. In mein Büro. Das wird gefeiert.”

Bernd versuchte einen Einwand einzubringen, doch Rengers hatte ihn bereits an der Schulter gepackt und in Richtung Tür gedreht.

Während unsere Prozession durch den Flur marschierte, kamen uns Anna und Christina entgegen.

„Das Büro ist offen, ich komme dann gleich rüber”, teilte ich Christina im Vorbeigehen mit, und unsere Polonaise verschwand in Rengers Büro.

Der ließ von Frau Kamenz Brathering und Kaffee auftischen, holte den Schlüssel zu seinem magischen Schrank und öffnete ihn mit schnalzender Zunge.

„Bernd, Schnaps?", fragte er, einen einundzwanzig Jahre alten *Aberfeldy* aus dem Schrank nehmend, und es klang, als wenn er über *Jim Beam* redete.

„Ähm. Nö. Muss fahren", gab Bernd zurück.

Rengers knallte die Flasche auf den Tisch, dass ich Angst hatte, sie würde auf der Platte zerspringen.

„Einer geht immer!", bestimmte Franz-Peter, holte drei Gläser und goss ein.

Ich überlegte derweil krampfhaft, wie zum Teufel wir hier nur wieder rauskommen sollten.

Bernd und ich tranken den durchaus leckeren Single Malt in wirklich kleinen Schlucken, während Rengers das erste Glas auf Ex wegkippte, um sich sofort nachzuschenken.

Dann musste Bernd von seinem neuen Leben berichten, und mir wurde plötzlich klar, dass dies mein letzter Tag hier war, ich Rengers vielleicht nie wiedersehen würde. Ich haderte mit mir, ob es wirklich so einfach war, zu gehen, oder ob später doch noch etwas Wehmut aufkommen würde.

Rengers Telefon klingelte. Er missachtete es vorerst, aber da es nicht aufhörte, ging er letztendlich doch ran, plärrte in den Hörer: „Was denn?!"

Nach ein paar Sekunden legte er auf und wandte sich an mich. „Kannst du drüben mal die Übergabe fertigmachen? Deine Vertretung drängelt ein bisschen."

Eine Chance zur Flucht, die ich gern annahm.

In meinem Büro saß Christina am Schreibtisch und blätterte in einem Ordner.

„Du kommst klar?", fragte ich beiläufig und schloss die Tür hinter mir.

Sie blickte auf, schüttelte den Kopf und bemerkte süffisant: „Wenn du mal zu Hause deine Papiere so in Ordnung gehalten hättest."

„Was soll das denn heißen?"

„Ach nichts."

„Schon klar", antwortete ich schmollend und setzte mich an den Konferenztisch.

Sie klappte den Ordner zu, sah mich an und fragte: „Du gehst also wirklich?"

Irgendwie schien es, als wenn meine Entscheidung sie irritieren, bewegen würde. Aber genauso wenig, wie mich ihr derzeitiger Lebensweg anging, war es andersherum. Ich hatte meine Entscheidung getroffen, würde tun, was ich geplant hatte. Wenn es schiefging, dann würde es halt so sein. Es war mein Leben, und selten war ich mir so sicher bei einer Entscheidung gewesen wie bei dieser.

Christina und ich besprachen noch ein paar Dinge und dann – ich hatte es mir extra bis zum Schluss aufgehoben – zeigte ich ihr den Bunker.

Sprachlos stand sie wenige Augenblicke später darin und nickte anerkennend. Ich wiederum musste hier drin zwangsläufig an Anna denken und seufzte.

„Ganz so einfach ist es doch nicht, oder?", sagte sie leise und drehte sich zu mir.

Unsere Blicke trafen sich und wir schauten uns stumm in die Augen. Ein eigenartiges Gefühl stieg in mir auf. Ich fühlte Vertrautheit, Wärme, genoss ihre Nähe, erinnerte mich an den Tag, an dem ich mich in sie verliebt hatte.

Schnell drehte ich mich weg, verkrampfte meine Hände, und glücklicherweise klopfte es in diesem Moment an der Tür.

Wir verließen den Bunker und ehe ich „Herein!" rief, gab ich Christina den Tipp, nicht jeden von diesem Raum zu erzählen, sondern ihn als Rückzugsort zu betrachten.

Sie nickte.

Anna stand in hautfarbenen Nylons, einem angemessen langen Rock und weißer Bluse vor uns und sah – aber das ist ja bekannt – natürlich zum Anbeißen aus.

Sie legte ein paar Aktenordner auf den Tisch und teilte mir lapidar mit: „Frau Schmidtgen bat darum, dass du die noch mit Christina durchsprichst."

Christina wandte sich an Anna. „Kaffee?"

„Gern."

*Noch ist das mein Büro*, zischte ich innerlich, ließ mir aber nichts anmerken.

Ich sprach die Ordner mit Christina durch, Anna trank ihren Kaffee und bemerkte hin und wieder das ein oder andere zu den entsprechenden Projekten.

Meine Blicke wanderten unauffällig zwischen den beiden hin und her, und abermals wurde mir bewusst, welch moralisch verwerfliches Spiel ich gespielt hatte, was ich Christina angetan hatte und wie der Zufall mich nicht nur einmal gerettet hatte.

Eigentlich konnte ich jetzt gehen, hatte meine Sachen übergeben, und von hier an kam Christina allein klar.

An sich wartete ich nur noch auf Bernd und bemerkte: „Ich gehe mal eine rauchen."

Bernd schien immer noch bei FPJ festzuhängen, und so begab ich mich zur Raucherbox und zündete mir einen Zigarillo an. Auch hier überkam mich ungewolltes Schwelgen in Erinnerungen. Ich dachte an damals, als ich meinte, Anna gesehen zu haben, ihr gefolgt war, sie verlor, um sie dann in meinem Büro wiederzusehen.

Ich musste raus aus dieser Firma, musste weg von hier.

Wieder im Büro setzte ich mich noch einmal kurz zu Anna und Christina, bot an, per Telefon erreichbar zu sein, und plötzlich – es hätte nicht passender sein können – stand Bernd in der Tür.

Er versuchte mit aller Macht das Gleichgewicht zu halten und sich brauchbar zu artikulieren. „Wollenwanachhausefahn?"

Mit leiser Stimme sagte ich: „Ja. Ich denke, es ist Zeit, zu gehen."

# Die Abschiedsparty

Lilja, Jaanika und Hilja fuhren am frühen Morgen einkaufen, rotierten dann im Haus, brachten gegen meinen Willen noch einmal alles auf Vordermann, schmückten Wohnzimmer, Küche und Terrasse mit albernen Partyutensilien und nahmen mich immer mal wieder in Beschlag, um hier Knabberkram zu drapieren, da eine Girlande aufzuhängen, dort Teller und Gläser hinzustellen und so weiter.

Bernd war währenddessen mit Esko in die Stadt gefahren, um meine Getränkeauswahl noch ein wenig zu erweitern und wahrscheinlich auch um eine Auswahl an Alkoholika einzukaufen, die sie mit nach Finnland nehmen wollten.

Ein Kloß wuchs in meinem Hals und meine Wehmut wurde immer größer. Tat ich das wirklich? War ich wirklich dabei, meine Zelte abzubrechen und in einem fremden Land neu anzufangen? Warum tat ich das noch mal? Und was erwartete ich mir davon?

Panik überkam mich, und ich setzte mich auf die Kellertreppe und atmete mehrfach tief ein und aus.

„Ich tue es, ich tue es, ich tue es. Verdammt, ich mach das!", redete ich mir laut ein.

„Du tust was?", fragte Anna interessiert, die plötzlich hinter mir stand.

„Was machst du denn hier?"

„Lilja hatte gefragt, ob ich vorbeikomme."

Ich stand auf und stellte mich auf der Treppe eine Stufe unter sie, wodurch wir uns auf Augenhöhe ansahen. „Anna. Ich möchte dich um Verzeihung bitten."

„Wofür?"

„Für alles."

Sie kam ganz nah an mich heran, rümpfte die Nase und fragte gedehnt: „Hast du was getrunken?"

„Anna, nein. Es ist heller Vormittag. Wie kommst du darauf?", protestierte ich.

„Weil du bist? Egal. Sprich weiter", bat sie interessiert.

„Weiter womit?"

„Du wolltest um Entschuldigung bitten?!"

Ich nahm ihre Hand, schaute ihr in die Augen und erklärte: „Ähm ja. Also. Mit uns zwei ... das ... irgendwie ... Ich habe es so gewollt. Ich habe damals meine Beziehung aufs Spiel gesetzt und hätte alles dafür gegeben, um mit dir zusammen sein zu können. Aber irgendwie sind wir wie Hund und Katze. Das mit dem Heiratsantrag ... Du hast dein Leben noch vor dir. Ich wollte dich nicht verletzen. Ich wünschte, es wäre anders verlaufen, aber nun ist es halt so, wie es ist."

Anna begann zu kichern. „Und du bist sicher, dass du nichts getrunken hast?"

Ich überlegte kurz, ob ich beleidigt sein sollte, riss mich aber zusammen und fragte: „Entschuldigung angenommen?"

Anna musterte mich, lächelte und sagte bewegt: „Sebastian. Du bist eine Katastrophe. Aber das weißt du ja, oder?"

Ich nickte.

„Und außerdem weißt du nicht, was du willst. Wenn ich an den letzten Sommer zurückdenke, an unseren

Abend auf der Terrasse und dann unsere Zeit im Wohnzimmer. Egal was für ein Arsch du sein kannst. Damals, als ich es so nötig brauchte, warst du ein Gentleman und für mich da und ... ich verzeihe dir unter einer Bedingung."

„Die da wäre?", fragte ich neugierig.

Sie schlang ihre Arme um mich und wir küssten uns.

Nach einer Weile löste sie sich von mir und flüsterte mir ins Ohr: „Ich wünsche dir viel Glück in Finnland und dass du findest, was du suchst. Vor allem, dass du glücklich wirst." Mit Tränen in den Augen wandte sie sich von mir ab und eilte nach oben.

Ich blieb noch eine Weile stehen, versuchte unseren wohl letzten Kuss zu konservieren und fühlte mich elend und befreit zugleich.

Die Vorbereitungen der Party liefen auf Hochtouren und obwohl ich eigentlich gern noch eine Weile ein schlechtes Gewissen wegen Anna gehabt hätte, Zeit dafür blieb nicht.

Gegen 14:00 Uhr kamen Bernd und Esko von ihrem Einkauf zurück. Beim Anblick der unzähligen Einkaufstüten war mir schleierhaft, wie sie all das, was sie erworben hatten, in den Koffern mit nach Finnland nehmen wollten.

Als sie mich da so kopfschüttelnd stehen sahen, bestanden sie darauf, mit mir anzustoßen, und Esko öffnete eine der erworbenen Wodkaflaschen.

Kippis!

Nachdem ich an meinem Glas nur hin und wieder nippte, den Inhalt dann, während die beiden nicht auf mich achteten, in eine der übriggebliebenen

Topfpflanzen kippte, entschuldigte ich mich mit der Ausrede, noch Vorbereitungen treffen zu müssen, und begab mich auf die Terrasse.

Hier saßen Lilja und Anna und falteten Servietten.

„Mädels, das wird eine lockere Party, kein Festbankett", maulte ich wegen der übertriebenen Verzierung und Bestückung des Tisches.

„Ach komm. Wir wollen doch nur, dass du es hübsch hast", stichelte Anna und zwinkerte Lilja zu.

„Wie ihr meint", seufzte ich, winkte ab und ging in die Küche, vernahm das Klingeln an der Tür und eilte in den Hausflur.

Nachdem ich die Tür mit Schwung geöffnet hatte, schaute ich in das Gesicht eines mir unbekannten Mannes und fragte gedehnt: „Ja, bitte?"

„Hallihallo! Ich bin Bertram", begrüßte er mich mit fröhlichem Singsang.

„Hallo, Bertram. Ich bin Sebastian.", ahmte ich ihn nach, und wir schwiegen uns einen Moment lang an.

Nachdem Bertram weiterhin nur grinsend dastand und ich keinen Schimmer hatte, mit wem ich es zu tun hatte, wollte ich schon flapsig darauf hinweisen, dass Betteln und Hausieren unerwünscht sei.

Da verschwand das Grinsen aus seinem Gesicht und er ließ entschuldigend verlauten: „Schweinehirn in Blätterteig? Ich hab's mal versucht. Es schmeckt wirklich."

„Ach du!", rief ich laut aus und umarmte ihn überschwänglich.

„Ja … ähm … ich. Kann mir jemand beim Ausladen helfen?", fragte Mr Hunger-ist-der-beste-Koch-für-mich, und ich pfiff nach Bernd und Esko, und zusammen luden wir die Utensilien für das Barbecue aus und brachten die Sachen auf die Terrasse.

Esko drückte Bertram sogleich ein Glas Wodka in die Hand und beobachte akribisch, wie dieser, nachdem er ausgetrunken hatte, sein Equipment aufbaute.

Bernd erschien nun ebenfalls auf der Terrasse und fragte mich mit Blick auf den Tisch, ob er sich noch einen Smoking besorgen solle.

Ich tippte mir an die Stirn und zog die Augenbrauen nach oben.

Erneut klingelte es an der Tür.

Davor stand, mit einem bezaubernden Lächeln auf den Lippen, Christina und überreichte mir ein kleines Präsent.

„Wann ich Geburtstag habe, solltest du doch aber noch wissen", neckte ich sie und nahm das Geschenk entgegen.

„Ach komm. Als Abschiedsgeschenk. Ist nichts Besonderes." Dann warf sie sich mir an den Hals und drückte mir einen Kuss auf die Wange.

„Wo ist dein ... Freund?", rann mir die, ihr gegenüber doch etwas merkwürdige, Frage über die Lippen.

„Der ist leider verhindert."

„Schade. Hätte ihn gern kennengelernt", teilte ich ehrlich mit und musterte Christina, die mir das irgendwie nicht abnahm.

Kaum hatte ich sie nach unten begleitet und bei Lilja in der Küche geparkt, schellte es erneut an der Tür.

Vielleicht sollte ich die Tür einfach offenlassen, sinnierte ich auf dem Weg zurück.

Als Nächstes standen Stefan und Thomas vor der Tür, drückten mir einen Präsentkorb in die Hand und dann gleichzeitig links und rechts ein Bussi auf die Wange.

Ich hatte die beiden gerade in die Küche geschickt, da rollte ein roter Audi S 3 in die Auffahrt und hielt erst, als die vordere Stoßstange mit einem grässlichen Knirschen über einen Findling im Vorgarten schrammte. Die Beifahrertür öffnete sich. Petermann stieg aus und eilte zur Front des Autos, um den Schaden zu begutachten.

Dann stieg Schminki auf der Fahrerseite aus und kreischte mit einer Stimme, die Gläser zerspringen lassen konnte: „Hallo, Stefan! Wir sind daaa!"

Ich winkte nachlässig in ihre Richtung, Petermann funkelte sein holdes Weib böse an und ich musste mir das Lachen verkneifen.

„Lass stehen. Wir gucken später mal, wie wir ihn da runterbekommen", rief ich ihm zu, und die beiden kamen zum Haus. Nach einem lauchigen Händedruck mit ihm und Küsschen links, Küsschen rechts mit Schminki, wies ich auch den beiden den Weg.

Ich schaute mich vor dem Haus um. Aktuell sah es nicht nach weiteren Neuankömmlingen aus und so ging ich auf die Terrasse, griff mir ein Bier und sog den Duft, der von Bertrams kulinarischen Köstlichkeiten ausging, in mich auf.

„Wie lange dauert es noch etwa, bis das Essen fertig ist?", fragte ich ihn hungrig.

„Ich denke in einer Stunde können wir essen. Aber bitte halte mir den Finnen vom Hals. Er versucht die ganze Zeit, mich mit Wodka abzufüllen", beschwerte er sich im Scherz und widmete sich wieder seinem Grill.

Gerade hatte ich mich gesetzt und einen Schluck getrunken, da klingelte es erneut.

Bernd legte seine Hand auf meine Schulter, wies mich an, mein Bier zu trinken, und begab sich zur Tür.

Kurz darauf standen Murat und Magdalena vor mir. Murat mit einem Blech Baklava und Magdalena mit zwei Flaschen Slibowitz.

„Hey, ihr zwei! Schön, dass ihr da seid", begrüßte ich die beiden herzlich und nahm die Aufmerksamkeiten in Empfang.

Esko stand sofort neben mir und beäugte die von Magdalena übergebenen Flaschen.

Zwinkernd bat ich ihn, ein paar Gläser zu holen. Er tat, wie geheißen, Magdalena schenkte ein, und gleich darauf verteilte Esko die Gläser mit dem Selbstgebrannten und stieß mit allen an. Verzückt leerte er mehrfach sein Glas und hielt es Magdalena immer wieder hin. Die füllte nach und freute sich, dass es ihm mundete.

Weitere Bekannte, ehemalige Studienkollegen und Nachbarn trafen ein, Bertram war mit dem Essen fertig, und das Schlemmen konnte beginnen.

Plötzlich war das Geräusch eines aufheulenden Motors zu hören. Das böse Fauchen und Grummeln eines imposanten V8-Motors ließ uns alle die Gabeln senken und lauschen.

Dann vernahmen wir das Geräusch eines auf Schotter bremsenden Autos und folgend das Knirschen von Blech.

Sofort herrschte Ruhe am Tisch. Wir sahen uns erschrocken an, und dann sprang alles auf und eilte zur Haustür.

Davor bot sich ein interessantes Bild.

Ohne der Erklärung vorwegzugreifen: Petermanns Stoßstange war jetzt gelinde gesagt sein kleinstes Problem.

Hinter seinem Audi, der, so wie es aussah, versucht hatte, die alte Eiche in meinem Vorgarten heraufzuklettern, stand Stoßstange an Stoßstange ein recht neuer, großer amerikanischer Geländewagen, dessen Motor immer noch lief.

Aus diesem stieg jetzt, ziemlich verdattert, Franz-Peter aus und guckte erstaunt auf den am Baum hochkant stehenden Audi von Petermann.

Dieser eilte aufgelöst zu seinem Gefährt und rief wie irre: „Was habt ihr nur alle gegen meine Autos! Ihr Verrückten, ihr!"

Darum bemüht, nicht zu lachen, begab ich mich zu Franz-Peter und fragte, ob es ihm gut ginge.

Er zuckte mit den Schultern, streichelte über den Kotflügel seines Autos und antwortete: „Boah. 450 PS. Die drücken was weg!"

Petermann kniete währenddessen neben seinem Audi und heulte bitterlich. Ich bat die Umstehenden, wieder ins Haus zu gehen und versuchte Petermann zum Aufstehen zu bewegen.

Thomas Graubein löste sich von Stefan und kam ebenfalls dazu. „Die Versicherung bezahlt es doch. So schlimm sieht es gar nicht aus. Das kriegen wir repariert", sprach er mit Engelszungen auf Petermann ein und tätschelte ihm den Kopf.

Der Unfallverursacher stellte sich nun ebenfalls dazu und versuchte sich zu entschuldigen.

Petermann jedoch nahm ihn gar nicht wahr, sondern saß nur schluchzend da und weinte.

Franz-Peter klopfte ihm auf die Schulter, stieg in sein Auto und rief mir zu: „Ich setz mal langsam zurück".

Das Heck des Audi hatte sich jedoch mit der Stoßstange des Rengerschen Boliden vereinigt und Franz-Peter kam nicht davon los. Die mächtigen Räder drehten durch und beregneten das Nachbargrundstück mit meinem guten Schotter.

„Ich hab's gleich!", rief er und versuchte durch Wechsel zwischen Vorwärts- und Rückwärtsgang freizukommen, gab dann im falschen Moment richtig Gas, sodass das importierte PS-Monster den Audi noch ein Stück weiter den Baum hinaufschob, woraufhin das Ingolstädter Blech zur Seite kippte und auf dem Dach liegen blieb.

Der Motor der H3 verstummte und ein griesgrämiger Franz-Peter stiefelte auf mich zu und brummte: „War anders geplant."

Petermanns Heulen glich einer Wolfsmutter, der man die Jungen weggenommen hatte.

Thomas legte seine Hand auf meinen Arm und bat mich, nach drinnen zu gehen, um mich um meine Gäste zu kümmern. Er wolle hier draußen für Ordnung sorgen.

Ich bedankte mich bei ihm und begab mich auf die Terrasse, wo ich sogleich mit Fragen bombardiert wurde.

Da Thomas die Hoheit über das vordere Grundstück hatte, bekam ich nicht gleich mit, dass Dick und Doof in der Zwischenzeit ebenfalls eingetroffen waren, entdeckte sie aber nach einer Weile, und es war mir eine

Herzensangelegenheit, sie persönlich in Empfang zu nehmen.

„Na, Männer. Schön, dass ihr da seid. Getränke sind im Kühlschrank und Essen gibt es draußen", begrüßte ich die beiden und reichte ihnen die Hand.

Etwas verdattert reichten sie mir nacheinander die Patschhändchen, und als sie irgendwo weiterhin planlos herumstanden, schob ich sie in Richtung Kühlschrank und befahl grinsend: „Keine falsche Bescheidenheit. Esst und trinkt! Ihr habt dann ja auch erst mal eine Weile Ruhe vor mir."

Dann drehte ich den Kopf und zwinkerte Esko zu. Er wusste, was zu tun war.

Nachdem alle soweit gesättigt waren, gab es eine obligatorische Grüppchenbildung quer über Grundstück, Terrasse und bis ins Haus. Ein Großteil der anwesenden Damen hatte die Küche in Beschlag genommen und kümmerte sich bei Aperol Spritz um den Abwasch. Esko saß mit Dick, Doof, Petermann, Murat und Franz-Peter am Terrassentisch, verteilte Wodka und erzählte auf Englisch schmutzige Witze. Bernd wiederum war mit Bertram und weiteren männlichen Gästen in ein Gespräch vertieft, bei dem es hauptsächlich um die Zubereitung von toten Tieren ging.

Es war eine ausgelassene, eine schöne Party, und ich stellte mich etwas abseits an einen Stehtisch, zündete mir einen Zigarillo an, beobachtete die Gäste aus dem Halbdunkel und genoss für mich allein den Moment. Ein Anflug von Wehmut kam in mir auf und ich seufzte.

All die Menschen waren Teil meines Lebens. Viele würde ich für eine ganze Weile, vielleicht auch nie wiedersehen.

Ich lächelte, wenn auch bitter, nippte an meinem Bier und überlegte bei jedem Einzelnen, den ich erblickte, wie ich ihn kennengelernt, wann ich ihn das erste Mal getroffen hatte.

Bernd, der mich damals, als ich in der Firma angefangen hatte, sofort mit seiner offenen, freundlichen Art empfangen und mich vor so manchem Fettnäpfchen bewahrt hatte. Anna, die ich, als mich Christina ihrer Mutter vorstellte, als Heranwachsende mitten in der Pubertät kritisch beäugte und die mir, als ich sie begrüßen wollte, ihren durchgekauten Kaugummi in die Hand drückte. Oder Dick und Doof, die mich noch am Tag, als ich in der Firma anfing, bedrängten, doch im Betriebsrat mitzuspielen.

Alles so weit weg. Ein Lächeln huschte über mein Gesicht.

Plötzlich stand, angetrunken und mit einem Cocktail in der Hand, Christina neben mir. „Schon komisch", bemerkte sie und schmiegte sich an meinen Arm.

Ich roch an ihrem Haar, nahm den vertrauten Geruch auf, lächelte und fragte: „Was meinst du?"

„Noch vor einem halben Jahr, da wäre das unsere Party gewesen. Und jetzt? Jetzt ist es deine Abschiedsfeier." Sie schluchzte.

„Hey. Alles gut. Manchmal läuft es im Leben halt nicht so, wie man es sich wünscht", flüsterte ich und streichelte ihre Schulter.

„Ja, das habe ich gemerkt. Aber nach alldem bin ich froh, dass wir uns trotzdem verstehen und nicht wie andere ..." Dabei begann sie zu weinen.

Sie tat mir leid. Sie tat mir so unendlich leid. Und am schlimmsten war die Tatsache, dass mir klar war, wie gut es mir bei ihr gegangen war. Dass ich unsere intakte Beziehung für die Jagd nach dem weißen Kaninchen weggeworfen hatte.

Aber wie so oft bewahrheitete sich der Satz: Was einem wirklich am Herzen liegt, merkt man erst, wen es nicht mehr da ist.

Ich musste mit dieser Gefühlsduselei aufhören, und zu meinem Glück kam mir Bernd zu Hilfe.

„Na, ihr zwei?", sagte er, als er sich zu uns an den Tisch gesellte.

Christina wischte sich die Tränen aus dem Gesicht und umarmte ihn. Bernd guckte mich dabei fragend an und ich zwinkerte.

„Pass auf ihn auf. Er ist ein Chaot, aber ein Lieber", sagte sie zu ihm und verließ uns, um sich zur Terrasse zu begeben.

„Was war das denn?", erkundigte er sich.

„Wenn ich das wüsste", flüsterte ich und schüttelte den Kopf.

„Du machst jetzt aber keinen Rückzieher, oder?", fragte er besorgt.

„Nein. Der Drops ist gelutscht."

Die Party entwickelte sich zu einem entspannten Abend. Ich saß mal hier und mal dort, sprach mit diesem und jenem. Selbst Dick und Doof waren sich einig, dass, obwohl ich eigentlich ein ziemlicher Unmensch war, etwas in der Firma fehlen würde. Doof hatte nach seinem wahrscheinlich zwölften Wodka die Idee, ich könnte mich doch bei meiner Rückkehr in den Betriebsrat wählen lassen. Ich klopfte ihm auf die Schulter und sagte, dass ich es mir vielleicht überlegen würde.

Gegen 22:00 Uhr klingelte es erneut.

*Wer kam denn jetzt noch?*, fragte ich mich und ging, da ich eh gerade in der Küche war, zur Haustür.

Als ich um die Ecke des Hausflurs bog, sah ich, wie Christina, die soeben aus der Toilette kam, die Tür öffnete und dann nach einem kurzen, unverständlichen Murmeln und Stottern rückwärts in Ohnmacht fiel.

Ich eilte zur Tür.

Da stand Tommy Jaud höchstpersönlich, drückte mir ein Sixpack Kitzmann in die Hand und fragte, wer die Dame wäre, die da eben umgefallen sei.

„Meine Ex", bemerkte ich, und Tommy kniete sich neben sie und prüfte Christinas Puls.

Dann hob er Christina wie selbstverständlich auf und sagte: „Ich bring sie ins Wohnzimmer."

Ich antwortete süffisant: „Du kennst dich ja hier aus."

Als er wieder herunterkam, bedankte er sich nochmals für die Einladung und wir gingen in die Küche.

Keiner von den Kulturbanausen erkannte ihn und deshalb stellte ich ihn einfach als Tommy vor, reichte ihm ein Bier und wir gingen nach draußen auf die Terrasse.

„Eigentlich habe ich mich ja zur Ruhe gesetzt. Aber das Skript von dir ... Warum veröffentlichst du es nicht selbst?", eröffnete er mir.

„Du schreibst Bücher, ich bin Jurist. Mein Opa hat immer gesagt: Schuster bleib bei deinen Leisten."

Tommy nickte und prostete mir zu.

Einen Augenblick später stand Anna neben uns. Ohne sie zu kennen, war Tommy offenbar klar, wen er da vor sich hatte.

„Du bist dann wohl der Grund für Sebastians Ausflug in die Schriftstellerei?", bemerkte er anerkennend.

„Was wollen Sie denn hier?", fragte Anna verwirrt.

„Bitte keinen Aufstand!", flüsterte ich ihr zu, und Anna zog die Augenbrauen nach oben.

„Das letzte Mal, als wir uns gesehen haben, haben sie mir einen großartigen Abend versaut", bemerkte sie spöttisch.

Tommy erinnerte sich, bat mehrfach um Verzeihung und holte Anna sogar ein Bier.

„Ich geh mal nach Christina schauen", entschuldigte ich mich und machte mich auf den Weg nach oben.

„Was ist mit ihr?", fragte Anna.

„Sie ist in Ohnmacht gefallen", kommentierte ich lapidar und verließ die Terrasse, ohne Annas Reaktion abzuwarten.

Im Wohnzimmer angekommen, war Christina gerade erwacht und ich half ihr auf.

„Was war denn los?", fragte sie verwirrt.

„Du bist in Ohnmacht gefallen. Soll ich dir ein Glas Wasser holen?"

„Nein. Geht schon. Warum bin ich in Ohnmacht gefallen?"

„Wegen Tommy Jaud."

„Tommy Jaud?"

„Ja. Tommy Jaud. Er hat geklingelt, du hast die Tür aufgemacht und bist in Ohnmacht gefallen."

„Ist er noch da? Sag mir bitte, dass er noch da ist!"

„Ja, auf der Terrasse. Er unterhält sich mit Anna.”

Christina richtete sich auf, schaute mich an und fragte, wie ihre Haare aussähen.

„Deine Haare?”, erwiderte ich verwirrt.

„Ja, meine Haare! Unten sitzt Tommy Jaud. Wie sehen meine Haare aus?”

„Christina. Deine Haare sehen großartig aus. Wie immer!”, antwortete ich und bemerkte zu spät, was ich da gesagt hatte. Solch ein Kompliment hatte sie schon lange nicht mehr von mir gehört.

Sie drückte mir einen flüchtigen Kuss auf den Mund und verschwand nach unten.

In der Küche ging es mittlerweile heiß her. Lilja, Jaanika und Hilja mixten Cocktails. Magdalena hatte Alexa für sich entdeckt und mimte den DJ, während Stefan und Thomas tanzten. Murat, Franz-Peter, zwei meiner Nachbarn und Justin Petermann pokerten am Küchentisch, und der Rest befand sich auf der Terrasse, hatte eine Traube um Tommy gebildet und ließ sich Autogramme geben.

Ich blieb im Türrahmen stehen und beobachte genüsslich die Szene, vor allem Christina, die mit leuchtenden Augen neben Tommy saß und ihn mit ihren Blicken aufzufressen schien.

Zumindest kam ich diesmal um eine Bemalung meines Oberkörpers herum.

Esko hielt mir ein Glas Wodka unter die Nase und wollte wissen, wer der Mann sei.

„He's a famous German writer and sold millions of books”, antwortete ich.

„Hm. Like the world-famous Finnish writer Arto Paasilinna?”

„Yes, Esko. Like Arto", antwortete ich nickend und wir stießen an.

Der Abend plätscherte dahin, Tommy saß irgendwann allein mit Christina am Tisch, wobei sie erfuhr, dass er mein Manuskript vielleicht für ein Drehbuch verwenden wollte.

Sie wandte sich an mich und bemerkte: „Stimmt ja. Das wollte ich auch noch mal lesen."

*Bitte erst, wenn ich in Finnland bin*, sprach ich in Gedanken und malte mir aus, wie sie darauf reagieren würde.

Tommy verabschiedete sich dann auch bald und wurde von Christina zur Tür begleitet.

Etwas später kam sie mit selig verklärtem Lächeln wieder in die Küche und grinste über das ganze Gesicht. „Tommy Jaud, hier im Haus. Einfach mal so am Samstagabend. Das glaubt mir keiner!", sprach sie mehr zu sich selbst und leerte einen Wodka, den ihr Esko reichte, auf Ex.

Am Pokertisch wurde es nach und nach auch lichter. Nur noch Franz-Peter, Justin und Murat waren im Spiel. Bernd mimte den Croupier.

Auf dem Tisch lagen etwa zweihundert Euro in kleinen Scheinen und Münzen, und als ich Murat gerade auf die Schulter klopfen wollte, legte der sein Blatt weg und stand kopfschüttelnd auf.

Franz-Peter, scheinbar in seinem Element, versuchte jetzt noch den letzten verbliebenen Gegner niederzuwerfen, was aber nicht so einfach gelang, wie er sich erhofft hatte.

Es ging hin und her und der Berg Bargeld wanderte von links nach rechts und wieder zurück.

Mittlerweile standen alle Partygäste um die beiden herum und fieberten mit ihrem Favoriten mit. Die meisten waren natürlich für Petermann.

Der legte ein Talent an den Tag, das ich nicht für möglich gehalten hatte, bluffte, was das Zeug hielt, und das mit einer Miene wie aus Stein gegossen.

Franz-Peter, der in seiner lauten, forschen Art und Weise versuchte, seinen Gegenspieler einzuschüchtern, traf auf einen ruhigen, besonnenen Kontrahenten, der im Gegensatz zu Rengers den ganzen Abend nur stilles Wasser getrunken hatte.

„All In!", brüllte Rengers plötzlich über den Tisch, schob seinen Geldstapel in die Mitte und hieb mit der Faust auf den Tisch, dass sein Bierglas einen Satz zur Seite machte.

Petermann studierte Rengers Gesicht, schob seine Münzen und Scheine ebenfalls in die Mitte und sagte gedehnt: „Okay. All In!"

Franz Peter verlor mit drei Neunen gegen drei Buben. Die Küche feierte Justin, und Esko verteilte Wodka.

„Revanche!", brüllte Rengers sogleich und forderte Petermann heraus.

Der fragte gelassen: „Einsatz?"

Rengers schaute sich fragend um und legte dann zum Erstaunen aller seinen Autoschlüssel auf den Tisch.

Selbst Petermann schluckte kurz.

„All In?", fragte Bernd und beide nickten.

Die Karten wurden verteilt und fünf Minuten später war Petermann mit einem *Straight Flush* stolzer Besitzer eines Chevy Suburban, während Schminki hinter ihm stand und vor Freude in einer Lautstärke kreischte, dass der Rest der Leute sich die Ohren zuhielt.

Geknickt ließ sich Rengers von Esko einen Wodka reichen und händigte Justin die Schlüssel aus.

„Hat mir eh nicht gefallen", brummte Franz-Peter vor sich hin und hielt Esko erneut sein Glas entgegen.

Die Gäste verteilten sich wieder, und Magdalena ließ Alexa für stimmungsvolle Musik sorgen.

Mittlerweile war es bereits Mitternacht, die Gäste verabschiedeten sich nach und nach und ich ließ mich auf der Terrasse in einen Stuhl fallen, wo ich über den großartigen Abend nachdachte.

Murat kam nach draußen und setzte sich zu mir.

„Großartige Party!", bemerkte er.

„Ja. Hätte ich auch nicht gedacht."

Nach einem Schluck Wein vertraute er mir an: „Wir heiraten übrigens."

„Echt? Wahnsinn. Glückwunsch." Ich stand auf und umarmte ihn überschwänglich, was ihn für einen Moment verwirrte.

„Ja. Erst bei mir in der Heimat und dann bei Magdalena in Polen."

„Na, da habt ihr ja ein paar Flüge vor euch", sagte ich erstaunt.

„Wie ich dir damals gesagt habe: Wenn die Richtige kommt ..."

Ich prostete ihm erneut zu. „Ja. Auf die warte ich auch noch."

Wir unterhielten uns noch eine Weile über die doch sehr anstrengende Planung dieser Hochzeit mit den jeweils doch sehr großen Familien, den unvermeidbaren Sprachbarrieren und allen möglichen Eventualitäten, die da auf die beiden zukommen konnten. Ich versprach, die beiden, wo auch immer sie dann sein würden, besuchen zu kommen.

Lilja stand etwas später in der Tür, die finnische Delegation würde nun das Bett aufsuchen, man müsse ja am Mittag wieder zurückfliegen.

Wahrscheinlich hatte sie gehofft, dass ich mit ins Bett kommen würde, aber da noch Gäste da waren, bat ich sie um Verzeihung, welche sie mit einem innigen Gute-Nacht-Kuss annahm.

Um halb zwei verabschiedete ich als letzte Gäste Stefan, Thomas und Anna.

Stefan und Thomas erinnerten mich an die Rede auf ihrer Hochzeit, drückten mir erneut Schmatzer auf die Wange und wünschten mir eine tolle Zeit in Finnland.

Anna stand etwas abseits und wartete, bis die beiden sich verabschiedet hatten.

Dann kam sie auf mich zu, nahm meine Hände, sah mich traurig an und ehe ich etwas sagen konnte, begann sie zu weinen und sich an mich zu schmiegen.

„Hey. Bitte nicht. Du bist meine große und starke Anna", versuchte ich sie zu trösten.

„Ich wollte ja gar nicht heulen", entschuldigte sie sich und versuchte zu lächeln.

„Alles gut. Wenn es dir dann besser geht, nur raus damit."

Ihre Tränen benetzten meinen Hals, ihr Schluchzen machte mich traurig und fest umschlungen standen wir da, sprachen nicht, hielten einander einfach nur fest.

Nach einer Weile löste sie sich von mir, gab mir einen Kuss und rannte, ohne noch etwas zu sagen, in Richtung Straße.

Ich blieb stehen, seufzte, überlegte, ob ich sie hätte aufhalten sollen, betrachtete den im Vorgarten liegenden Audi, setzte mich auf die Stufen, zündete mir einen Zigarillo an und ließ die Gedanken schweifen.

Hier hatte es mit Anna angefangen. Hier vor dieser Tür.

Wie sie sich damals Einlass erbeten hatte und ich sie auf den Teufel nicht ausstehen konnte. Doch dann hatte ich mich in sie verliebt, ein gefährliches Spiel gespielt, war in Liljas Armen gelandet, dann doch wieder bei Anna, zurück zu Christina.

Leise sprach ich die drei Namen immer wieder nacheinander aus.

„Anna, Lilja, Christina. Anna, Lilja, Christina. Anna, Lilja, Christina. Anna, Lilja, Christina."

Was für ein Jahr, was für ein verrücktes Jahr.

Und vor allem: Wie schnell die Zeit, wie schnell ein Jahr doch eigentlich vergeht. Und was so alles passieren konnte.

Ich schnippte den Rest des Zigarillos weg, ging ins Haus, legte mich zu Lilja auf die Couch und schlief ein.

# Auf zu neuen Ufern

*Der nächste Morgen.*

Während Bernd und Esko das Frühstück vorbereiteten, packten die Damen oben zusammen und werteten lautstark den vergangenen Abend aus. Esko und Bernd übersetzten für mich. und ich musste immer wieder lachen.

Um 09:30 Uhr stand das Taxi vor der Tür, und ich hatte Zweifel, dass wir alles hineinbekommen würden.

Nach mehreren Runden Tetris war das Taxi gepackt und wir verabschiedeten uns voneinander. Lilja bettelte, dass ich sofort mitkommen solle, was natürlich nicht ging.

„In ein paar Tagen bin ich bei dir", beschwichtigte ich sie, und nach einem schier endlosen innigen Kuss stieg sie als Letzte ein, und winkend sah ich ihnen nach, als sie vom Hof fuhren.

*Noch drei Tage bis zur Abreise.*

Ich ging zurück ins Haus, räumte die Reste der Party auf, und als ich gegen 14:00 Uhr damit fertig war, setzte ich mich auf die Terrasse und schrieb ein paar E-Mails, die ich allesamt nur speicherte, jedoch noch nicht verschickte.

Gegen 18:00 Uhr kam die bestellte Pizza, welche ich hungrig in mich hineinschlang.

Punkt 20:21 Uhr klingelte es an der Tür. Dass das nichts Gutes bedeuten konnte, war mir klar.

Ich schlich in den Flur, ließ das Licht aus, schielte durch den Spion und erblickte Anna.

*Was willst du hier? Warum tust du das? Geh bitte weg,* krochen die Gedanken durch meinen Kopf.

Hartnäckig klingelte sie weiter, während ich hinter der Tür stand, versuchte, leise zu atmen, und nicht reagierte.

Einmal, zweimal, dreimal klingelte sie erneut, und ich hatte Mühe, die Tür nicht zu öffnen, musste mich beherrschen, hart zu bleiben und einfach abzuwarten, bis sie weg war.

Nach ein paar Minuten gab sie auf, drehte sich um und ging in Richtung Einfahrt davon.

Als sie aus meinem Blickfeld verschwunden war, rutschte ich an der Tür hinab, blieb sitzen und legte die Hände vor das Gesicht.

### *Noch zwei Tage bis zur Abreise.*

Punkt 08:00 Uhr stand die Spedition auf der Matte, die die restlichen Sachen zum Einlagern abholte.

Um 10:00 Uhr brachte ich meinen Audi zu Goldmann, die ihn auf Kommission für mich verkaufen wollten.

Um 13:00 Uhr klingelte Anna.

Erneut widerstand ich der Versuchung, zu öffnen, schlich in die Küche und machte mir einen Kaffee.

Zehn Minuten später stand sie jedoch vor mir.

„Stand das Gartentor noch offen?", fragte ich spitz.

„Ich will dich nicht einfach gehen lassen", war die Antwort.

„Anna, was ... ich verstehe nicht?"

Ihre Antwort bestand darin, sich direkt vor mir auszuziehen.

Wie erstarrt schaute ich ihr dabei zu, sagte nichts, reagierte nicht, sah einfach nur zu. Dann ging sie an mir vorbei nach oben.

„Anna?"

Keine Antwort.

Sie hatte ihren nackten, makellosen Körper auf meinem Bett drapiert und schaute mich sehnsüchtig an.

„Anna, ich ... Ich bin sozusagen mit Lilja zusammen. Ich weiß nicht ..."

„Christina hast du auch mit mir betrogen. Jetzt hab dich mal nicht so.", unterbrach sie mich.

„Aber ich ... Das war ... Das kannst du nicht ..."

„Ach? Ich kann das nicht? Ich will nur Sex, okay?"

„Warum glaube ich dir das nicht?"

Annas Augen waren gerötet und dass sie mich und sich selbst belog, war klar.

Ich nahm eine Decke, setzte mich neben sie, deckte sie zu und streichelte ihre Wange.

Sie zog mich zu sich, um mich zu küssen, und ich schaute ihr danach in die Augen, hielt ihre Hand und flüsterte: „Ich möchte keine traurige Anna. Ich möchte eine lustige, verrückte und lachende Anna."

„Das wird schwierig", murmelte sie.

„Dann warte ich eben", sagte ich und küsste ihren Handrücken.

Unser folgendes Gespräch dauerte vier Stunden.

Noch nie hatte ich mich davor oder danach einem Menschen so nahe gefühlt. Noch nie hatte ich es so genossen, in der Nähe von jemandem zu sein. Und nicht zu vergessen: Sie war nackt und wollte Sex. Doch das interessierte mich in diesem Moment nicht.

Irgendwann musste ich auf die Toilette. Als ich wiederkam, hatte Anna in der Zwischenzeit ihre Sachen geholt und sich wieder angezogen. Wir beschlossen spontan, auszugehen.

Nachdem wir Griechisch essen waren, landeten wir, wie bereits im vergangenen Jahr, im *Crusader*. Paul, der Wirt, erschien mir noch älter, noch dicker und mit noch weniger Haaren auf dem Kopf.

Nach zwei alkoholfreien Cocktails verließen wir das Lokal wieder. Es war nicht mehr wie früher, nicht mehr die Kneipe, in der ich als Jugendlicher die Nächte durchgefeiert hatte. Nicht mehr das gemütliche Pub, in dem ich später die Abende verbracht hatte. Nicht mehr der Hort, an dem man gemütlich sitzen, Bier trinken und stundenlang quatschen konnte.

Vielleicht änderte sich einfach die Wahrnehmung, wenn man älter wurde, vielleicht war der Laden mit den Jahren auch einfach nur heruntergekommen. Wer wusste das schon genau.

Alles hat einmal ein Ende.

Wir fuhren mit dem Taxi zu mir, tranken vor dem Kamin ein Glas Wein, redeten und redeten und redeten.

Irgendwann begann Anna, sich erneut wortlos auszuziehen. Ich tat es ihr nach und wir liebten uns bei prasselndem Kaminfeuer auf Christinas Perserteppichimitat.

## *Mein letzter Tag in Deutschland.*

Ich wachte neben Anna auf, küsste ihre Stirn und ging dann leise nach unten, um uns Frühstück zu machen. Abermals musste ich improvisieren, hatte ich doch nur noch das Nötigste im Haus. Doch Anna störte das nicht.

Sie trank ihren Kaffee, kaute an einem Stück Zwieback, und wir unterhielten uns, lachten über Anekdoten, die wir gegenseitig aus unseren Köpfen kramten, und saßen bis zum Mittag am Tisch.

„Ich müsste dann irgendwann noch den Rest zusammenpacken", sagte ich, auch wenn ich nur ungern unsere Zweisamkeit unterbrach.

„Entschuldige, ja. Da war ja noch was", pflichtete sie mir traurig bei.

Ich räumte das Geschirr ab, fragte, ob sie noch einen Kaffee wolle, was sie verneinte. Dann begab sie sich nach oben, um zu duschen.

„Verrückt. Einfach nur verrückt!", sagte ich zu mir selbst, schüttelte den Kopf, wusch die zwei Teller und zwei Tassen ab, das letzte Geschirr, was ich noch dahatte, und ging auch nach oben.

Als ich am Bad vorbeiging, vernahm ich von drinnen lautes Schluchzen.

*Verdammt, Anna. Das war ja klar*, durchfuhr es mich und ich überlegte, ob ich klopfen und nachfragen sollte, was sie bedrückte, entschied mich jedoch dagegen.

Hartherzigkeit war eigentlich keine meiner Stärken, aber in dem Fall und ausgerechnet jetzt ...

Ich packte im Schlafzimmer meine Sachen in die Reisetasche, hievte sie nach unten und stellte sie in den

Flur, dann verstaute ich mein restliches Zeug im Rucksack und stellte ihn dazu.

Nach einer Weile kam Anna ebenfalls nach unten, warf sich mir an den Hals und bat darum, einfach so mit mir dastehen zu dürfen.

Nach einer Weile löste sie sich und sah mich herzergreifend an. Trotz ihrer traurigen Augen lächelte sie und sagte mit erstickter Stimme: „Falls du es dir anders überlegst, falls du zurückkommst, ich warte auf dich. Ich werde immer auf dich warten." Dann drückte sie mir einen flüchtigen Kuss auf die Lippen, öffnete die Haustür und rannte hinaus und die Auffahrt entlang.

Ohne sich noch einmal umzudrehen, entschwand sie meinen Blicken und ich stand einfach da. Mein Kopf war leer, ich konnte nicht fühlen, nicht denken, war wie abgeschaltet.

So verharrte ich eine ganze Weile.

Den restlichen Tag verbrachte ich damit, die Firma, die Petermanns Audi aus meinem Garten entfernen sollte, zu beaufsichtigen, die Filmproduktionsfirma noch mal durchs Haus zu führen und ihnen die Schlüssel auszuhändigen, und letztendlich meine Brieftasche zu suchen, die ich nach drei Stunden in meiner Hosentasche fand.

Hungrig, allein und voller Zukunftsängste schlief ich am Abend ein und wurde am nächsten Morgen von einem durchdringenden Hupen geweckt.

„Scheiße. Der Wecker!", fluchte ich laut, hatte ich doch offensichtlich vergessen, ihn einzuschalten. Ich rannte nach unten, riss die Tür auf und stand vis-à-vis einem genervten Taxifahrer gegenüber.

„Hallo. Ich Ranjid. Du bestellt Taxi!"

„Ja. Habe ich bestellt. Gib mir fünf Minuten."

Ich rannte nach oben, warf mir etwas Wasser ins Gesicht, putzte die Zähne, eilte nach unten, überlegte, ob ich Ranjid noch auf einen Kaffee hereinbitten sollte, verwarf den Gedanken aber, schnappte meine Reisetasche und meinen Rucksack und bestieg die durch und durch orientalisch verzierte Droschke.

„Fahre Flughafen?", fragte Ranjid und ich nickte.

Dreißig Minuten später stand ich vor dem Terminal, zündete mir einen Zigarillo an und beobachtete das hektische Treiben um mich herum.

Da erblickte ich plötzlich ... War das Anna?

Ich versuchte zwischen den Leuten hindurchzuschauen, konnte sie aber nicht finden.

*Jetzt wirst du aber richtig komisch,* tadelte ich mich selbst, doch im nächsten Augenblick, zwischen all den Menschen, meinte ich erneut, Anna erkannt zu haben.

*Jetzt reiß dich mal zusammen,* trichterte ich mir ein, hörte aber nicht auf damit, in den Menschenmassen nach ihr Ausschau zu halten.

*Ich werde einfach mal in die Richtung laufen und nachschauen,* überlegte ich.

*Und dann? Wenn sie es wirklich ist. Was dann? Was willst du tun,* versuchte mein Verstand mich auf die gerade Bahn zu lenken.

Nachdem ich noch eine Weile dagestanden und versucht hatte, sie erneut auszumachen, betrat ich das Terminal und ließ das übliche Prozedere über mich ergehen.

Ich war schon spät dran und so hatte ich keinerlei Zeit mehr für eventuelle Gedankenspiele.

Check-in, Security-Check, zwei Bier, Boarding und dann saß ich im Flugzeug, schnallte mich an und wartete auf den Start.

Ich hatte eine Entscheidung getroffen, keine leichte Entscheidung wohlbemerkt. Erneut überlegte ich, ob es die richtige war. Jetzt aber, bereits im Flugzeug, gab es eh kein Zurück mehr.

Die Triebwerke wurden lauter, das Flugzeug begann zu rollen und der Pilot kündigte mit freundlicher Stimme einen planmäßigen Flug an.

Diesmal würde ich zwar auf *Karhu* verzichten müssen, aber das war nicht so schlimm. *Drei Stunden Flug, dann umsteigen und den Rest in zwei Stunden, wenn alles gut ging.*

Ich nahm meine Reisepapiere und studierte sie erneut, wie so oft in den letzten Tagen. Kars Harakani. Bis vor ein paar Tagen hatte ich noch nie von diesem Flughafen gehört. Wie auch? Provinzflughäfen in der Türkei waren ja wirklich nichts, womit man sich hierzulande übermäßig beschäftigte.

Ich legte die Papiere beiseite, lehnte mich zurück und erwartete das Abheben der Maschine.

Mein Handy vibrierte in der Tasche. Ich nahm es heraus und öffnete das Kurzmitteilungsprogramm. Christina hatte geschrieben.

„Ich habe gerade im Büro beim Umräumen dein Buch gefunden und ein wenig darin gelesen. Wir sollten uns unterhalten.“

„Verdammte Scheiße!“, entfuhr es mir, in einer für mich unüblich hohen Tonlage, während ich nach oben schnellte. Dabei stieß ich mir den Kopf, rief vor Schmerzen „Siktir lan!“ (ein türkisches Schimpfwort, dass ich von Murat gelernt hatte) und sofort richteten sich mehrere Augenpaare auf mich.

Gerade als ich mich wieder setzen wollte, hörte ich von ein paar Reihen hinter mir eine vertraute Stimme meinen Namen sagen.

Ich drehte mich um, und mir fiel im wahrsten Sinne des Wortes die Kinnlade herunter.

„Was machst du in diesem Flugzeug?", stammelte ich mehr, als dass ich sprach.

„Dieselbe Frage könnte ich dir auch stellen?"

Und da hatte sie irgendwie recht.

**www.mika-karhu.fi**